KB153568

수런거리는 유산들

수런거리는 유산들

리디아 플렘 지음

신성림 옮김

차 례

2부 • 물려받은 연애편지

만남

사라진 편지들

청첩장

일러두기

1. 《수런거리는 유산들》은 Editions du Seuil에서 출간된 리디아 플렘의 두 책, 《Comment j'ai vidé la maison de mes parents》(2004)과 《Lettres d'amour en héritage》(2006)를 완역하여 합본한 것입니다.

2. 이 책의 주는 187쪽에 있는 것을 제외하고는 모두 옮긴이의 주입니다.

3. 이 책의 외국 인명과 지명의 표기는 한글맞춤법 외래어표기법에 따랐습니다.

1부

부모님 집을 비우며

Comment j'ai vidé la maison de mes parents

어머니의 죽음은
다른 무엇과도 비교될 수 없는 아주 특별한 것으로,
우리가 쉽게 받아들일 수 없는 감정을 불러일으킨다.

지그문트 프로이트, 1929년 12월 1일, 막스 아이팅곤에게 보낸 편지

이 책은 나에게 또 다른 의미,
작업을 모두 마칠 때까지는 미처 파악하지 못한
주관적 의미가 있었다.
그것은 나의 단편적인 자기분석, 남자의 삶에서 가장 중요한 사건,
가장 가슴 아픈 상실이라 할 수 있는
아버지의 죽음에 대한 나의 반응이었음을 깨달았다.

지그문트 프로이트, 《꿈의 해석》(1908) 서문

감정의 폭풍

무(無)

우리는 바로 이 무였고, 지금도 무이며,

앞으로도 무로 남아 꽃피우리라.

무의 장미,

아무도 아닌 자의 장미를.

파울 첼란

나이가 많고 적음의 차이는 있겠지만, 누구나 언젠가는 아버지도 어머니도 없는 고아가 된다. 어린 시절이 지나갔다고 해서 부모를 잃는 일이 상처를 적게 주지는 않는다. 부모가 아직 곁에 있다 해도 미래에는 떠나게 되어 있다. 그것이 피할 수 없는 일이라는 사실을 우리는 알고 있다. 하지만 우리 자신의 죽음이 그렇듯 부모의 죽음도 멀리 있는 일, 사실상 상상 불가능한 일처럼 여긴다. 삶의 파도에 휩쓸리다 보니, 혹은 알기를 거부하는 마음 때문에, 그들이 언제까지나 죽지 않고 우리 곁에 있어 주리라 믿고 싶은 욕망 때문에, 부모의 죽음은 설사 질병이나 노쇠를 통해 예고되었다 할지라도 오랫동안 우리의 의식 속에 은폐되어 있다가 갑작스레 닥쳐와서 우리를 꼼짝 못하게 만든다.

우리는 살면서 두 차례 부모의 죽음을 맞닥뜨리게 되지만, 그 두 번이 똑같은 일의 반복은 아니다. 부모 중 한 사람을 잃었을 때는 다른 한 사람이 남아 있다. 그래도 심장이 조여들고 도저히 달랠 길 없는 비통함이 몰려온다. 그러나 남아 있던 한 부모마저 떠나 버리면 우리는 '혈혈단신'이 된다. 부모님은 이제 무덤 속에서 재회한다. 우리는 그들과 완전히 갈라졌다. 오이디푸스는 자기 눈을 찌르고, 나르키소스는 눈물을 쏟는다.

인척관계나 우정이 혈연관계 못지않게 강력할 수도 있고, 심지어 훨씬 더 큰 행복을 줄 수도 있다. 그러나 그럼에도 조부모와 부모의 죽음 이후에는 우리 뒤에 아무도 남지 않는다. 오직 등에 와 닿는 섬뜩한 한기 같은 이중의 부재뿐. 부모가 떠나면서 우리의 일부도 함께 가져가 버리기 때문이다. 그때부터 우리 인생의 제1장이 기록된다. 우리는 우리에게 생명을 준 사람들, 우리의 창조자들, 우리의 첫 번째 증인들을 땅속에 묻어야 한다. 그들을 무덤에 누이면서 우리는 자신의 어린 시절도 함께 묻는다.

갑자기 격렬한 감정들을 불러일으켜서 우리를 뒤흔들고 나약하게 만드는 이 이중의 상실에 대해 누구에게도 말하지 않고 사는 사람이 얼마나 많을까? 우리 중 얼마나 많은 이가 자신이 **차마 고백할 수 없을 것 같은** 감정의 파도에 휩쓸린 것을 느낄까? 우리를 덮치는 격심한 분노와 압박감, 끝없는 고통, 비현실적인 느낌, 반발심, 그리고 죄책감과 기묘한 해방감이 뒤섞인 모순된 감정에 대해 감히 누구에게 이야기할 수 있을까?

그 감정들은 너무 어지럽게 뒤섞여 있어서 분명하게 구분할 수 없는데다 우리 자신이 혼란스럽고 거북해서 그것을 정확하게 표현할 수 없다고 느끼기 때문에 여전히 이름 없는 감정으로 남아 있다. 그런 감정의 소용돌이를 아무런 수치심이나 죄책감 없이 어느 누구에게 고백할 수 있을까? 죽은 사람을 향한 분노가, 원한이, 심지어 증오가 우리를 엄습하는데 어떻게 자신이 비열하다고 여기지 않겠는가? 버림받았다는, 덧없다는, 상처받았다는 끔찍한 느낌이 드는 동시에, 혹은 연이어서, 슬픔보다 더 강력한 삶의 의욕과 살아남았다는 은밀한 승리감을 경험하는 것이, 삶과 죽음의 그 기묘한 공존이 당연한 일이란 말인가?

사랑의 즐거움으로 가족의 죽음이 야기하는 고통을 극복하고자 하는 욕망 덕분에 얼마나 많은 아이들이 — 어쩌면 우리 자신까지 포함해서—수태되었을까? 정숙치 못한, 거의 편집광적인 축제를 누가 감히 거론하겠는가? 그 축제는 때로 우리를 지배하고, 우리의 감각을 고조시키고, 우리의 욕망을 자극하고, 우리의 지출을 늘린다. 저마다 자기만의 방식으로 홀로 대면해야 할 감정의 폭풍을 만나고, 그 폭풍 때문에 진로를 이탈하고, 그 폭풍에 휩쓸린다.

어떤 사람들은 상처 입은 짐승이 다른 모든 존재로부터 멀리 떨어져서 상처를 핥는 것처럼 혼자 틀어박힌다. 시간이 상처를 낫게 해 주지는 않지만 고통은 줄어든다. 가끔은 이것이 낭종이 되어 결코 아물지 않을 상흔을 남기기도 한다. 다른 사람들은 행동으로 뛰어들어서, 일상의 수천 가지 근심에, 해결해야 할 문제에, 처리해야 할 빚이나 이해관계에, 형제간의 분쟁과 결산에 마음을 쏟는다. 또 어떤 사람들은 관례적인 행동, 예법, 상주의 예의범절, 지켜야 할 순서, 거무튀튀한 색, 상황에 맞는 어법 들에 집착한다. 그들은 자기 감정을 겉으로 드러내지 않는다. 분노, 무감각, 감정 결핍, 어린아이의 소리 없는 흐느낌, 그동안 충분히 인정받고 존중받고 사랑받지 못했으며 이제는 아무것도 기대할 수 없게 되었다는 데서 오는 씁쓸함과 절망 등 그 어느 것도. 한편 다른 사람들은 그럼에도 용서의 길을 찾아내고 죽음을 뛰어넘는 새로운 관계를 맺는다.

죽은 사람들과 화해하고 평온한 추억을 얻으려면 시간의 느린 퇴적이 필요하다. 계절이 하나씩 지나가노라면, 삶이 한 걸음씩 움직임을 거듭하면서 죽음을 이겨 내게 되어 있다. 아무리 격렬해 보이는 감정, 아무리 비열해 보이는 감정일지라도 그것을 배제하지 않고 감정의 폭풍우를 끝까지 헤치고 나아간다면, 우리 안에서 불쑥 솟아오르는 감정을 그대로 받아들인다면, 새로운 가벼움이, 대홍수 이후의 새 삶이, 자신의 봄이 시작될 수 있다. 설사 이 이중의 상실이 마음 한구석에서는 돌이킬 수 없고 가증스러운 것으로 남아 있을지라도 그렇다.

옛날에는 죽음이 공동체 안에서 맞이하는 경험이어서, 종교와 관습이 상주가 어떻게 행동해야 할지 정해 주고 이끌어 주었다. 그러나 오늘날에는 애도가 사생활의 영역에 속한다. 각자 우물쭈물 개인적으로 의식을 치르며 죽은 이를 매장하고, 사회생활 속에서는 상실의 흔적을 서둘러 지워 버린다. 이제는 상복도 상장도 없고, 곡소리도 눈물도 없으며, 장중한 격식도, 불행을 겉으로 드러내는 어떤 표지도 없다. 기껏해야 하루 정도 사라졌다가 정상적인 생활로 되돌아온다. 각자가 다시 제정신을 차리는 일은 고독 속에서 이루어진다. 누구도 최초의 순간을 넘어서까지 애도에 빠진 사람들과 함께 있어 주지 않는다. 애도는 함께 나눌 수 없다.

부모님이 돌아가시기 전에 몇 달씩, 몇 년씩 지속되는 힘겨운 시간들에 대해서도 더는 이야기를 나누지 않게 되었다. 그들의 노화와 질병, 그들의 건강과 생각하고 판단하는 능력이 서서히 혹은 급속히 나빠지는 일, 그들의 독립성 상실, 그들이 겪는 고통은 물론이고 그로 인해 가족이나 배우자가 치르는 고통, 이 모든 것이 이제는 이야기되지 않는다. 그것은 사람들이 이야기하기 꺼리는 주제, 사람들이 수치스러워하는 주제가 되었다.

부모가 끊임없이 우리를 지배하려 들면서도 제2의 유년기를 맞은 듯 행동하고 우리를 그들의 부모로 만들려 할 때, 어떻게 슬픔만이 아니라 그들의 모순과 부당함에서 느끼는 분노와 갑갑함, 갈등, 고통 들에 대해서까지 이야기할 수 있을까? 그런 이야기를 하는 것은 그들을 배신하는 일이 아닐까? 부모의 알몸을 드러내는 것을 금하는 오랜 금기를 깨뜨리는 일이 아닌가? 노아의 아들들 중 한 명이 그런 일로 죄를 받지 않았던가?★ 당황하고 슬픔에 빠진 우리는 다소곳이 눈을 돌리고, 우리를 낳아 준 사람이 생의 마지막 순간에 보이는, 거의 외설적인 면모를 가리려 한다. 다들 시련을 극복하기 위해 자신이 할 수 있는 일을 하고, 항상 엉성하고 불행하고 갈등을 일으키는 결과를 초래하는 자기 나름의 방식으로 '어설프게 손보고', 그리곤 입을 다문다.

★〈창세기〉를 보면, 노아가 포도주에 취해 벌거벗은 채 잠들었을 때 둘째 아들 함이 이를 보고 형과 아우에게 알렸다는 이야기가 나온다. 그러나 형과 아우는 뒷걸음질로 아버지께 다가가 벌거벗은 하체를 덮어 주었다. 이 일로 함은 형제의 종이 될 것이라는 저주를 받았다.(창세기 9:20~27)

비운다는 것

프로이트는 부모의 집을 비우지 않았다. 그의 어머니가 죽은 지 겨우 9년 뒤에 그가 죽은데다 전쟁이 벌어지고 유대인들의 강제 이주가 시작되기 전까지는 누이동생 돌피가 그 집에서 살았기 때문이다. 만일 프로이트가 그 일의 무게를 가늠했더라면, 고통스럽지만 그럼에도 해방감을 주는 면이 있는 **부모의 집 비우기**에 대해 언급했을 것 같다. 그 일은 우리에게 케케묵은 환상을 대면하게 만들고, 우리를 부모가 가진 풍요로움을 선망하는, 야만적이고 탐욕스러운 갓난아기로 되돌려 놓는다. 또한 우리는 채우기에서 비우기로 옮겨 가는 과정을 강박적으로 통제하려 드는, 원한과 요구의 존재가 되고, 전능함을 갈망하면서 오직 자기 자신만 따르고 과거는 온통 백지로 만들고 모든 것을 저 너머로 내던져 버리는 유격대원처럼 언제든 가방을 비울 준비가 되어 있는 청소년이 되었다가, 그럼에도 의도적으로 효의 의무를 수행하고 싶어하지만 매 순간 성가신 망령들과 마주치는 성인으로 되돌아간다.

혼자 남은 부모마저 잃으면, 우리는 거의 곧바로 가장 고통스럽달 수 있는 경험, 상상할 수 있는 일 중에 가장 다양하고 모순된 감정들을 불러일으키는 과업, 바로 부모의 집을 비우는 일을 해야 한다. 같은 장소에서, 같은 시간에, 같은 행동에 의해, 갖가지 감정이 우리 안으로 밀려든다. 강력한 카타르시스의 순간이다. 불안과 실망. 원통함과 행복. 고통과 환희.

'비운다(vider)'라는 동사가 내 마음을 불편하게 한다. 나는 '정리한다'라고 말하고 싶지만, 정리하기는 그 일의 한 부분에 지나지 않는다. 추려 내고 평가하고 분류하고 정돈하고 포장하는 일도 분명 해야 하지만, 그와 동시에 선택하고 주고 버리고 팔고 간직하는 일도 해야 하는 것이다. 요컨대 ―과거의 나이테가 켜켜이 쌓여 있는 장소에서 세대를 바꿔 가며 살지 않는 이상 — 우리가 맡는 일은 분명 **부모의 집을 '비우는' 일**이다.

비운다, 이 얼마나 불길한 말인가. 이 단어는 좋지 않은 인상을 남겨서, 무덤을 약탈하고 죽은 자들의 왕국이 지닌 비밀을 캐낸다는 생각 — 피라미드의 저주 — 을 곧장 떠올리게 하며, 시신을 강탈하는 탐욕스런 인간이 된 듯한 느낌을 준다.

사람들은 그 말을 부드럽게 만들고 거친 느낌을 줄이고 듣기 좋게 바꿔서 차라리 '치우다'라고 하거나, 심지어 여름이 끝날 무렵의 별장처럼 '잠근다'라고 말하고 싶어한다. 만일 그것이 휴가를 떠나는 것이라면, 그것은 영원한 휴가, 결코 돌아오는 일 없는 바캉스가 될 것이다.

우리가 바라든 바라지 않든, 듣기 거북하든 아니든 간에, 인생에는 공격성이 내재한다. 한 세대에서 다음 세대로의 이행은 — 한쪽이 오르면 다른 쪽은 내려간다, 혹은 '국왕께서 서거하셨다, 새 국왕 만세!' — 상징적인 살인과 관련이 없지 않다. 우리 모두가, 단순히 꿈속에서만이 아니라 실제로 부모보다 오래 산다는 점에서는 자기 부모를 죽이는 셈이 된다. 그것도 양쪽 부모를 모두.

듣기 거북하겠지만, 세상일이 그렇다. 우리의 탄생을 지켜보았던 이들, 우리는 그들의 죽음을 지켜본다. 그리고 우리가 이 세상에 내놓은 이들이 우리를 땅에 묻으리라. 우리는 부모의 어린 시절과 청년 시절을 알지 못한다. 우리가 우리 자식들의 말년을 알 수 없는 것처럼 그들은 우리의 말년을 알 수 없다. 우리는 그들이 만든 가족 속에서 태어나고, 우리가 만든 가족 속에서 죽는다. 그러므로 당연히, 우리 차례가 되어 왕좌에 올랐을 때 우리는 더 오래 살아남은 자가 된다. 자식보다 오래 사는 것은 견디기 힘든 일이다. 부모보다 오래 사는 것은 자연스러운 일이지만, 그럼에도 고통스럽다.

정신분석학에서 현실의 시련, 느리고 불가피한 애도 작업이라고 부르는 일은 죽은 부모에 대한 과도한 애착으로 시작했다가 살기 위해 점차 그에 대한 관심을 줄이는 과정으로 이루어진다.

제일 먼저 찾아오는 것은 상실의 감정이다. 하지만 이후에도 오랫동안 이 상실이 확정적이고 돌이킬 수 없다는 사실을 받아들이기는 불가능할 것이다. 우리 내면의 아이가 그러기를 거부한다. 우리가 눈물을 흘리는 것은 딱히 소중한 존재를 잃었기 때문만이 아니라 사랑 자체를 잃어서이기도 하다. 안전감, 우리 삶의 배경이 사라진 것이다. 우리는 스스로에게 묻는다. 부모님이 돌아가시고 더는 여기 없는 것이 어쩌면 우리 잘못 때문은 아닐까? 혹시 우리가 미처 의식하지 못하는 사이에 탐욕이, 우리가 품은 환상의 공격성이 그들을 죽인 건 아닐까?

그러니 어떻게 끔찍한 죄책감을 느끼지 않고 부모의 집을 비우겠는가? 그것은 아주 오래된 꿈속이나 무의식이라는 무대 뒤에서 우리가 갖고 싶어했을 수도 있는 것들을 모두 끄집어내는 일 아닌가? 어떻게 그때까지 금기였던 모든 것을 실제로 — 그것도 법의 이상한 승인 아래 — 실행한단 말인가? 몇 시간 전만 해도 우리에게 속하지 않았던 것들이 상속으로 순식간에 우리가 이용할 수 있는 것, 아무런 제약도 위험 부담도 없이 가장 완벽한 즐거움을 누릴 수 있는 것으로 바뀌는 일이 어떻게 가능한가? 태어나서 그때까지 한 번도 우리 것이 아니었던 장소로 어떻게 들어가야 할까? 어떻게 우리는 아무런 처벌도 받지 않고 마음대로 거기 있는 물건들을 꺼내고, 버리고, 파괴할 수 있게 되었을까? 우리 안에서 무엇이 달라졌을까? 아무것도, 그리고 모든 것이.

상속은 선물이나 대가, 칭찬, 보증, 보살핌 혹은 도움을 받는 것과 다르다. 부모가 증여한 것을 받는 일과도 전혀 다르다. 오히려 정확히 그 반대다. 상속으로 소유자가 된다는 것은 누가 주는 물건을 받는다는 전제가 없다. 그것은 법적으로 어떤 재화를 차지한다는, 다시 말해 유언을 통해 우리에게 유증되지 않았음에도 그 사용권을 획득한다는 의미다.

'상속하다'라는 동사는 '유증하다'라는 동사와 대립한다. 유서에 명시되었기 때문에 주어지는 것은 분명한 의지를, 선택을, 행동을 내포한다. 상속은 유증과 반대로 어떤 욕망도 가정하지 않으며, 우리를 향한 어떤 의도도 표출하지 않는다. 그냥 두면 버려질 재화가 제대로 전달되게 하는 임무를 법이 맡은 것이다. 이 재화는 공증인이 확정하거나 찾을 수 있는 법정 상속인에게 자동으로 주어진다. 이 적법 행위를 신원 확인이라고 부른다. 이 말은 상속인이 사기꾼이 아니라 혈연관계에 따라 유산을 상속할 자격을 갖추었음이 명백하고 공식적인 사실이라는 뜻이다.

좋다. 법이 나를 적법한 상속인으로 선언했다. 그렇다고 내가 감정적으로도 사기꾼이 아닌 걸까? 어떻게 내가 아무도 주지 않은 물건들을 받을 수 있을까? 부모님은 생전에 내가 그리도 눈독 들이던 멋진 오리엔트 양탄자를 나에게 주지 않았다. 그런데 어떻게 그들이 떠난 지금 내가 그 양탄자의 소유권을 가질 수 있겠는가? 부모님은 내게 그 양탄자를 선물할 생각이 없었다. 그러니 내가 어떻게 그들에게 강요한다는 감정, 그들을 속인다는 감정, 그들을 약탈한다는 감정을 느끼지 않고 그 양탄자를 가질 수 있겠는가?

상속 공증 조항에는 다음과 같이 명시되어 있다. '금일까지 고인은 알려진 유언장을 작성하지 않았습니다.' 바로 여기서 환상과 현실이 결탁한다. 돌아가신 부모님은 유언장을 통해 돌아가

시기 전의 오랜 염원을 내게 알려 줄 수도 있었을 것이다. 그들이 의견을 밝힌 적이 없는데 어떻게 내가 그들의 동의를 확신할 수 있겠는가? 정말로 그들은 내가 그들의 재산을 누리기를 바랐을까? 부모의 소유물을 '받지는 않았지만' 내 의향이나 그들의 의향과 상관없이 그 소유자가 되었다는 건 어떤 의미일까?

어쩌면 그들은 대답이 너무도 분명하다고 여겨서 아예 질문을 던지지 않았는지도 모른다. 그렇지만 당연한 일일지라도 이야기하는 편이 더 나았을 것이다. 그렇지 않은 경우, 계속 의혹이 남기 때문이다.

'부모님의 집을 비운다'라는 말은 너무 끔찍한 느낌이다. 왜냐하면 정확히 말해서 그 표현이 무의식의 진실을 건드리기 때문이다.

법은 마음도 없고 모호하지도 않다. 법이 부과하는 것을 언어는 금지하거나 돌려서 표현하거나 복잡하게 만든다. 사전이 우리의 내면을, 우리의 내적 갈등을, 우리의 망설임을 더 잘 묘사한다.

비우다, 타동사.

어떤 용기나 장소를 텅 비게 만드는, 어떤 장소에 있는 것을 들어내고, 쫓아내고, 배출하는 행동. 반대말: 채우다, 메우다.

험악한 집행관처럼 부모님의 집에서 가구들 내가기. 도둑처럼 그들의 서랍, 그들의 장롱 안에 있는 것들을 끄집어내기. 약탈자처럼 가정용 리넨 제품, 식기, 옷, 서류 등 그들이 남긴 삶의 흔적들 마구 뒤적이기. 부모님의 집을 비울 때 내가 비우는 것이 혹시 나의 부모는 아닐까? 생선이나 닭의 내장을 빼낼 때처럼?

나의 연상은 언어의 연상으로 이어진다. 비데(vider, 비우다), 에비데(évider, 속을 파내다), 에트리페(étriper, 내장을 꺼내다). 비운다는 말에는 청소한다, 닫는다, 다 빼낸다, 끝맺는다는 의미도 있다. 섬뜩하도록 공격적인 암시들. 그런 이야기를 하거나 글을 쓰는 일은 받아들이기 힘들까? (대신 그 일을 할 형제나 자매가 있는 게 아니라면) 그 일은 이때든 저때든 언젠가는 다들 수행하도록 예정되어 있는 과업이다. 하지만 그것이 너무 폭력적인 무게를 지니고 있기에 우리는 그 일에 대해 어느 누구에게도 말하지 않으려 한다.

우리가 감추고 싶어하는 부분을 드러내는 이 글을 계속 진행하여 이 책을 쓰는 것이 혹시 잘못은 아닐까? 아니면 반대로, 속으로만 간직하고 있는 그 무거운 침묵에 대해 언어를 통해서나마 접근을 시도하는 쪽이 더 나을까? 흔히 절제(切除)를 권하는, 말하자면 절개하고 열고 터뜨리고 비우기를 권하는 고약한 종기처럼? 마음을 비운다는 말도 있지 않은가?

비우기는 마음을 가볍게 한다. 이렇게 고백하면 너무 파렴치한가? 물론 우리는 돌아가신 소중한 부모님을 깊이 사랑했다. 그러나 그들은 우리를 지치게 하고, 들볶고, 피곤하게 만들기도 했다. 이제 우리가 귀찮은 사람이나 악몽을 몰아내듯 그들을 비울 차례가 되었다.

내 말이 너무 거친가?

나는 정의로운 유령들에게 뒤쫓기며 책임을 추궁당하고, 밤마다 악몽에 시달리는 대가를 치르게 될까? 아니면 그것은 정신적 해방의 길, 유년기를 끝맺을 다시없는 기회가 될까? 분쟁을, 다툼을 끝내기.

비우기, 그것은 또한 아무 생각도 하지 않기, 즉 자기를 드러내기, 마음속 털어놓기, 자기 정체 드러내기다.

공전(空轉, passage à vide): 힘겨운 순간. 마치 무(無)를 뛰어넘는 것처럼.

1313년에는 '판결을 내리다'라는 의미로 'vuidier un dit'라는 표현을 썼다. 사건을 철저하게 파헤치고, 결정하고, 해결하고, 마무리한다는 뜻.

자, 그러니, 이제 망설이지 말고 문제를 해결하자. 문제가 되지 않는 것을 이야기하자. 이제 시작한다. 옛날이야기에서처럼 과거형으로.

죽음의 계단 위에

욕망 없는 부재 위에

벌거벗은 고독 위에

죽음의 계단 위에

나는 너의 이름을 쓴다

자유여

폴 엘뤼아르(1942)

먼저, 몰염치. 모든 예의범절을 무시할 의무: 개인적인 서류들을 뒤지고, 핸드백을 열어 보고, 내게 온 것이 아닌 우편물을 읽기. 나에게 기본적인 예절을 가르쳐 준 이들에게 거기에 위배되는 행동을 하는 것이 마음을 불편하게 했다. 나는 실례가 되는 행동을 한 적이 없었다. 단 한 번도 누군가의 주머니를 뒤지거나 남의 비밀 서랍을 몰래 열어 본 적이 없다. 내게 온 것이 아닌 편지를 열어 본 일은 더더욱 없다. 그러나 행정 절차는 수치심을 모른다. 어머니가 돌아가신 뒤에 나는 가족관계 등록부, 사회보장제도, 공증인, 묘지 문제 들을 해결하는 데 행정 절차상 꼭 필요한 서류와 정보를 손에 넣으려고 구석구석 뒤지고, 사생활을 침해하고, 서류들을 펴 보고, 통장과 수첩을 뒤져야 했다.

더 심각한 몰염치: 나를 뱃속에 품었던 사람의 사망을 공식적으로 선언하기.

그 사실을 이웃에게 알리고, 친지와 친구들에게 전화하고, 차마 발설할 수 없는 말들을 발설한다. 그걸 어떻게 돌려 말해야 할까? 슬픈 소식이 있어서 알려 드리려고요, 아주 불행한 일이 있어요, (돌이킬 수 없는 그 일에 대해 발설하기도 전에 벌써 무슨 일이 있는지 알려 주는 낮고 갈라진 목소리로) 어떡해요, 어머니께서 몇 달 전부터 많이 아프셨어요, 세 번이나 중환자실에 들어가실 정도였으니까요, 어머니는 런던에서 돌아오실 때 몹쓸 기관지염에 걸려 있었어요. 상황이 뒤바뀌어서 내가 통화 상대를 위로하고 있었다. 나는 그들이 슬퍼할까 신경 쓰고, 마음을 달래 주고, 위로할 거리를 찾으려 애썼다. 아니요, 어머니는 그리 고통스러워하진 않으셨어요, 제 품에 안겨 돌아가셨어요, 제가 어머니 관자놀이에 입을 맞추고, 얼굴을 쓰다듬고, 손을 잡아 드렸어요. 그이는 어머니의 다른 손을 잡았지요. 네, 어머니께서 원하셔서 퇴원하시고 어머니 집에서 지내셨어요. 어머닌 당신 침대에서 당신 물건들에 둘러싸여서 돌아가셨어요. 마치 작은 양초의 불이 꺼지듯 숨을 거두셨어요.

혹시 빠뜨린 사람은 없을까? 나는 감정이 고갈된 상태로 어머니의 주소록을 들여다보며 페이지를 넘겼다. 어머니가 돌아가신 직후에는 그 사실이 일종의 비현실적인 보호막 속에서, 자각의 '무인 지대'에서 떠다녔는데도, 연달아 전화 통화를 계속하고 어머니의 죽음을 현실로 만드는 말을 되풀이할 힘이 어디서 나왔을까? 어쩌면 나는 알 수 없는 손에 의해 작동되는 자동인형이 되어 깊이 생각하지도 않고 행동한 건지도 모른다. 부고장을 작성하고, 단어와 이름을 선택하고, 발행 기한을 맞추고, 몇 줄인지 계산하고, 전자우편이 제때 들어갔는지 확인하고, 부고가 어디에 실렸는지, 엉뚱한 실수는 없었는지 보기 위해 신문을 사고…… 하는 따위의 자잘하고 상징적인 행동들 말이다.

나는 행동하면서도 그걸 자각하지 못했다. 내 마음 깊은 곳에서 작은 목소리가 비난하는 투로 물었다. 지금 네가 그녀를 죽이고 있는 것 아니야? 넌 그녀가 죽었다고 말하지만 그건 사실이 아니잖아. 나는 별로 자신 없이, 결코 사그라지지 않는 오랜 죄책감에 사로잡혀 대답했다. 나는 결코 그런 꿈을 꾸지 않았다고, 그녀는 내 품에서 잠들었다고, 나는 그녀의 숨이 잦아들다가 마지막 순간을 맞는 것을 보았다고, 그녀의 아름다운 갈색 눈을 내가 감겨 주었다고, 나는 아직도 따뜻한 그녀의 몸을 만져 보았고 예전에 내가 꼭 안기곤 했던 그녀의 가슴, 더는 움직이지 않는 가슴 위로 이불을 끌어올려 덮어 주었다고.

그럼에도 불구하고, 정말이지, 삶에서 죽음으로의 이행은 너무도 미약하고 너무도 미묘해서, 요컨대 너무 간단하고 쉽게 알아챌 수 없어서, 몇 시간 뒤에도 나는 그녀가 머리 밑에 쿠션을 여럿 받쳐 놓고 침대에 누워 쉬고 있다고, 그녀가 움직이는 것을 보았다고 믿었다.

그녀의 죽음을 바라보는 것이, 그녀의 임종을 지키는 것이 두렵지는 않았다. 그녀가 그렇게 해 달라고 부탁하면서, 그녀 곁에 있겠다고, 그럴 준비를 하겠다고, 그녀를 황량한 익명의 병실에 내버려 두지 않겠다고 약속하게 했다. 아버지가 마지막 여행을 떠날 때는 함께 있어 드리지 못했다. 그는 어떤 약물에서 비롯된 희귀한 부작용으로 건강 상태가 급격하게 나빠져서 집중 치료를 받았다. 그의 생명을 구하기 위해 사람들이 그에게 보조 호흡기를 부착하고 인위적인 혼수상태로 빠뜨리기 전에 나는 그의 곁에 있었다. 나는 한 달 동안 그를 찾아가서 옆에 앉아 그의 뺨과 손을 어루만졌고, 그의 손가락, 내 새끼손가락과 비슷하게 약간 짧고 휜 그의 새끼손가락 마지막 관절에 끼워진 반지의 익숙한 감촉을 느꼈다. 그것은 우리가 서로를 확인하는 가장 미세한 신호였다. 우리는 우리가 공유한 이 작은 기형을 놓고 함께 웃었고, 그것이 눈동자 색깔이나 머릿결 같은 것보다 쉽게 눈에 띄지 않는 육체적 유사성으로 우리를 이어 주었기에 그것을 자랑스럽게 여겼다. 그것은 우리의 비밀스런 유대였고, 우리를 서로 이야기를 나누는 데 말이 필요 없을 정도로 한통속이 된 부녀로 만들었다.

아버지는 자신이 죽는다는 사실을 알지 못한 채 죽었다. 우리는 서로에게 안녕이라고 인사하지 못했다. 그것이 그를 위해 더 나았을까, 아니면 더 나빴을까? 어떻게 그걸 알 수 있겠는가? 모든 인간이 제각기 자신의 비밀스런 면을 함께 가져간다. 아마도 그는 살아 있는 동안 그가 보여 주었던 신중함과 절제된 우아함을 간직하고 죽은 것 같다. 그가 사랑했던 사람들을 힘들게 하는 일 없이, 그의 마지막 말을 간절히 기다렸던 당신 딸에게 몇 마디 말을 남기는 일도 없이, 이틀 만에 마치 증발하듯이 갑자기 떠나 버렸다.

어쩌면 아버지는, 스스로 원하지 않았음에도, 그가 나에게 할 수 없었던 말들을 내가 직접 발견하게 만들었을지도 모른다. 빈약하지만 한없이 소중한 선물, 나는 한 번도 이 문제를 그런 식으로 생각하지 않았다. 나는 그의 침묵을 원망했고, 그 없이 이 넓은 세상으로 떠나기에는 내 보따리가 너무 비었다고 생각했다. 사망보다는 실종에 가까웠던, 가혹하고 몹시 고통스러운 점진적 소멸에 가까웠던 그의 죽음으로부터 두 해가 지난 뒤에야, 나는 내 안에 부드러운 무언가가 자리 잡는 것을 느끼기 시작했다.

어머니는 숨을 멈추기 전에 가쁜 숨을 내쉬며 아버지와 다시 만나고 싶다고 속삭였다. 그녀는 내가 곁에서 자신의 새 출발을 지켜봐 주기를 바랐다. 그래서 나는 곁에 머물렀다. 마지막 순간에서야 그녀가 그동안 내게 한 번도 주지 않았던 것을 주려 한다는 생각이 들었다. 그녀를 만족시키고 그녀를 즐겁게 해 줄 권한을, 그녀에게 아무런 비난도 듣지 않고 그녀의 기대를 만족시켜도 좋다는 허락을, 신랄한 지적 없이, 마지막 순간에 딴죽을 거는 일 없이, 다른 아무런 계산 없이, 그냥 그녀와 다정하게 지낼 수 있는 기회를 나에게 준 것이라고 말이다.

어머니의 관자놀이에, 이마에, 뺨에 입을 맞추면서, 그녀의 귀에 대고 계속 상냥한 말을 속삭이면서, 나는 살아오는 내내 내가 그녀의 마음에 들기를, 그녀에게서 조건 없는 사랑을 얻기를 헛되이 갈구해 왔음을 깨달았다. 그녀와 헤어져야 하는 시간, 그 마지막 순간에, 어머니는 당신 딸에게 만족하는 모습을 보였다. 그녀에게는 딸을 나무랄 거리가 더는 없었고, 내 손이 그녀의 손을 잡고 내 입술이 그녀의 살에 닿고 내 말이 그녀의 귀에 닿는 것을 그대로 받아들였다.

이번만은 유일하게 그녀가 나에게 만족했다. 그녀는 나를 있는 그대로 받아들였다. 나를 믿어 주었다.

기묘한 경험이었다. 나는 위로가 우울함을 물리칠 수 있는지 알지 못했다. 나는 우리 사이에 평온함이 자리 잡은 그 순간을 기뻐할 수 없었다. 그것이 마지막이었기 때문이다. 그렇다고 내가 평생 그녀를 원망할 것인가? 우리 사이의 불화와 오해, 이해 부족은 지긋지긋하게 오래 지속되었다. 이제 평화 조약이 맺어져야 했다. 그것이 그녀가 임종을 맞으려는 순간이라 한들 무슨 상관인가. 굳건한 삶의 의지를 지녔던 어머니는 내게 전화위복이라는 말을 자주 했었다. 아마 어머니도 자신이 영원히 만족할 줄 모르는 사람이라는 사실에 고통을 느꼈을 것이고, 자신의 신랄한 말과 반박의 여지를 남기지 않는 어조, 상처 주는 말의 힘을 가늠해 보지 않았겠는가. 그녀는 나름의 방식으로, 서툴게 나를 사랑했다.

어머니의 장례를 치르고, 빈자리를 느끼고, 눈물이 뒤따른다. 그리고 다른 무엇보다 깨달음의 고통이, 즉 우리가 이미 알고 있지 않았다면 지금이 부모님의 한계를 인식하고 그들의 약한 모습을 바라볼 마지막 기회임을 깨닫는 고통이 기다리고 있다. 결국 그들도 보잘것없는 인간에 불과하다.

내 의무를 저버리지 않았다는 생각, 어머니의 마지막 소원대로 당신 집으로 모셔가서 내 품에 안겨 돌아가실 수 있게 했다는 생각이 나의 고통을 덜어 주었고, 아직도 내가 해결해야 할 온갖 고통스러운 일들에 대처할 힘을 주었다.

어머니의 장례식에서 나는 어머니가 좋아했던 시, 폴 엘뤼아르의 〈자유〉를 낭송했다.

그라운드 제로

이상한 역설: 어린 시절이나 청소년기에 나를 꿈꾸게 만들었던 모든 것, 내가 받고 싶었던 모든 것, 내가 원하고 탐내고 요구했으나 얻어 낼 수 없었던 모든 것, 혹은 내가 만지는 것이 금지되었던 모든 것("어쩜 그렇게 손이 어설픈 거니, 난 네가 그것만큼은 깨지 않았으면 좋겠다"), 내가 사용하거나 갖고 다니는 게 금지되었던 모든 것("넌 아직 그럴 만큼 조심스럽지 못해")이 갑자기 내 손에 들어왔다.

나의 감정이나 부모님의 감정은 이제 중요하지 않았다. 희망, 욕심, 눈물, 분노는 이제 그들의 망설임이나 거절과 맞닥뜨릴 필요가 없었다. 법이 우리 대신 결정해 주었기 때문이다. '유일한 법정 상속인'이라는 공증인의 표현대로, 모든 것이 나에게 유증되었다. 뒤죽박죽으로. 감정의 무질서와 혼란 속에서.

예전에 내가 갖고 싶어하던 것, 지금은 내 마음에 들지 않는 것, 나를 불편하게 만드는 것, 너무 늦게 혹은 너무 일찍 주어진 것, 내게 필요 없는 것, 나를 당황하게 만드는 것, 그 모든 것이 이제는 내게 속했다. 상속에 의해.

나는 이제 아무것도 원하지 않았다. 나는 아무런 욕망도 없이, 무감각했다.

그들이 당신들 손으로, 자유로운 의사와 선한 의지에 따라 나에게 주지 않았던 것을 어떻게 받아야 할까? 왜 그들이 생전에 나에게 맡기지 않은 것들을 내 집으로 가져가야 할까? 고아가 된다는 것, 그것은 상속하는 것이라고 법은 선언한다. 이것은 쉽게 이해할 수 없는 서툰 요약이다. 쟁취하지 않고 뭔가를 차지할 수 있을까? 전에는 당신에게 허락되지 않았던 것을 왜 받아들일까? 어머니가 내게 주려 하지 않았던 발받침대를 가져가면서 어떻게 내 안에서 거북한 보복의 감정을 느끼지 않겠는가? 왜 내가 '법의 이름으로' 이런 치사한 감정을 느껴야 한단 말인가? 만일 그들에게 소중했던 램프나 탁자를 내가 간직하고 싶지 않다면, 내게 그것을 처분할 권리가 있을까? 선물용 포장지로 감싸인 검은 명주 카라코*는 내게 주려던 것이었을까? 나는 그것의 상속자일까, 수취인일까, 아니면 중간에서 가로챈 자일까? 물건들은 이제 내 소유가 되었을까, 아니면 아직도 그들의 것일까?

공허감, 압박감이 내 안을 파고들었다.

나는 '유일한 상속인'이었기에 법적으로는 다른 누구와 아무것도 나눌 필요가 없었다. 그러나 나는 주고 싶다는, 선물하고 싶다는 간절한 욕망을 느꼈다. 그건 내 짐을 줄이고 부담을 덜기 위해서였을까? 나 혼자 돌아가신 부모님들과 함께 갇혀 있는, 그 질식할 듯한 닫힌 방에서 도망치기 위해서? 나는 외동딸이어서 위로든 아래로든 형제도 자매도 없다. 나는 부모님 생전에도 외동딸이었고, 두 분이 돌아가신 뒤에도 계속 혼자였다. 나는 천애고아가 되었다. 고독한 상속녀. 내가 물려받고 싶었던 유일한 유산은 그들의 신뢰였다. 나는 그들이 세상을 떠나기 전에 나를 절대적이고 확고하고 전면적으로 신뢰해 주기를 바랐다.

꼼짝도 못하는 이 물건들이, 이상한 물건들이, 짝 잃은 기념품들에 어떤 의미가 있었던 걸까? 그 물건들이 나를 거부했을

* caraco, 여성용 상의의 일종.

까, 아니면 내가 그것들을 거부했을까? 그 물건들은 예전에 가졌던 마법이 풀려서 더는 힘을 발휘하지 못한다. 내가 지금 '이 모든 것'을 바라보는 시선에는 적의가 숨어 있다. 부모님이 내게 선물로 주지 않은 자질구레한 장식품이나 스카프, 수채화 같은 것들, 내 아이들에게 유용했을 텐데도 부모님이 그 아이들에게 선물할 마음을 먹지 않았던 사전, 웃으면서 나에게 줄 수도 있었으련만 결국 그들의 미소 없이 인수하게 된 저 유리병, 그 물건들에 대체 어떤 가치가 있었단 말인가?

나는 증여에 찬성하고 상속에 반대한다. 반드시 유언장을 남기고, 자신이 물려주고 싶은 것이 무엇인지, 그것을 누구에게 주고 싶은지 구체적으로 명시해야 할 것이다. 한 세대에서 다른 세대로의 인계가 그저 저절로 이루어져서는 안 될 것이고, 선택이나 선물, 분명하고 신중하고 깊이 숙고한 양도가 되어야지, 그저 관례나 소극적인 방임, 체념이어서는 안 될 것이다. 나는 상속받았다. 그냥 받았더라면 얼마나 좋았을까.

집요한 질문 하나가 나를 짓눌렀다. 부모님의 집에 있는 것들, 이런저런 물건들로 내가 무얼 해야 할까? 정말 내가 자유롭게 선택해도 될까? 법은 아직도 부모님의 것으로 남아 있는 세계의 소유권을 온전히 나에게 주었다.

물건들, 가구들, 옷들, 서류들 하나하나의 앞에 마치 선택의

기로에 놓인 방위표시도처럼 간직하거나 선물하거나 팔거나 버리는, 네 가지 가능성만이 놓여 있었다. 내 시선과 손이 어떤 물건에 가 닿을 때마다 선택해야 했다. 지하실에서 다락방까지 집 안에 얼마나 많은 물건들이 숨어 있을까? 이 집은 내게 얼마나 많은 결정을 강요할 것인가? 나는 수십 번, 수백 번, 수천 번이나 어떤 물건을 평가하고, 그것을 쓰레기통에 넣을지, 집으로 가져갈지, 남에게 줄지, 가격을 협상해 봐야 할지…… 운명을 결정해야 했다. '미정'이나 '나중에 결정할 것' 범주가 가장 큰 비중을 차지했다. **현상 유지**(statu quo) 범주에 속하는 것이 상식에 따라 정해진 네 범주를 크게 웃돌았다. 나는 더없이 낙심했다. 그 집에서 헤어날 수가 없었다.

처음 며칠 동안은 내가 부모님의 집을 '비우려는' 게 아니라 '정리하려는' 거라고 믿었다. 어떤 동사를 다른 동사로 대체해서 쓰는 것은 내게 자주 있는 일이다.

정리하거나 짐을 옮기는 일은 종종 시련을 의미한다. 하지만 이런 평범한 행동을 견딜 수 없게 만드는 것은, 그 일을 하면서 죽은 사람의 과거를 파헤치고 매번 그들을 잃었다는 사실을, 그들이 떠났다는 사실을 대면해야 한다는 점이다. 그들은 이제 그곳에 없는데 왜 내가 그들의 집에 있는 걸까?

죽은 사람들은 우리의 기억에서 사라지지 않는다. 우리가 마음껏 그들을 떠올릴 수 있다는 점에서, 그들은 우리 안에 계속 존재한다. 하지만 반대로 그들 쪽에서는 우리를 더는 생각할 수 없다. 대화는 오로지 상상 속에서만 이어진다. 그들에게 우리는 존재하지 않는다. 그래서 우리는 만일 그들이 있었다면 어떻게 생각했을지 상상하려 애쓴다. 그들이 우리의 결정에 동의했을까? 내가 그들의 의사를 존중했을까? 내가 당신들 집에서 살고 싶어하지 않는다는 사실을 알았다면 그들이 충격을 받았을까? 스스로를 격려하기 위해 혼자 중얼거린다. 만일 그들이 원했다면 정확한 지시를 남기지 못할 이유가 없었다고, 그런데 그들이 그런 지시를 남긴 적이 없으니 나는 내가 원하는 대로 행동해야 한다고 말이다.

아버지와 어머니는 이제 내 안에 자리 잡았다. 현실 속의 그 무엇도 내가 그들에 대해 간직하고 있는 이미지들, 나 혼자서 꾸며 낸 이미지들, 내 방식으로 재구성한 추억들을 반박할 수 없을 것이다. 그들은 나에게 속했고, 내 안에 있었다. 그것은 평온함과 격렬함이 뒤섞인 느낌이었다. 나는 나의 가족들을 바라보았다. 내 옆과 앞에만 있을 뿐, 내 뒤에는 이제 아무도 없었다. 나는 사람들이 의지하는 존재, 새로운 혈통을 만들어 낸 존재, 바로 연장자의 자리를 차지했다.

주변을 둘러보았다. 현기증이 몰려왔다.

비겁하게도 나는 이 딜레마에서 벗어나는 것을 나중으로 미루었다. 나는 청소년 시절부터 내 것이었던 자잘한 장식품들과 책 몇 권을 집에 가져가는 것으로 작업을 시작하기로 했다. 과거와의 마지막 연결고리, 아직 분리가 완전히 이루어지지 않아서 언제든 그곳으로 돌아가 은신처로 삼을 수 있다는 표시라도 되는 양 친정에 남겨 두는 것이 안심이 되었는지 늘 내 집으로 가져가기를 깜빡했던 물건들이었다. 그다음으로는 내가 부모님께 선물한 물건들을 가져가기로 했다.

아이들은 다툴 때 "한번 줬으면 그걸로 끝이지, 다시 가져가다니, 그건 도둑질이야" 하고 외치곤 한다. 내가 도둑질을 한 것일까? 플레이아드 총서에 실린 프레베르의 책 두 권, 뉴욕에서 가져온 과일 접시, 베네치아에서 열린 모딜리아니 전시회 카탈로그(그걸 들고 운하 곳곳에 놓인 다리의 계단을 오르내리며 이리저리 돌아다니느라 얼마나 무거웠는지 모른다), 그들이 그리 마음에 들어하지 않았던 토스카나식 항아리를 내가 어떻게 아무런 부끄러움도 없이 가져갈 수 있었겠는가?

쉬운 게 하나도 없었다. 물건들마다 그들의 부재를 떠올리게 했고, 결핍감을, 고독감을 되살려 놓았다. 그 과업이 나를 짓눌렀고, 그 집에는 물건이 넘치게 많았고, 고통은 지독히도 생생했다. 나는 뒷걸음질 쳤다. 엄청나게 무거운 무언가가 내 어깨를 짓눌렀다. 도망치고 떠나 버리고 싶었다. 혼자 생각했다. '바보 같으니라고! 가책 따윈 던져 버려. 넌 부모님이 살아 계실 때 그분들 때문에 충분히 힘들었어. 그러니 그분들이 떠난 뒤에까지 너를 힘들게 하진 말라고! 네 마음에 드는 일을 해!'

나는 다락으로 올라갔다. 구석에 검은 펠트로 만든 동그란 쿠션, 커다랗고 빨간 입술에 놀란 눈, 미소 짓는 얼굴로 장식되었으며 귓불 가장자리에 커다란 황금색 고리 두 개가 꿰매져 있는 쿠션이 있었다. 내가 어릴 때 쓰던 침대에 놓여 있던, 나의 소중한 밤불라! 나는 예전처럼 밤불라를 꼭 끌어안았다가 처음 발견한 곳에 다시 내려놓았다.

전화가 울렸고, 나는 수화기를 들었고, 누군가 어머니의 이름을 대면서 그녀와 통화하고 그녀의 소식을 알고 싶다고 했고, 아직 사실을 알지 못해서 우리의 목소리를 혼동했다. 나는 아니라고, 난 그녀가 아니라 그녀의 딸이라고 말하면서, 어머니의 이름 대신 내 이름을 알려 주었다. 그녀는 부재중이었고, 그 후로도 영원히 부재중일 것이었다.

집을 떠나기 전에 나는 부모님 방에 들어갔다. 모든 것이 그대로 남아 있었다.

어머니가 주무시던 쪽 침대 머리맡에 아버지의 사진이 놓여 있었다. 문이 열린 창틀에 팔꿈치를 괸 잘생긴 청년이 57년 동안 미소 짓고 있었다. 그 옆에는 하얀 바탕에 검은 활자의 숲을 배경으로 어머니의 얼굴과 내 얼굴을 클로즈업해서 찍은, 세월의 흐름 속에서 퇴색한 사진이 놓여 있었다. 1972년 뉴욕에서 쌍둥이빌딩 중 한쪽의 꼭대기에서 찍은 사진이다. 그라운드 제로.

무와 과잉

부모의 집에는 뭔가 신성한 질서 같은 것이 존재한다. 그것을 건드리는 것은 신성모독, 불경죄에 해당한다.

어디서부터 분리를 시작할까? 어떻게 이 장소 특유의 개성과 일관성을 쓸어 낼 마음을 먹을까? 한 번에 방 하나씩 치우기로 한다면, 어떤 방부터? 다른 방보다 추억이 적은 방이 있었던가? 삶의 파편이 모든 것을 무지갯빛으로 반짝이게 했다. 그 집의 구석구석마다, 모퉁이마다, 고인이 된 집주인들의 흔적이 아직도 생생하게 간직되어 있었다. 어디서부터 물건을 들어낼까? 어떤 곳에서 파괴를 자행할까? 그런 일을 하는 데도 부드러운 방법이 있을까? 나는 물건들을 지나쳐 가다가 하나를 집어 들고 그것을 쓰다듬고서 다시 내려놓았고, 두 번째 물건을 집으면서도 그 물건의 운명을 선뜻 확정하지 못했다. 부엌을, 거실을, 식당을 공략할까? 짝이 맞지 않게 하고, 흩어 놓고, 갈라놓기. 왜 나는 애도에 혼란과 고뇌를 더해야 했을까?

물건들은 단순히 물건으로 그치지 않고 인간의 흔적을 간직하며, 우리를 연장시켜 준다. 오래 간직한 물건들은 나름의 소박하고 충직한 방식으로, 우리 주변의 동식물들에 버금가는 충실함을 보여 준다. 물건들은 저마다 고유한 이야기와 의미를 갖고 있으며, 그것은 그 물건을 사용하고 사랑했던 사람들의 이야기와 뒤얽혀 있다. 물건들과 사람들이 함께 모여서 쉽게 해체될 수 없는, 일종의 통합체를 형성한다. 나는 주저하며 짓눌린 채 무기력하게 집 안을 이리저리 방황했다.

뭔가 결단을 해야 했기에, 나는 우선 부모님의 개인적인 서류들을 훑어보지 않고 옮겨 두었다가 나중에 더 시간을 두고 분류하기로 했다. 애도 기간의 초반에는 가질 수 없었던 관심과 여유를 거기에 쏟기 위해서였다.

내 집의 차고를 문서 보관하는 곳으로 바꿔서 그곳에 몇 미터나 되는 책장을 설치했고, 거기에 부모님이 오랜 세월 보관했던 상자들, 서류들, 서류 보관용 파일들을 줄지어 늘어놓았다. 편지들과 기념품들이 통장 사본, 전화요금 고지서, 전기요금 고지서, 보험사 사은품, 납세 고지서 사본 들과 나란히 놓였다. 그들은 무엇이든, 모두, 정말 모든 것을 삼사십 년 동안, 심지어 어떤 때는 오십 년도 더 전부터 간직해 왔다. 이 많은 서류들을 꼼꼼하게 살펴보려면 비 내리는 긴 겨울밤이 몇 백 일은 필요하리라. 하지만 서류들을 살펴보지 않고서는 그것이 중요한지 하찮은지, 보관할지 버릴지 판단하기가 어려웠다.

무엇보다 어머니가 당신의 친가와 외가 양쪽의 가계도를 작성하기 위해 모아 놓은 서류와 색인표, 참고 자료 들이 있었고, 아버지의 가족과 관련된 단편적인 정보들도 약간 있었다. 어머니가 특유의 인내심과 정성, 질서에 대한 애정과 완벽하고자 하는 욕망으로 완수한 엄청난 작업이었다.

나는 그들의 삶을 기록하는 문서 담당자가 되어야 할까? 내 집은 그들의 과거를 보여 주는 박물관으로 만들고? 선조들을 위한 제단으로? 자신의 뿌리와 강력한 관계를 유지하는 것은 건강한 일이다. 하지만 그렇다 하더라도, 뿌리가 흙 밖으로 비어져 나와 대기에 나와 있는 줄기 부분까지 침범하고 성장을 방해할 지경이라면 위험하지 않을까?

어머니가 적극적으로 가계도 조사를 시작했을 때 스무 살이었던 나는 어머니가 하는 일을 살짝 빈정거리는 심정으로 바라보았다. 그녀의 열성은 나를 지겹게 했다. 나는 그녀의 아주 오래 전 조상이 나폴레옹 군대의 음악가였던 것 같다는 이야기보다, 당신이 민족 학살의 생존자로서 직접 겪은 과거 이야기를 더 듣고 싶었다. 선조들과 다시 이어지는 기쁨에 겨워, 그녀는 혈통의 이어짐이 그녀의 후손에게는 당연하지 않음을 보지 못했다. 모든 집단 학살은 세대가 계속 이어진다는 자명한 믿음을 부숴 버린다. 어머니는 그녀의 선조들을 찾으려 애썼다. 하지만 나는 내 어머니의 역사에 접근할 수 없었다.

그녀는 처음 그 일에 심취했던 몇 달 동안 아버지와 나를 라인 강과 모젤 강 사이에 자리 잡은 평화로운 묘지들로 이끌고 다녔고, 잘 보존되어 있는 선조들의 무덤을 찾아서 당신이 해독할 수 있는 모든 비문을 경건하게 기록했다. 나는 나무 위로 기어오르거나 바위에 앉아 다른 것을 **찾아나서는** 쪽이 더 좋았다. 나는 진득하게 프루스트를 읽었다. 묘비들 한가운데에서 문학은 나에게 상상의 조상을 만들어 주었고, 우리 이전에 쉼 없이 이어진 오십만 세대의 뒤를 이어 도피할 길을 열어 주었다…….

어머니는 17세기까지 거슬러 올라간 가계도 연구를 정리하는 글을 쓸 시간이 없었다. 그렇지만 생애 말년에 손녀에게 당신의 어린 시절 추억을 들려주는 글을 썼다. 그녀가 태어난 도시 쾰른과 라인 강 유역의 농촌을 오가며 보낸, 1920년대의 행복한 어린 시절이었다. 내가 계속 요청하고 격려했는데도 어머니는 1933년에 히틀러가 권력을 장악한 후 그녀가 스트라스부르에 도착해서 시청 박공에 커다랗게 자유, 평등, 박애라는 말을 새겨 놓은 나라를 발견하고 기뻐했던 이후의 일에 대해서는 결코 언급하지 않았다.

아마도 아버지가 어머니에게 집단 수용소에서의 경험을 쓰지 말라고 말리셨던 것 같다. 아버지는 어머니가 지나치게 격렬한 감정들을 피했으면 좋겠다고 하셨다. 혹시 아버지는 당신 스스로를 보호하고 싶었던 게 아닐까? 어머니는 아버지가 돌아가시고 혼자 지낸 짧은 기간 동안에도 아버지의 금지령을 지켰다. 그렇지만 어머니도 아버지와 마찬가지로 미래 세대를 위해 증언하는 일은 수락했다. 나치 수용소에서 살아남은 생존자로서 그들의 기억을 담은 여러 시간의 인터뷰 비디오테이프가 있다는 사실은 나도 알고 있었다. 한 대학 재단에서 제작한 것이다.

하지만 그들은 나에게 그 증언 테이프를 보라고 권하지 않았고, 나도 보여 달라고 요구할 권리가 있다고 느끼지 않았다. 우리가, 즉 부모님도 나도 깨뜨릴 수 없었던 침묵은 두 분이 돌아가신 후에도 계속되었다.

결국 이제는 나 혼자서 그 금기를 깨뜨려야 했다. 그들이 나에게 숨겼던 것, 그것은 내가 읽거나 들은 것보다 더 나빴을까? 내가 알고 있었던 것은, 내가 그것을 알 수 없으며 내가 알게 되기를 그들이 바라지 않았다는 사실이다. 그것은 금지된 지식이었다. 공포로, 치욕으로, 거부로 얼룩진, 거울 속에서 포착된, 화석화한 지식.

내 부모님은 살아남기 위해 싸웠다. 그리고 나처럼 집단 학살을 겪은 세대의 자녀들은 자기 이름으로 살기 위해 싸워야 했다. 자기만의 역사를 살기 위해서는 분화되지 않은 채 짓누르는 마그마에서, 정신적 외상을 입은 기억에서 벗어나야 했다. 끝없는 자기분석을 통해 자신의 정신현상을 부모의 정신현상으로부터 떼어 놓으려 시도하기.

다른 가능성도 많았는데 왜 나는 굳이 고색창연한 이 작은 가죽 트렁크를 열어 보고 싶었을까? 우연 혹은 직관. 그 트렁크 안에는 있는지도 몰랐던 편지 꾸러미가 들어 있었다. 아직 어린 소년에 불과하던 아버지가 1938년 기숙학교에 있을 때 할머니가 아버지에게 쓴 편지들은 아버지가 내 앞에서 한 번도 회상한 적이 없었던 시기의 이야기를 들려주었다.

러시아인이던 친할머니는 강제 수용소에 수용되었다가 1942년 나치스에게 살해되셨는데, 나는 그분에 대해 아는 바가 전혀 없었다. 몇 년 전부터 나는 친할머니의 작은 사진 하나를 주소록에 넣어 다녔다. 그녀는 양손으로 작은 새끼 고양이를 붙잡아 얼굴 높이까지 들어 올리고서 다정하고 즐거운 시선으로 고양이에게 미소 짓고 있다. 머리는 틀어 올렸고, 슬라브 민족 특유의 튀어나온 광대뼈가 눈에 띈다. 뒷면에 파란 색연필로 '1939년 스헤베닝헌*'이라고 적혀 있다.

그녀와 함께 한 세계 전체가 사라졌다. 러시아인 가족, 러시아 요리, 러시아어, 러시아의 기억들, 러시아 이름들. 나는 그녀에 대해 더 많이 알고 싶었지만, 아버지는 그녀에 대해 말하기가 고통스러웠던 듯 그녀를 떠올리는 일이 지극히 드물었다. 아버지는 언제 마지막으로 그의 엄마를 봤을까? 언제 그녀의 끔찍한 죽음에 대해 알게 되었을까? 아이였을 때 나는 종종 가스실까지 그녀를 따라가는 상상을 했고, 불안 속에 갇혀서 자식들에게 닥칠 운명을 미칠 듯이 근심하다 질식해서 숨을 헐떡이고 공포에 사로잡혀서 쓰러지는 그녀의 모습을 그려 보곤 했다.

아버지는 당신의 어머니에게서 무엇을 받았을까? 편지 꾸러미, 사진 한두 장, 어쩌면 성격의 몇몇 특징들, 두상. 그리고 아버지의 형이 간직했다가 전쟁이 끝난 후에 아버지에게 전해 준

* Scheveningen, 네덜란드의 수도인 헤이그의 한 구역 이름.

작은 패물이 있었다. 파란색 칠보 메달이었는데, 나는 그걸 몹시 착용하고 싶었지만 허락받지 못했고 그 이유는 나도 모른다. 나는 로즈라는 할머니의 이름만 물려받았다. 그것은 너무 무거운 유산이었다.

우울함과 씁쓸함 사이에서, 슬픔과 고통 사이에서, 감사와 낙담 사이에서 나는 내가 부모님이 늙어 가는 모습을 볼 수 있었고, 그들에 대해 들려주는 물건들을 물려받을 수 있어서 다행이라고 생각했다. 부모님은 모든 것을 간직하려 들었다. 그들은 그 어느 것에서도 정을 떼지 못했고, 아무것도 버릴 수 없었다. 그들의 청춘이 너무 많은 이별과 너무 많은 죽음으로 산산조각 났기 때문이다. 그들은 너무 적게 가졌기에 나에게 너무 많은 짐을 떠넘겼다. 그들은 그들의 빈자리를 채우고자 했다.

한 세대에서 다음 세대로 넘어갈 때는, 무도 부담이 되겠지만 과잉도 마찬가지다. 우리는 언제나 부정적인 것밖에 전달하지 못하는 걸까?

염소 위에 놓인 사과처럼

지하 식품 저장실에서 생선 냄비, 쿠스쿠스 냄비, 잼 만드는 구리 냄비, 프라이팬, 쌓여 있는 작은 냄비들, 수십 개의 수납용 상자, 비어 있는 마멀레이드 단지, 비축해 놓은 생수, 사과나 당근이나 작은 콩을 졸인 콩포트, 두루마리 휴지, 끈 조각들, 포도주 병과 다양한 종류의 빈 병들 뒤에, 내가 아기 때 쓰던 젖병들이 마치 갓 태어난 아기처럼 천진하게 놓여 있었다!

양식 있는 분들이라 믿었던 내 부모님이 어떻게 오래된 갈색

고무젖꼭지가 부착된 이 작고 두꺼운 유리병들을 보관할 필요가 있다고 — 혹은 재미있다고, 혹은 재치 있다고, 혹은 익살스럽다고, 혹은…… 무엇이었을까 — 믿었을까? 그들이 나에게 우유를 먹인 뒤로 많은 아기들이 그들의 품을 스쳐 갔다. 그러니 그들도 그 낡은 젖병들이 더는 사용되지 않을 것이며 그걸 간직해 봤자 아무 보탬이 되지 않으리라는 사실을 알지 않았을까? 그들은 내가 그들의 뒤를 이어 그 젖병들을 영원히 간직하기를 기대했는데 — 내가 딸에게 모유를 먹이는 바람에 — 그렇게 되지 않았던 걸까? 사실 딱 한 번 딸에게 젖병에 든 우유를 먹이려 시도한 적은 있다. 하지만 소독하려고 젖병을 담은 냄비를 불 위에 올려놓고는 깜빡하는 바람에 물이 다 졸아들어서 냄비 바닥에 쪼그라든 젖꼭지에서 구역질나는 냄새가 난 뒤로 우유를 먹이려는 시도 자체를 완전히 접어 버렸다.

도저히 믿기 힘든 젖병 유물 옆에서 발견한 오래된 잼 단지를 다른 사람에게 주려고 챙겨 든 나는 기진맥진하고 회의에 사로잡히고 기가 막혀서 식품 저장실을 떠났다.

부모님 집에 있는 그 어느 것도 우리 관심을 끌지 않는 것이 없었다.

며칠 뒤 나는 서랍 몇 개를 가득 채우고 있던 은행 서류들, 전화요금 고지서들, 다양한 안내서들, 가전제품과 전축의 사용

설명서 들을 처리하는 데 뛰어들었다. 아니나 다를까, 이번에도 잘 정리된 파일들과 서류 정리함들의 평온하고 지루한 겉모습 아래에 전혀 예측하지 못한 것이 숨어 있었다. 세심하게 시간 순으로 정리된 평범한 행정 서류들 사이에, 한참 전에 지나간 시대에서 온 침입자들이 슬그머니 섞여 있었다. 내가 태어난 즈음이던 1950년대에 외할머니가 크레믈랭 비세트르, 들레클뤼즈가 20번지에서 지불한 집세 영수증들이 느닷없이 튀어나온 것이다. 모든 것이 상세하게 적혀 있었다. 집세 4431, 반기별 인상분 341, 오물 수거비 430, 물 289, 전기 94, 그리고 무엇보다 눈에 띄는 것은 욕조 277…….

어이가 없어진 나는 곧이어 같은 시기에 발행된 다른 계산서들을 모아 놓은 봉투 하나를 발견했다. 그중에는 내가 태어난 산과 병원에서 어머니가 머문 비용 청구서까지 있었다! 마치 어제 일처럼 모든 것이 명시되어 있었다. 7월 15일에서 23일까지 사용한 병실비, 약값, 매일매일의 치료비, 분만실 이용료, 겸자 분만 요금, 전화요금, 심지어 아기 입원비까지! 9월 5일까지 나 혼자 산과 병원에 남아 있어서 발생한 비용 청구서도 클립으로 고정되어 있었다. 어머니가 결핵에 걸려서 의사들은 신생아를 결핵균으로부터 보호하기 위해 8주 동안 어머니와 떼어 놓는 게 좋겠다고 판단했다. 이 최초의 이별에 대해 나는 막연하게 전해 들었기에 그 기간을 가늠하지 못했다. 그 영향 역시 결코 알 수 없을 것이다.

어머니의 품이 아니라 병원 직원에게 맡겨진 갓난아기는 어떻게 느낄까? 나는 오랫동안 그 일이 내 삶의 시작도, 어머니와 나의 초기 관계도 편하게 만들어 주지 않았다고 생각했다. 이런 생각을 반박하기 위해 사람들은 나에게 병원에서 찍은 사진 한 장을 보여 주었다. 아주 예쁜 간호사 품에 안겨 있는 내 모습과, 병실 유리창 너머에서 젊은 아버지가 감격에 겨워 아기에게 미소 짓는 모습이 창에 비친 것을 동시에 볼 수 있는 사진이다. 이제 나는 그 방이 466호였고, 내가 먹었던 분유의 값과 생후 2주 뒤에 받은 흉곽 엑스선 검사 비용을 알게 되었다. 소아과 의사의 이름은 모리스 선생님, 청구서는 '아기 리디아 플렘'에게 발행되었다…….

그날 밤 그 집을 나설 때 나는 생생함과 부드러움으로 가득한 그림 한 점을 들고 가서 — 내가 분산시켜야 할 우주, 숟가락으로 대양을 퍼낼 때보다 더 방대한 그리움으로 전율하는 우주를 생각할 때면 밀려드는 막막함을 피하기 위해 그 집을 방문할 때마다 뭔가 가져가기로 규칙을 정했다 — 내 집 현관에 걸어 두었다. 이제 그 그림은 부모님의 집에서 나를 맞아 주었듯 내 집에서 나를 맞이할 터였다. 그림의 제목은 위쪽 가장자리 바로 아래에 적혀 있었는데, 내가 그동안 한 번도 주의를 기울이지 않았던 그 제목은 〈나의 과거는 염소 위의 사과와 비슷하다〉였다. 실제로 눈빛이 온순하기 그지없는 염소가 등에 빨간 사과 하나를 올려놓고서 우수에 잠긴 어떤 사람을 향해 나아가고 있었다. 나는 그가 여자인지 남자인지, 혹은 이중적인 인간, 그러니까 남녀가 하나로 결합된 자웅동체의 존재인지 판단할 수가 없었다. 원경에는 샤갈의 그림에서처럼 교회와 집들, 창문들이 비스듬히 춤추는 작은 마을이 있었다. 그날 밤 나는 아래층으로 내려가 손전등 불빛에 그림을 비춰 보았다. 그림은 어둠 속에서 불그스름하고 환하게 빛을 발했다. 그림 속 인물은 러시아 농촌 여자들의 치마처럼 헐렁한 치마를 입었고, 깃을 파낸 부분 위로 아주 하얗고 둥근 가슴이 있으며, 두 개의 성기를 가진 듯 기묘한 팔 두 개가 배 밖으로 튀어나와 있고, 손가락은 세모난 발을 가지고 짓궂은 표정을 짓는 염소 쪽으로 벌어져 있다. 이 그림은 절망을 먹고 자란 기쁨의 분위기를 풍겼다. 그것을 이별의 고통과 자유의 견디기 힘든 혼합으로 해석하면 내 상황과 잘 맞았다.

침대 옆에서

나는 누구에게도 말할 수 없는 것을 글로 쓴다.

프리모 레비

그들이 좋아했던 물건들, 정성스럽게 선택했거나 우연히 모았거나 습관적으로, 혹은 '혹시 몰라서' 간직했던 것들, 항로 표지처럼 인생의 진행 방향을 일정하게 유지하기 위해 원했던 것들, 그들의 존재를 증명하기 위해 망각의 주머니 속에 가둬 놓았거나 세월의 훼손으로부터 지킨 것들, 그것들을 흩어 놓을 권리가 과연 내게 있을까? 그들의 사생활에 억지로 끼어들고, 노크 없이 그들의 방에 들어가고, 그들의 크고 작은 편집증과 기벽, 상처를 드러내고, 분명 그들이 예상하지 못했을 부분까지 들쑤셔서 내 눈앞에 드러나게 만들어 놓고 어떻게 죄책감을 피할 수 있을까? 나는 늘 우리 가족에게 비밀이 있을지도 모른다는 의혹을 마음속에 품어 왔다. 그동안 알고 싶었던 것, 혹은 알고 싶지 않았던 어떤 것을 발견하게 될까? 대담하게 모든 서랍을 열어 보고 모든 서류를 읽어 보고 그 간극을 탐색해야 할까, 아니면 어떤 것들에 대해서는 신중하게 등을 돌리고 그대로 가방과 종이 상자에 집어넣어 아무 내용도 확인하지 않은 채로 버리거나, 심지어 불태워 버려야 할까?

어떻게 그런 몰상식한 무례를 범하겠다고 결심할 수 있겠는가? 설사 그것이 아주 어린 시절부터 품었으나 억눌린 오랜 욕망들, 즉 방문 앞에서 엿듣고, 열쇠 구멍으로 엿보고, 부모님의 방에서 나는 소리에 귀 기울이고, 항상 금지되었으나 그럼에도 정당한 호기심을 채우고자 하는 등등의 욕망에 잘 부합한다 할지라도 말이다. 예를 들어, 나의 출생에는 어떤 비밀이 있을까? 나는 어떤 사랑에서 태어났을까? 어떠한 생존의 욕구에서? 부모님은 스스로 의식하지 못하는 사이에 어떤 무의식의 흔적들을 나에게 전달했을까?

나는 어떤 상상할 수 없는 모계와 부계의 혈통 속에서 태어났을까? 어떻게 한 줌 연기가 되어 사라진 고인들, 아무 죄도 없이 학살당한 가족들로 가득한 가계에 나를 포함시킬 것인가? 고아이자 강제 노동에 동원된 노예였으며, 사람들이 인류의 무리에서 제거하고자 했던 사람들, 그러고도 세상의 요란한 침묵 때문에 그토록 오랫동안 입을 다물 수밖에 없었던 사람들, 어떻게 그들의 딸이 될까? 나를 공포의 보호막으로 삼았던 부모, 그들의 자녀가 아니라 방패로 삼았던 부모를 어떻게 계승해야 할까?

도저히 말할 수 없는 과거에 맞서고 내가 태어나기 전에 그들이 잇달아 겪었던 격심한 정신적 외상에 맞서기 위해, 잃어버린 단어들을 집요하게 더듬으며 찾아 나가는 일 외에 도대체 무엇을 할 수 있었겠는가? 그들의 '자유로운' 상속녀가 되기 위해 나는 항상 나를 위협하던 절대적 침묵을 깨뜨려야 했다. 글쓰기가 절박한 과업이 되었다.

언어를 통해 접근함으로써 나는, 말로 표현할 수 없는 그들의 과거 때문에 그들의 삶과 분리된 독자적 삶을 꾸리지 못하는 상태에서 벗어날 수 있을 것이다. 더는 그들의 고뇌와 침묵에 무기력하게 갇혀 있지 않고, 내 혈통의 적극적인 계승자가 될 것이다. '아버지가 물려주신 것들을 진정으로 소유하려면, 그것을 쟁취하라'라는 말처럼.

갖가지 배낭들과 여행용 가방들, 서류더미와 함께 아버지가

1970년대에 고안해서 제작한 램프 하나를 짊어지고 부모님의 집에서 돌아온 날, 나는 책상에 앉아 나를 엄습하는 다양한 감정을 막아 주는 일종의 흥분 속에서 정신없이 글을 썼다. 큰 소리로 표현하기 어려운 감정들, 고통과 해방감 사이를 오가는 감정들.

아버지가 돌아가신 지 얼마 되지 않아 어머니까지 돌아가셨기에 두 분은 내게 무척이나 생생하게 남아 있었고, 강박적일 정도로 내 뇌리를 떠나지 않았다. 그들은 내 모든 생각과 행동을 지배했다. 나는 정신적으로도, 아주 구체적으로도 계속해서 내가 그들과 수년에 걸쳐 가졌던 관계의 모든 측면을 평가하고 더 깊이 파고들었다. 그것은 심층 심리 연구였다.

나는 내가 그들에게 보낸 편지 몇 통을 다시 읽었다. 내 마음을 솔직하게 담아 보냈지만, 그들은 한 번도 그런 솔직함으로 응답하지 않았다. 눈물겨운 순진함이 여전히 나를 뒤흔들었고, 나는 그 점이 부끄러웠다. 이런 조잡한 거울에, 너무 오래 지속된 투명성의 환상 속에 나를 비춰 보지 않았다면 더 좋았을 것을.

나는 그들에게 할 말이 너무 많았는데, 그들은 내게 할 말이 없었다. 이런 불균형이 나의 글쓰기를 정당화해 줬으나, 동시에 부모님 생전에 내가 겪었던 아찔한 고독감을 다시 불러일으켰다.

내 안에 자리 잡은 고뇌는 그들이 지녔던 고뇌의 분신이었기에 더욱 강렬했다. 그들은 그 고뇌를 대면하고 다듬고 소화하고 변형할 수 없었고, 단지 거리를 두고 겨우겨우 그것을 억제하고 붙잡아 두려 했을 뿐이다. 나는 자라는 동안 그들에게 의지할 수 없었다. 그들의 불안감과 악몽을 흡수하면서도 그와 관련된 어떤 이야기도 듣지 못했기 때문이다. 어쩌면 그들은 내가 그런지 전혀 몰랐을 수도 있다.

오히려 우리는 역사와 무관하게 아빠, 엄마, 가정부, 나 이렇게만 있는 작은 가족인 듯이 굴었다. 사실은 히틀러, 스탈린, 역사, 우리가 있었는데 말이다.

부득이한 경우 이 문제가 감정을 배제한 토론 주제가 될 수는 있었다. 하지만 지나치면서라도 말에 감정이 섞이거나 부모자식 사이의 이야깃거리가 되는 일은 결코 없었다. 그들의 밤과 그들의 몸에 들러붙어서 끊임없이 괴롭히던 것, 특히 입에 올릴 수도 없는 '그곳'에서 비루해지고 난도질당하고 고문당하고 폭행당한 육체의 고통을 두 사람 다 망각 속에 묻어 버리고자 했으나 그것은 불가능했다. 복통, 호흡 곤란, 불면, 스트레스, 등의 통증, 고문당하는 꿈, 밤마다 정적을 깨는 비명 등 그들의 몸이 그들을 대신해서 말했다. 그들 옆에 있었던 나의 몸도 그들의 이미지에 속했기에 전쟁의 흔적이 새겨졌다.

나는 책과 음악, 그림과 춤 속으로 도망쳤다. 집에서는 붙잡을 수 없는 유령처럼 떠돌던 감각과 감정의 표현을 미술과 문학 속에서 찾고자 애썼다. 부모님도 그런 나를 격려했고 심지어 공모하려고까지 했는데, 이런 점이 나를 한층 더 고립시켰다. 그들은 잘 속았고, 나는 내 것으로 만든 그들의 고통에 사로잡혔다. 우리의 삶이 서로 겹쳐졌다. 어머니는 아우슈비츠의 가스실에서 질식사하지 않았다. 하지만 정작 내가 줄곧 질식 상태로 살아야 했다.

우울한 유산.

그들의 입은 줄곧 침묵을 지켰던 반면, 그들의 서류는 수다스러웠다. 나는 그들이 보관한 문서들을 읽고, 그런 물질적인 형태로나마 그들을 확인하는 일이 절실하게 필요했다. 날짜를 정확하게 밝히고, 사실을 기록하고, 그들의 진실을, 감각을 초월한 끔찍한 환상이 아닌 현실로 바라볼 필요가 있었다.

감동과 고통의 균형: 아버지 쪽 침대 옆에 자리 잡은, 잡동사니 수납용 작은 서랍에서 나는 오래된 동전과 시계, 작은 상자들 아래에 아버지가 전쟁중에 정치범으로 수감되었을 때의 수인 번호가 숨어 있는 것을 보았다. 또 몇 분 뒤에는 그 집의 다른 곳에서 나치스의 책《제국으로 가는 길(Der Weg zum Reich)》

을 발견했다. 아버지가 수용소에서 풀려나 집으로 돌아오는 기차 안에서 좌석에 버려진 것을 발견하고 가져온 책이었다. 그는 그 책 안에, 내가 그전까지 한 번도 본 적 없는 자신의 속내를 적어 놓았다. "'대제국'의 마지막 날들의 기억. 뷔르츠부르크와 브뤼셀 간 열차 안에서 이 책을 발견함. 1945년 5월 15일. 나의 가장 아름다운 여행."

나는 알고 싶었다. 이제는 너무 큰 고통을 수동적으로 수용하기만 할 것이 아니라, 내가 태어나기 이전의 역사를 받아들이고 내가 태어난 환경을 이해하고 싶었다. 그들의 폐 속에 여전히 남아, 내가 자유롭게 숨 쉬는 것까지 막았던 과거에서 벗어나고 싶었다. 내가 집 여기저기서 하나씩 끌어모은 문서들이 꾸밈없이, 그러나 명석판명하게 사실을 밝혀 주었다. 감정의 그늘 없이, 치명적인 오버랩의 위험도 없이.

나의 아버지는 1942년 3월 7일 벨기에 샤를루아의 대학교에서 러시아인이라는 이유로 체포되었다. 경찰 보고서에는 '인질'이라고 명시되어 있다. 열여덟 살이었다. 그는 1945년 4월 26일까지 38개월 동안 바이에른 주의 바이센부르크 요새 안에 있는 뷔르츠부르크 노동 수용소에서 지냈다. 그의 서류더미 속에서 나는, 점호 시간에 안뜰에서 찍은 사진 한 장과 제13 포로 수용소 수감 카드도 발견했다. 증명사진에서는 분필로 334라는 숫자를 써 놓은 흑판을 들고 있는 그를 볼 수 있었다.

그는 우수에 잠긴 긴 얼굴에 창백하고 섬세한 이목구비, 숱 많은 검은 머리카락을 가진 무척 젊은 청년으로, 알이 동글동글한 안경을 쓰고 있어서 시인이나 아나키스트 같은 분위기를 풍겼다. 그는 지쳤다기보다는 멍해 보였다. 아마도 적에게 속을 드러내고 싶지 않았던지 무심히 자기 내면을 향하는 듯한 표정이다. 어쩌면 자신이 처한 무력한 상황에서 벗어나기 위해, 끔찍한 현실의 감옥에서 빠져나오기 위해 자기 속에 은신처를 만들어 놓았는지도 모른다. 수용소에서 석방된 후에도 그는 그 은신처, 그를 구원해 주었지만 그 뒤로 자신의 몸에 배어버린 내면의 감옥을 결코 완전히 떠난 적이 없었다.

아버지는 자신의 수용소 생활에 대해 희비극적인 일화들만 들려주었다. 그가 붙잡은 고양이를 한 친구와 같이 잡아먹으면서 토끼 고기 맛이 난다고 우겼던 이야기도 있었고, 크리스마스가 되면 독일 간수들은 마을로 돌아가 자기 아이들을 만났는데, 비록 전쟁중이지만 자식들에게 선물을 가져다주고 싶어했던 그들에게 작업장에서 몰래 만든 나무 장난감들을 주고 대신 빵을 받았다는 이야기도 있었다. 또 트로츠키의 암살범과 형제 사이라는 과묵한 수감원에 대해서도 회상했다. 아버지는 이야기를 들려줄 때 유머와 모험의 느낌을 가미했기에 내게는 무시

무시하기보다 가슴 두근거리는 일로 느껴졌다. 그는 공포와 굶주림, 모욕에 대해서는 입을 다물었다.

내가 어렸을 때는 아버지의 러시아 친구들이 밤이면 집으로 찾아오곤 했다. 그들은 웃으면서 동시에 서너 가지 언어로 말을 주고받았고, 슬라브 음악을 듣고, 보르시치*와 자쿠스카**를 먹고, 훈제 생선을 곁들여 보드카를 마셨다. 그들은 소련 당국이 자신들을 억류할까 두려워 고국을 찾지 못했다. 그로부터 훨씬 뒤, 나는 조상들의 나라를 해방시키기 위해 브레즈네프를 암살하는 꿈을 꾸었다. 욕망을 실현하는 그 기묘한 꿈속에서 나는 브레즈네프의 코 속에 바늘 하나를 꽂았고, 그는 죽으면서 낡은 바부시카 인형으로 변했다.

나의 친조부모를 떠올리는 일은 고통과 비극으로 가득했다. 두 분 다 살해당하셨기 때문이다. 그들은 무덤도 없고, 비워야 할 집도 없었다. 전혀, 아무것도. 그들을 추모하며 깊이 생각에 잠길 장소도 하나 없었다. 문헌 기록도 사진도 그들의 삶의 흔적도 없었다. 나는 그들이 어디서 태어났는지, 어디서 살았는지, 그리고 어디서 서로 사랑했는지 알지 못했다. 그분들은 남긴 것도 전혀 없어서, 안경 하나, 모자 하나도 없는, 빈자리밖에 없었다. 내 아버지는 상속자가 되지 못했다.

★ 러시아의 대표적인 야채수프.
★★ 러시아식 전채 요리.

어머니 쪽 침대에 달린 작은 서랍에는 구겨진 손수건, 먹다 남은 약, 메모, 열쇠 같은 일상생활의 흔한 흔적들 틈에 작고 납작한 상자 세 개가 섞여 있었다. 그 속에는 어머니가 프랑스에서 받은 훈장들이 들어 있었다. 레지스탕스에 자발적으로 참여한 투사에게 주는 레지스탕스 십자훈장, 레지스탕스라는 이유로 강제로 수용소로 이송되었던 사람들에게 주는 훈장, 그리고 투사에게 주는 십자훈장.

내가 아이였을 때는 어머니가 여자면서 군대 계급장을 가졌다는 사실이 이해가 되지 않았다. 나는 그 점이 자랑스러우면서도 혼란스러웠다. 엄마는 멋쟁이면서 어떻게 군인이 될 수 있었을까? 남녀 간의 질서가 뒤집어지진 않았을까? 게다가 여자 영웅에게, 레지스탕스 활동가에게, 만행의 희생자에게 맞서고 화를 내면서 어떻게 압제자나 형리 무리에 속하게 되었다고 느끼지 않을 수 있겠는가?

훈장들과 함께 놓여 있는 카드들 속에서 나는 결코 기억할 수 없었던, 내 마음속에 절대 새겨 놓을 수 없었던 날짜들을 보았다.

어머니는 1944년 8월 11일부터 1945년 5월 29일까지 아우슈비츠에 강제로 수용되었다. 1944년 7월 10일, 그르노블에서 체포되었을 때 그녀는 스물세 살이었다. 들어온 지 얼마 안 된 신참

레지스탕스 활동가 한 명이 궁지에 빠진 상태에서 어설프게 그녀와 만날 약속을 잡았다. 그는 비밀경찰이 고문하자 자기 연락책을 누설했고, 약속 시간에 어머니를 기다리고 있던 이들은 독일인이었다: "딱 걸렸네, 예쁜이." 그녀는 고문을 받으면서도 자기 어머니와 레지스탕스 친구들이 숨을 수 있도록 시간을 끌었다. 우연, 침착함, 나이, 살기 위해 싸우려는 의지, 어머니는 당신이 아우슈비츠에서 살아남을 수 있었던 요인으로 바로 이런 것들을 꼽았다. 거기에 특이한 사항 하나 더. 체포되던 날 그녀의 주머니에는 그 전날 길에서 주운 적십자 배지가 들어 있었다. 이 배지 덕분에 그녀는 수용소에 도착했을 때 간호사라고 이야기해서 생명을 구할 수 있었다.

며칠 뒤, 나는 그녀의 책상을 정리하다가 편지지와 우표들, 얇은 속지가 든 봉투들, 스카치테이프들, 명함들, 아직 열어 보지 않은 우편물 사이에서 특별한 문서 하나를 발견했다. 비닐 파일에 넣어 소중하게 간직한 작은 종잇조각인데, 그녀가 친구들에게 자신의 상황을 전하고 안심시키기 위해 연필로 황급히 몇 마디 쓴 메모였다. 위태로운 생명의 작은 조각, 그녀가 그것을 쓴 것은 1944년 8월 11일 리옹을 출발한 78호 열차 안이었다. 아홉 개의 차량에 약 650명을 실은 제14166호 열차는 마콩, 샬롱쉬르손, 쇼몽, 비텔, 에피날, 벨포르를 거치며 프랑스를 가로질러 가서 8월 22일 아우슈비츠에 도착했다. 그녀는 이 작은 종잇조각을 한 적십자 회원에게 슬며시 건네면서 투르에 있는 자신의 가족이나 이웃에게 전해 달라고 부탁했다. 종이를 건네받은 그녀의 친구는 그 쪽지를 쓴 친구를 언제 다시 만날 수 있을지 알지 못한 채 그것을 간직해 두었다. 그녀는 힘찬 글씨로 이렇게 적었다.

"8월 14일 쇼몽에서. 동쪽으로 가고 있으니 파리로 가는 건 아닌 듯. 기분은 좋아요. 나는 용기를 내려 해요. 곧 다시 만나기를 바라요. 적십자는 정말 훌륭해요. 모두에게 키스를 보냅니다, 에디트."

백색 근친상간

모르는 여자의 호의에 맡겼던 짧은 쪽지, 쇼몽 역에서 죽음의 열차에서 벗어났던 그 편지가 혼돈과 망각으로부터 구출되었고, 살아서 돌아온 여자에게 다시 발견되어 여기 내 앞에 놓여 있었다.

존재의 작은 조각, 나는 그것을 서류 정리함 속에 집어넣었다. 그 속에는 시위가 있는 날 모인 군중처럼 그 집의 온갖 구석에서 튀어나온 서류더미에서 찾아낸 다른 흔적들과 자취들이 모여 있었다. 그것들이 외치는 소리, 과거의 목소리가 들리는 것만 같았다. 그 목소리들은 내가 어느 것 하나 잊어버리지 않도록 그들의 소리를 전부 들어 주기를 원하는 듯했다. 내 주변으로 몰려와 나를 포위한 목소리들이 마치 세이렌들처럼 내 귓전에서 매혹적인 선율로 속삭였다. 잊지 마라! 잊지 마라!

그 집 구석구석에서 엄청난 양의 서류와 봉투, 카드, 메모, 공책, 작은 수첩, 복사본, 사진, 지도, 초고, 목록, 비망록 들이 나왔다. 눈앞이 빙빙 돌았다.

의리를 지켜서 이 부실한 삶의 단편들을 간직해야 할까? 나는 그들과 묶여 있었을까? 어쩌면 아버지와 어머니는 무의식적으로 자잘한 일화들과 일상 속에서 살며 이만 해도 어디냐며 그때그때 찾아낸 작은 행복 속에 공포를 파묻으려 애썼는지도 모른다. 저마다 의도적으로, 혹은 우연히, 혹은 게을러서, 혹은 지쳐서, 쓸데없는 서류더미들을 간직한다. 나의 부모님들은 그들 인생의 거의 모든 지층을, 그들이 소멸을 막을 수 있었던 거의 모든 것을 보관했다. 그들 안에 허무에 맞서는 가상의 방패라도 있었던 걸까? 그러나 그것이 지금 나와 무슨 상관이란 말인가? 내가 그들의 상속인이 되었다고 그들의 정신분석가가 되어야 하는 것은 아니다. 나는 탐색을 계속 하고 싶은 마음과 모든 것을 내던지고 싶은 욕망 사이에서 분열되었다. 후자의 욕망이 점점 더 강해지긴 했지만, 아직은 호기심이 그렇게 하는 것을 막고 있었다.

사건 현장을 꼼꼼하게 살펴보는 집요한 탐정, 셜록 홈스나 미스 마플처럼, 그들의 행적을 재구성하는 일은 여기저기 흩어져 있는 열 개, 스무 개의 단서들 덕분에 그리 어렵지 않았다. 나는 그들이 세계 각처를 이동한 경로, 그들의 휴가, 그들이 구입한 물건, 그들의 여가 활동, 그들의 취향을 추적할 수 있었다. 시대 순으로 쌓여 있는 수첩들, 비행기표나 기차표, 자동차 여행 안내도, 식당과 호텔의 계산서들, 박물관 입장권들, 극장 프로그램들, 관광 안내서, 도시 지도들, 우편엽서들, 방문하고 싶은 명소의 홍보물들…….

더 침울하고 마음을 불편하게 하는 물건들: 어머니가 여러 해 동안 상세하게 기록한 '건강 수첩'들과 섭취한 약 목록, 의사의 진단서, 엑스선 촬영 기록, 어머니가 당했던 자동차 사고(과거에도 사고를 내서 행인을 한 명 죽인 적 있는 부유한 여성이 스포츠카를 몰고 붉은 신호등을 무시하고 그냥 지나치면서 어머니가 타고 있던 작고 가벼운 이탈리아제 승용차를 들이받는 바람에 어떤 건물 정면으로 튀어올라 부딪쳤다)와 관련된 기록과 상대 운전자에게 소송을 제기하려고 모아 놓은 치료 기록 등등.

더 유쾌한 물건들: 부모님 집의 설계도들(뿐만 아니라 설계도를

완성하기 전에 제작한 온갖 초안들, 건축 과정의 세세한 청구서들, 집의 모형까지), 신문에서 오려 낸 갖가지 기사 조각, 어학 강의나 강연회에서 내용을 받아 적은 공책들, 편지, 통지서, 연하장, 학위 증서, 사용 설명서, 광고지, 전보……. 구두 상자에서, 봉지에서, 종이봉투 · 비닐봉투 · 가죽봉투 들에서, 편지들과 세계 각지에서 보낸 우편엽서들, 그러고도 또 많은 편지들이 넘쳐흘렀다. 당연히 내가 보낸 것들이 많았다.

미처 마음의 준비도 없이 내가 10년, 20년, 30년 전에 쓴 편지들을 다시 발견하자, 그걸 다시 읽는 것도 곤욕이지만 다시 읽어 보지 않고 버리는 것도 마음이 편치 않았다. 스스로 선택하지 않은 자신과의 대면은, 처음에는 감동적일지 몰라도 곧 부담스러워진다. 나는 소리치고 싶었다. 됐어! 그만하면 충분하잖아!

그들이 직접 휴지통에 던져 버리지 않았던 것을 찢을 권리가 과연 내게 있는 건지 아주 오랫동안 — 어쩌면 너무 오랫동안? — 나 자신에게 되물어 보았고, 시간을 초월한 낡은 서류들을 손에 쥐고 몇 번이나 넘기고 또 넘겼다. 그러고 나자 나는 버리려는 열망에 사로잡혔다. 밀림이 되어 버린 정원에 서 있는 것처럼, 단호하게 잘라 내고 제거하고 도려내는 즐거움이 나를 지배했다. 나는 아무 생각도 하지 않는 기쁨에 빠져 그 일에 전념했다. 퇴색한 서류 뭉치들을 서둘러 거대한 휴지통에 밀어 넣었고, 휴지통은 마치 망각 속으로 사라지지 못하고 남은 기억처럼 들어 올릴 수 없을 정도로 무거워졌다.

그런 마구잡이 정리에서 내가 따로 챙겨 놓은 것으로는 아버지가 어머니에게 보낸 다정한 쪽지 몇 장밖에 없었다. 그는 거기에 태양과 암소들, 새들, 혹은 피엡스와 팝스라는 이름을 가진 연인들 그림을 장난스럽게 덧붙여 놓았다. 피엡스와 팝스는 두 분이 처음 만났을 때부터 서로를 부르던 애칭이다.

그들의 글씨가 적혀 있는 종잇조각을 다시 발견하자 그리움이 되살아났다. 글씨도 목소리처럼 몸에서 나오지만, 목소리는 사라지는 반면에 글씨는 남는다.

그들의 글씨에서 보이는 내리그은 선의 흐름, 자음의 세로선들, 모음의 곡선 속에서 그들의 존재가 느껴져서 그들의 부재가 더욱 생생했다. 이제 그들의 살아 있는 얼굴을 만지거나 바라볼 수는 없겠지만, 그들의 친숙한 글씨를 손가락으로 쓰다듬는 것은 여전히 가능했다. 글씨는 죽지 않았다.

그들의 역사를 증언하는 편지와 카드, 문서 들을 투명한 파일들 속에 집어넣고 시간 순으로 정리했다. 그들의 삶이 모습을 드러냈다. 우리는 다들 자기 부모의 역사를 기술해야 할 운명을 갖고 태어났을까? 그들이 죽은 후에조차 우리는 그들을 위해, 그들을 통해, 그들과 비교하며, 혹은 그들과 맞서서 살 수밖에 없을까? 그건 항상 우리를 뒤쫓아오는 빚일까?

세월이 흐르면서 전쟁과 강제 수용소의 참극이 남긴 흔적들이 흐릿해졌고, 삶은 사뭇 부드럽고 호의적으로 흘러갔다. 그러다가 말년이 되자 과거의 기억이 더욱 생생하게 되살아났다. 부모님은 미래 세대가 "우린 몰랐어"라고 말하는 일이 없도록 세상을 떠나기 전에 자신들의 증언을 기록으로 남기고자 했다.

그들은 실종된 가족들의 흔적을 추적하고, 그들이 강제 수용소에 들어간 날짜와 그들을 죽음의 수용소까지 싣고 간 열차 번호를 확인하기 위해 계속 탐색했으며, 고인이 자기정체성과 유일성, 인간성을 되찾을 수 있도록 그들의 이름을 추모비나 추모벽에 새기고 데이터베이스로 저장하고자 했다. 부모님 입장에서 그 일은 하찮은 의무가 아니라, 기억과 벌이는 최후의 전투였다.

그들이 나에게 전해 주기 위해 모아 둔 서류 중에 1949년 11월 10일 네덜란드 적십자에서 아버지에게 보낸 편지 한 통이 있었다. 1879년 9월 23일에 태어난 그의 어머니가 네덜란드에서 체포되어 아우슈비츠 강제 수용소로 이송되었음을 알리는 편지였다. 독일에서 작성한 〈네덜란드에서 이송된 유대인 명부〉라는 목록에 따르면, 1942년 11월 2일에 있었던 일이다. 그녀의 이름은 그 문서 44쪽의 1089라는 번호 옆에 적혀 있었다. "강제 수용된 사람들 대부분이 바로 가스실에서 질식사했고〔네덜란드 말로는 vergast〕 화장터에서 소각되었기〔gecremeerd〕 때문에", 네덜란드 적십자의 회장은 "로자 비덴스키-플렘 부인은 아마도 1942년 11월 5일에 사망한 것 같다"라고 썼다.

위에 적십자 표장이 인쇄되어 있는 종이에 적힌 이 통지가 그녀의 유일한 묘비였다.

동시대 유대인 자료센터에서 1999년 1월 11일에 보낸 편지에 따르면, 내 어머니의 희망대로, 프랑스에서 추방된 그녀의 가족들의 이름이 '추억의 책' 4권에 기록되어 기념관의 지하 납골당에 보존되었음을 알 수 있었다. 그곳에서는 매년 묘지도 없는 쇼아 희생자들을 추모하는 의식이 진행된다.* 나는 그 사실을 몰랐다. 어머니는 그녀의 가족 대부분이 프랑스 땅에서 강제로 쫓겨났다는 사실도 내게 말해 준 적이 없다. 그르노블 근처의 노트르담드시옹 수도원 수녀들 덕분에 목숨을 구한 외할머니도 나치스에게 살해된 당신의 어머니와 자매, 형제들과 올케들에 대해 내게 이야기해 준 적이 별로 없다. 내가 그 이야기를 들을 수 없었던 건 두 분이 내가 그 사실을 알기를 원치 않았기 때문일까?

*쇼아 기념관은 파리에 있는 유대인 추모 기념관으로, 동시대 유대인 자료센터도 그 기념관에 있는 시설이다. '쇼아(Shoah)'는 히브리어로 '절멸' '학살'을 뜻하며, 2차 대전 중에 나치가 저지른 유대인 대학살을 가리키는 말로 흔히 사용된다.

죽은 친척들의 이름이 열거된 목록을 알게 되면서 나는 그들을 얻었고 곧바로 그들을 잃었다. 비록 그들은 연기가 되어 북부 슐레지엔 하늘에 떠 있던 구름 속으로 사라졌지만, 나는 그들을 생각하면서 그들을 땅에 묻을 수 있었다. 살아 있는 인간들 속에서 그들은 죽은 인간으로서의 자리를 되찾았다.

프리드리히 카우프만: 외가 쪽 종조부. 1898년 6월 30일 쾰른에서 태어남. 1942년 9월 16일, 33호 열차로 드랑시에서 아우슈비츠로 강제 이송.

베르타 카우프만: 나의 외증조할머니. 1860년 8월 24일에 오버엠브트(독일)에서 태어남. 1893년 11월 18일에 율리히에서 태어난 딸 이렌과 함께 1942년 11월 11일 45호 열차로 드랑시에서 아우슈비츠로 강제 이송.

율리우스 카우프만: 나의 외종조부. 1899년 2월 17일 율리히에서 태어남. 1908년 12월 4일 브렘에서 태어난 부인 루트와 함께 1943년 2월 11일 47호 열차로 드랑시에서 아우슈비츠로 강제 이송.

더는 고인들이 무서운 유령처럼 내 주변을 떠다니지 않았다. 끔찍하게 살해되었던 그들은 다시 죽은 사람이 되었다. 이제 나는 가스실에 갇혔다고 상상하면서 독을 마시고 죽게 될까봐 숨을 참곤 하던 어린아이가 아니었다.

집단 학살에서, 르완다에서, 캄보디아에서, 아르메니아나 다른 여러 곳에서 살아남은 사람들의 아이들에게, 그들의 고인이 고인이 되고 그들의 생존자가 살아 있는 자 속의 살아 있는 자가 되려면 시간이 필요하다는 사실을 충분히 이야기해 주고들 있는 걸까?

내가 어릴 때 어머니는 "누구도 우리가 겪었던 걸 말할 수 없을 거야, 그걸 이야기하는 건 불가능해"라면서 학살 수용소에서 그녀가 보고 겪은, 믿기 힘든 공포를 이야기하려다가 끝내 입을 다물곤 했다. 그러면 나는 한없는 무력감에 사로잡혔다. 아버지는 어머니에게 미래를 향해 돌아서라고, 기억을 되살리지 말라고, 더는 '그 모든 것'을 말하지 말라고 지시했다. 그들이 나에게 남겨 준 것은 오직 끝나지 않은 말의 효과뿐이었다. 그들은 자신들의 소리 없는 고뇌가 남기는 반향의 크기를 가늠하지 못했다. 아주 어린 아이들조차 자기가 들은 것을 이해하려 애쓰며, 특히 그들에게 감춰진 것의 숨은 의미를 알아내고자 한다는 사실을 그들은 잊어버렸을까?

어린 시절 나의 빈약한 상상력은 그들의 이야기 속에 존재하는 공백을 메우고 어머니가 경험했음직한 아주 끔찍한 일을 마음속에 그려 보려고 했다. 나의 어머니, 더 정확하게 말해서 어머니의 몸은, 뱃속에 나를 품었고 낳아서 안아 주고 무릎 위에 올려놓았던 여인의 몸, 내가 언제나 그 살을 만지고 느낄 수 있는 몸이었다. 더없이 부드럽고 향긋하던 그 살에, 그토록 포근한 가슴에, 따뜻한 팔에 대체 무슨 일이 벌어졌던 걸까? 두들겨 맞고 털을 깎이고 문신을 당하고 굶주리고 모욕당한 몸, 사람들이 대규모로 소멸시키려 계획했던 몸에 다가가면서 어떻게 어머니의 그런 부드러움을 즐길 수 있겠는가?

나의 몸은 아직 어머니의 몸과 완벽하게 구분되지 않았다. 어머니의 몸에 가해진 폭력과 고문, 학대를 떠올리는 일은 그 우윳빛 피부와 따뜻한 입김, 부드러운 시선에 대한 나의 감각적 경험과 뒤섞이면서, 육체적 접근을 걱정스러운 것, 양심의 한계를 넘어서는 가학적인 성적 환상이 배어 있는 것으로 만들어 놓았다. 물론 어떤 이미지가 또렷이 떠오른 적은 없다. 하지만 위험하다는 막연한 감각, 섹스와 죽음 간의 어렴풋하고 불분명한 관계를 조금은 지각했다. 공포가 나의 성적 호기심을 파고들었다. 욕망과 가장 강렬한 불안, 모든 것이 서로 뒤섞였다.

밤마다 악몽과도 같은 기이한 생각들이 나를 찾아왔고 경련이 나를 훑고 지나갔지만, 나는 그것이 나의 것 같지가 않았다. 어머니와 자식의 몸이 서로 만나는 고전적인 관계가 참을 수 없는 이미지들로 채워졌다. 어떻게 하면 거기서 벗어날까? 어디서 피난처를 찾을까? 누구에게 털어놓을까? 부모님은 나를 세상에 맡기지도 않았고, 내면의 공포로부터 지켜 주지도 않았다. 백색 근친상간.

아버지를 땅에 묻은 지 2년 만에 어머니까지 돌아가시고 몇 주가 지나자, 나는 침묵의 소외에 종지부를 찍게 하는, 지나치게 강력한 환상의 접근을 끝내게 하는 글을 읽을 수 있었다.

내가 대담하게 여기서 그것을 털어놓을 수 있을까? 부모님을 잃자 나를 마비시키고 끔찍할 정도로 불안하게 만들던 동일시의 근거도 사라졌다. 나를 떠나면서 그들은 그들의 말없는 지배에서 나를 해방시켜 주었다. 그들은 죽었다. 나는 마침내 그들을 대면할 수 있게 되었다.

어머니들의 유산

외할머니와 외증조할머니의 모노그램이 수놓인 가정용 리넨 제품들로 가득한 서랍들을 뒤적이다가, 나는 파란색 양털로 짠 커버를 씌워 놓은 옷걸이 두 개를 감싼 투명한 조그만 봉지에 작은 쪽지가 붙어 있는 것을 보았다. 분명 나를 염두에 두었을 그 쪽지에 어머니는 "1920년경 베르타 카우프만이 뜨개질함"이라고 써 놓았다.

그렇다면 어머니는 알 수 없는 어느 날부터 내가 미래에 그것을 발견하리라 예측하고 극도로 정성을 기울여 대비한 것이다. 언젠가는 내가 우리 집에 간직해야 할 것과 아닌 것을 선별하는 이 고통스럽고 우울하고 가슴을 찢을 듯한 일을 하게 되리라는 사실을 그녀도 알고 있었던 것이다. 그녀는 자신이 그곳에 없는 순간을 대비해서 나에게 이 정보를 남겨 놓았다. 내 시선을 붙잡아 두고 싶었던 것이다. 마치 그녀가 **사후에** "조심해, 이건 소중한 거란다. 이 물건이 어디서 왔는지 알고서 그걸 간직하든지 버리든지 하렴. 그건 네 외증조할머니께서 뜨개질로 완성한 작품이야. 난 네가 그녀와 나에 대한 추억으로 그걸 간직했으면 좋겠구나. 네 아이들, 네 아이들의 아이들에게 물려주렴. 이건 손재주가 뛰어나고, 아름다운 리넨 제품을 만드는 데 정성을 쏟고, 가족의 행복에 마음을 쓰는 여자들의 오랜 계보를 보여 주는 증거물이란다. 내가 그랬듯이, 이제는 네가 소중하게 간수해 줘. 이건 우리 **어머니들의 유산**이야"라고 전하기 위해 내게 말을 거는 것만 같았다.

외가 쪽 여러 세대의 새신부들이 장만한 혼수품들이 전쟁과 이사, 추방 등을 거치면서도 기적적으로 보존되어 거기 있었다. 손으로 수를 놓은 많은 리넨 제품 중에서도, 어머니는 행복했던 어린 시절에 당신 외할머니가 한 땀 한 땀 뜨개질한 양털 커버로 감싸인 두 개의 옷걸이를 특별하게 여긴 게 분명하다.

침대 시트나 리넨 식탁보들, 무늬를 넣어서 짠 천, 진귀한 레이스 세공품들에 대해서는 내게 아무런 말도 남기지 않았기 때문이다. 내가 그걸로 무엇을 할 수 있었을까? 이제는 내가 그것들을 보관할 차례가 되었을까? 내가 아직 마련하지도 않은, 라벤더 향기를 풍기는 커다란 참나무 장롱 속에? 과거에 커다란 촛대에 불을 밝히고 도자기 그릇들, 은식기들, 갓 풀을 먹인 냅킨들을 차려 놓은 식탁에 모여 앉았던 그 많은 사람들은 다 어디로 갔는가? 이제 그런 세상은 사라졌고, 그런 생활 방식도 존재하지 않는다. 나는 예전 방식으로 결혼하고 가정을 꾸리도록 교육받지 않았다. 내 선조들의 솜씨는 나에게 전해지지 않았다.

과거에 살았던 나의 가모장(家母長)들이여, 네 세대, 다섯 세대, 여섯 세대, 혹은 일곱 세대 전에 살았던 당신들, 아녜스, 소피, 줄리아, 레지나, 카롤린, 아말리아, 베르타, 나는 당신들이 만든 식탁보와 하얀 시트를 통해 당신들에게 인사한다. 나는 용감하고 강인한 여성이었던 당신들의 운명을 생각한다. 당신들은 삶의 결실을 거두었고, 삶을 물려주었으며, 이제 내 순서가 되어 삶이 나를 통과하고 있다. 부디 날 원망하지 마시라, 나는 글과 종이의 딸이다. 나는 당신들을 추억하기 위해 당신들의 혼수품 중에서 가장 아름다운 몇 가지만 간직하려 한다. 하지만 그 섬세한 직물들을 손세탁하고, 윤을 내고, 풀을 먹이고, 흠집을 직접 수선하고, 찢어진 부분을 직접 꿰매라고 내게 요구하지 마시라. 당신들의 딸의 딸의 손녀는 바늘 대신 펜대와 라이트펜을 붙잡았으니까.

장롱, 걸이식 옷장, 옷방, 곳곳에 옷들과 리넨 제품들이 넘쳐났다. 다림질한 것, 접은 것, 차곡차곡 규칙적으로 정리된 것, 가끔은 비닐 주머니에 넣거나 얇은 종이에 싸서 작은 상자에 넣어 둔 것, 수십 벌의 스웨터, 블라우스, 작업복, 카라코, 뜨개질한 민소매 셔츠, 티셔츠 들이 거기서 혹시라도 누군가 다시 입고 감탄해 줄 날을 기다리고 있었다. 그 옷들은 황금빛 갈색에서 밝은 밤색, 오렌지색에서 꿀색, '낙타'색에서 아이보리색, 적갈색에서 '고동색'에 이르는, 내 어머니가 좋아하던 가을의 온갖 색채를 보여 주었다. 값비싼 직물에 산뜻한 줄무늬나 도드라진 무늬가 날염되어 있었고, 맨드라미색, 붉은 보라색, 쪽빛 등 예기치 못했던 색조가 군데군데 물들어 있었다. 하나같이 고급 상점에 진열된 새 물건인 양 정결했다.

어머니는 세련됨과 우아함에 몹시 집착했다. 스무 살에 혁명가를 자처했던 그녀였지만, 아름다운 '몸단장'을 좋아하는 취향은 결코 버리지 않았다. 그녀가 볼 때 나는 단 한 번도 충분히 '말쑥한' 적이 없었다. 어릴 때 내 머리카락은 늘 헝클어져 있었고, 블라우스 깃의 흰 빛은 오래가지 않았다. 날이 저물기도 전에, 어딘가를 방문하고 있는 중에도, 내 몸에 걸친 모든 것이 흐트러졌다. 양말은 다리 주변에서 꿈틀거리다가 신발 위로 흉하게 흘러내렸고, 구두끈은 풀어졌으며, 리본은 삐뚤어졌고, 치마는 빙빙 돌아갔고, 블라우스는 보기 흉하게 구겨지고, 뭘 들기만 하면 떨어뜨리는, 진짜 재앙 그 자체였다.

내 어머니의 머리카락은 그녀가 말아 둔 모양을 벗어나는 법이 없었고, 그녀의 손톱 매니큐어는 완전무결하게 발라져 있었으며, 그녀의 눈썹은 늘 다시 그린 듯 가지런했고, 그녀의 스타킹 솔기는 다리 뒷부분 중앙에 맞춰 잘 고정되어 있었고, 그녀의 신발과 가방은 서로 잘 어울렸고 왁스칠이 되어 있었다. 그녀의 옷차림은 대개 단일한 베이지 톤으로 고전적이고 점잖았지만, 봄에는 파란색, 하얀색, 빨간색 옷도 입었다. 어머니는 거의 딱딱해 보일 정도로 다소 금욕적으로 우아하게 옷을 입었지만, 오후 모임이나 야회에서 '맞춤복'처럼 보이는 특이한 정장을 과시하기 위해 이런 규칙을 깨뜨리는 경우도 있었다.

그녀의 세련됨 아래에는 과장이, 과도함과 통제의 기묘한 혼합이 숨어 있었다. 그녀는 확실히 자신의 열광과 열정을 두려워했고, 그것들을 억제하려 애썼다. 불꽃은 재 아래에서 은밀하게 타고 있었다. 그녀는 정열, 무질서, 태평함, 관능 등 그녀 자신에게서 보고 싶어하지 않았던 면모가 내게서도 드러나지 않도록 억눌렀다.

어머니는 젊은 시절에 바느질하는 법을 배웠고, 투르에서 몇 달 동안 어떤 의상실의 '재봉 견습공'으로 일했다. 어머니의 할머니는 여성용 모자를 직접 만들어 파는 상점을 운영했다. 어머니는 평생 패션의 열정을 간직했는데, 이런 열정이 그녀를 한동안 길러 준 그녀의 할머니와 심리적 유대감을 유지하게 해 주었다. 어머니는 자신의 할머니에게 오직 애정과 찬탄의 감정밖에 느끼지 않았다. 할머니는 누군가가 만들어 냈다면 다른 사람도 그걸 만들 수 있다는 말을 자주 하셨다. 그것은 내 어머니의 신조가 되었다.

나는 항상 어머니가 바느질하는 모습을 보며 자랐다. 그녀는 옷본을 사서 비단, 모직물, 모슬린, 벨벳 등 자신이 선택한 천 위에 핀을 꽂아 고정시켰다. 그녀가 얇고 하얀 분필로 천에 옷본의 가장자리를 따라 선을 그리고, 본을 잘라 내고, 옷을 '조립한' 후, 첫 번째 가봉을 위해 시침질하고 핀을 뽑는 모습을 보는 것이 나는 좋았다. 그녀는 종종 옷 전체를 맞추기 전에 먼저 반만 가봉하곤 했다. 그녀는 바스락거리는 얇은 천에 감싸인 자신의 모습을 거울에 비쳐보면서, 미래에 그녀의 드레스가 될 것을 명치까지 끌어올리고, 소매 길이와 소맷부리가 잘 맞는지, 접힌 자국은 어떤지 확인하기 위해 팔꿈치를 구부려 보고,

색깔 있는 머리가 달린 옷핀 몇 개를 입술 사이에 물고 미간을 찡그리곤 했다. 가끔 그녀가 나에게 핀을 몇 개 꽂아서 어깨 부분을 올려 달라고 부탁하곤 했는데, 나는 곧잘 손가락이 찔려서 소리를 질렀고, 그녀는 그런 나를 꾸짖었다. 그녀는 전문 재단사들이 흰색 실을 우물거리며 씹다가 손가락 끝에서 피가 나면 그걸 입에서 꺼내 닦는다는 이야기도 들려주었다. 드레스, 치마, 거의 다 완성된 윗옷, 그녀는 그런 것들을 완전히 조합한 후에 재봉틀을 이용해서 옷감 색과 완벽하게 어울리는 명주실로 얇고 견고한 솔기를 박았다. 하나씩 색을 맞춰 가면서. 그리고 옷단을 손바느질로 마무리하면 작품이 완성되었다.

나는 그녀가 단춧구멍과 끈을 만들고, 브래지어를 고정시켜 겉으로 드러나지 않도록 멜빵 아래로 작은 끈을 밀어 넣고, 겨드랑이의 땀이 모직이나 비단을 더럽히면서 불쾌한 얼룩을 남기지 않도록 땀을 흡수해 줄 작은 패드를 꿰매는 모습을 보는 것이 무척 좋았다. 그녀는 결혼식에 참석할 때 딱 한 번 입은 적 있는 야회복을 만들면서, 무지갯빛이 감도는 반짝이로 옷을 장식하는 데 몇 주를 온통 쏟아부은 적도 있다. 20년, 30년, 40년이 지난 지금, 나는 옷장 문을 열어 놓고 그 앞에 서서 그녀가 무한한 인내심과 빈틈없는 주의력으로, 스스로 완전무결하다고 평가할 수 없는 것은 언제든 뜯어낼 마음가짐으로, 한 땀

한 땀 손으로 꿰매서 만든 드레스들을 가만히 바라보았다. 그녀는 결코 지칠 줄 모르는 '마담 완벽'이었다.

나는 종종 그녀가 열심히 집중하고 있다는 표시로 입 밖으로 나와 있는 그녀의 혀를 살짝 잡아당겨서 그녀를 깜짝 놀라게 만들곤 했다. 그녀를 방해해서는 안 되었다. 그녀는 벌어진 부분의 곡선을, 겨드랑이의 오목한 부분을, 휘어 있는 부분의 재단을, 깃을 파낸 부분의 둥그스름한 부분을, 주름 잡힌 부분의 선을, 치마가 '흘러내리는 모양'을 바로잡고, 고치고, 다시 만들기 위해 숨을 죽이곤 했다. 그녀는 기퓌르, 프롱스, 크레프드신, 파스푸알, 푸앙드페스통, 고데, 레, 볼랑*…… 등등 다른 누구도 입 밖에 내지 않는 신기한 단어들을 사용했다.

마치 패션 박물관에 간 것처럼 나는 60년대, 70년대, 80년대, 세기말에 여성의 실루엣이 변화한 과정을 훑어볼 수 있었다. 그녀는 모든 것을 보관했고, 추억이 몰려들면서 그녀가 사용하던 향수, 샤넬 넘버 파이브의 후각적 기억도 함께 따라왔다. 엄마들 세대의 향수. 나는 마릴린의 눈부신 나체를 감쌌던 그 신비로운 향기의 자식이다. 바로 그때, 장롱 깊숙한 곳 흐릿한 빛 속에서, 목이 깊게 파이고 아랫자락이 빙글빙글 돌고 소매에 검은 레이스가 달린 검은색 작은 드레스가 눈에 들어왔다. 어머니가 1970년에 베를린에서 한 여자 친구의 결혼식 때 입었

* 기퓌르(guipure): 모티프들만으로 듬성듬성 이어서 맞춘 레이스; 프롱스(fronce): 주름, 구김살; 크레프드신(crêpe de Chine): 프랑스어로 '중국산 크레이프'라는 뜻이며, 주로 드레스 · 블라우스 · 란제리 등을 만드는 데 쓰이는 천; 파스푸알(passepoil): 옷의 선, 혹은 선을 두르는 것; 푸앙드페스통(point de feston): 버튼홀

던 드레스였다. 바로 옆에 걸려 있는 빨간 모직 드레스는 가슴 아래에 흔히 프린세스 라인이라 부르는 절개선이 들어간 옷으로, 어머니는 그 옷을 입을 때 당신의 할머니에게 물려받은 멋진 메달을 착용하곤 했다. 언젠가는 나도 착용할 날이 올 거라고 꿈꾸었던 메달이다. 진주색 작잠사로 만든 정장 한 벌과 거기에 어울리는 블라우스. 그 블라우스는 큰 호텔에서 슬쩍 들고 온 나무 옷걸이에 걸어서 완벽하게 단추를 다 채워 놓았다. 어린 시절 생라파엘에서, 혹은 토레델라고-푸치니의 포레스테리아에서 보낸 행복했던 휴가의 추억을 떠올리게 하는 오렌지색 여름 드레스도 있다. 또한 미풍처럼 가벼운 견직 보일 드레스, 빨간색 캐시미어 드레스, 산동견 주름치마 드레스, 바다색 작잠사로 만든 바지 정장, 호박단으로 장식한 치마, 베이지색 투피스, 꽃무늬가 들어간 긴 치마도.

그녀의 솜씨를 빈틈없이 보여 주는 이 옷장을 내가 대체 어떻게 해야 한단 말인가? 거기에는 그녀 몸의, 그녀의 움직임의 형태가 간직되어 있을 뿐만 아니라 그녀의 재능이, 몹시 확고한 그녀의 취향이, 그녀의 예술가적 정신이 깃들어 있었다. 나는 낙심해서 조용히 옷장 문을 다시 닫았다. 흐르는 세월에서 벗어나 노화와 질병을 모면한 이 드레스들, 완벽하게 순결하고 늘 완전무결하게 아름다운 이 드레스들을 나는 결코 버리거나

스티치; 고데(godet): 주름, 구김살; 레(lé): 너비, 폭, 치마의 각 수직부; 볼랑(volant): 장식 밑단.

팔거나 모르는 여자에게 주지 않으리라.

나는 며칠을 그냥 보냈다. 그 후 옷장 문을 다시 열어서 걸려 있는 옷들 밑에 놓여 있는 것들을 꺼내기 시작했다. 허둥지둥 채운 커다란 비닐 가방들 속에, 끝없이 이어지는 겨울 모자들, 40년대에 들고 다니던 가죽 가방들이 담겨 있었다. 옷장 바닥에서 스카프와 장갑, 숄, 양말, 투명한 상자 안에 보관된 천으로 만든 꽃, 이런 것들 아래에 숨겨져 있던, 외할머니 소유의 커다란 가방 하나를 발견했다. 나는 가방을 열어 보고 기가 막혔다. 어머니의 어머니가 생애 마지막 시기에 넣어 둔 것들이 그대로 들어 있었다.

외할머니께서 돌아가신 1979년 2월부터 25년 동안 어머니는 그 가방을 비우지 않았다. 아마 어머니는 가방을 차마 건드릴 수 없어서 옷장 깊숙이 밀어 넣고는 열지도 않았을 것이다. 당신 어머니가 말년을 보낸 작은 아파트를 비우는 일도 어머니가 직접 하지 않고 내게 맡겼던 게 기억났다. 왜 어머니는 나 혼자 외할머니의 옷장을 치우게 했을까? 그 일이 힘들었던 나는 불평을 하면서 어머니에게 다소 잔인한 말을 던졌다. “엄마, 엄마는 최소한 서류라도 정리해 뒀으면 해!” 그녀는 그렇게 하려고 신경을 썼다. 그러나 외할머니가 돌아가셨을 때의 상태 그대로 남아 있는 가방에 뭐가 들었는지 살펴보는 일은 내 몫으로 남아 있었다. 버튼을 밀어 가방을 열었다.

마치 어망에 걸린 것처럼 흰색과 노란색 장바구니의 그물코에 달라붙어 있는 사탕들이 눈에 들어왔다. 끈적끈적하지만 여전히 갖가지 색의 예쁜 투명지에 싸여 있는 사탕들은 귀여운 개구쟁이들 손에 들어가기를 기다리는 것처럼 보였다. 할머니는 늘 주머니나 손가방 안에 달콤한 과자를 넣어 다니다가 마주치는 아이들에게 나눠 주곤 하셨다. 그녀는 평생을 그렇게 행동했고, 모든 사람, 그 한 명 한 명의 환심 사기를 즐겼다. 할머니는 많은 사람의 마음을 사로잡았으나, 당신의 딸만은 예외였다. 어머니는 엄마로서의 의무보다 영화와 테니스를 더 좋아했던 할머니를 결코 용서하지 않았다. 할머니는 나를 통해 이를 만회했다. 노년에 들어선 그녀는 젊은 시절 딸에게 주지 못했던 애정을 나에게 쏟았다. 내게 그녀는 갖은 응석을 받아 주는 할머니였다. 그녀는 대리석 무늬의 근사한 케이크나 맛난 파이들, 국수 요리 같은 것들을 만들어 주었다. 국수는 그녀가 직접 반죽해서, 오로지 국수를 말릴 목적으로 넓은 부엌에 간직하던 의자들 등받이에 널어 말린 것이었다.

수다스럽고 관대했던 그녀는 내가 볼 때, 모든 할머니가 그렇겠지만, 까다롭고 엄격하고 만족시킬 수 없는 나의 어머니와 정반대였다. 나무딸기가 열리는 철이면 그녀는 나에게 친구들을 한껏 데려와 정원에 열린 딸기를 따라고 초대했다. 그녀는 풍성한 수확에 웃음을 터뜨렸고, 우리가 온통 빨간 물을 묻힌 모습을 보며 즐거워했고, 우리에게 계속 그 집에 남아서 놀라고 권했고, 우리가 그녀의 하얀 침대 시트로 텐트를 만들고 동으로 만든 저울추를 가지고 놀고 그녀의 모자와 스카프로 변장하면서 놀도록 허락해 주었다. 내가 처음으로 발라 본 화장품도 당연히 할머니의 볼연지와 마스카라였던 것으로 기억한다.

외할머니가 쓰시던 립스틱 상표는 루즈 베제*였다. 나는 그 립스틱을 내 입술에 짙게 바르고는 내가 미래에 가질 매력적인 모습을 상상했다. 그녀는 기꺼이 여자가 되기를 꿈꾸는 내게 공모자가 되어 주었다. 초경에 대해, 또 여러분을 구석진 곳으로 데려가는 남자 아이들에 대해 말해 준 이도 그녀였다. 나는 그녀의 집 앞에서 롤러스케이트를 타곤 했고, 이웃집 금발머리 꼬마가 내 땋은 머리채를 자르려고 뒤따라 달려오던 걸 지금도 기억한다. 나의 할머니, 모두가 '메메'라고 다정하게 불렀던 그분은 자기 색깔이 분명하고 활기차고 쉽게 흥분하는 사람이었고, 이탈리아 여자나 스페인 여자처럼 팔을 휘두르면서 아주 힘차게 말했다. 나는 그녀의 흰머리를 본 적이 없다. 그녀는 생의 마지막 순간까지 머리카락을 염색했고, 당신 침대에서 젊은 연인이 지켜보는 가운데 돌아가셨다. 나도 그녀처럼 사랑하는

* Rouge baiser, '빨간 입맞춤'이란 뜻.

여인으로 죽고 싶다.

나는 할머니의 가방에서 물건을 하나씩 꺼냈다. 사탕 외에도, 검은 고양이 그림이 들어간 커피 상표가 그려진 각설탕 한 봉지와 낱개 몇 조각, 비올 때 쓰는 여성용 세모꼴 숄, 그리고 사진이 여러 장 들어 있었다. 할머니의 어머니의 사진들, 할머니의 딸과 손녀의 사진들, 그리고 그녀의 자매 이렌이 1935년에 상냥한 얼굴로 찍은 사진 한 장이 있었다. 그분이 남긴 흑수정 반지를 나는 거의 20년 가까이 껴 왔다. 간소한 사각형 세팅에, 한가운데 브릴리언트 컷 다이아몬드가 빛을 발하며 박혀 있는 반지다. 내가 특별히 좋아하는 그 반지는 수천 가지 재난을 만났지만 항상 빈틈없이 충직하게 내 가운뎃손가락으로 되돌아왔다. 그 사진들 중에는 아홉 살 혹은 열 살 무렵의 볼품없이 키만 큰 내가, 모자를 쓰고 미소 짓고 있는 할머니와 함께 찍은 사진도 있었다. 나는 너무 빨리 자라 버린 다리에 약간 어리둥절한 기색으로 너무 짧은 주름치마와 세일러복 칼라가 달린 줄무늬 스웨터를 입고 있었다. 손주들과 조부모끼리만 있을 때 으레 그렇듯 공모자가 된 우리는 북해 연안에서 함께 있는 게 즐거워 보인다.

그녀가 세상을 떠나기 몇 해 전에 내가 그려 준 그림 하나가, 여기저기 달라붙어 있는 사탕들에도 불구하고 기적적으로 잘 보존되어 있었다. 사랑의 증표였던 그 그림은 그 뒤로 그녀의 손가방에서 떠난 적이 없었다. 그녀는 나를 사랑했다. 그리고 나는 그녀의 활발함, 그녀의 호기심, 그녀의 유머, 종종 넘쳐나던 충만한 애정, 과자 만드는 솜씨, 어디서나 누구하고든 잘 사귀는 재주를 물려받고 싶었다. 그녀는 골동품 상점이나 경매장, 벼룩시장을 무척 좋아해서 일주일에 몇 차례씩 벼룩시장을 돌아다녔고, 페르시아 융단과 은그릇을 수집했다. 나는 섬세하게 세공된 하트 모양의 작은 상자, 어머니와 내가 다시 팔아 버리라고 부추겼던 그 상자를 언제나 아쉬워할 것이다. 그녀는 보는 안목이 있어서, 색이 변하고 아무 매력도 없는 작은 물건들을 열을 내며 가져와서는 부지런히 닦아 그 물건이 원래 가지고 있던 아름다움을 되찾아 주었다. 그녀는 나에게 흥정하는 요령도 몇 가지 가르쳐 주면서, 정말로 내 관심을 끄는 것이 있어도 절대 처음부터 관심을 드러내지 말고 마치 다른 물건을 갖고 싶은 척하라고, 그러다 보면 원하는 물건을 싼 가격에 가져갈 수 있을 거라고 충고했다. 사실 그녀를 즐겁게 한 것은 다른 무엇보다 사람들 사이의 거래와 대화, 상대방과 벌이는 책략의 유희, 교환에 주어진 시간, 말의 중요성 같은 것이었다.

나는 어머니가 스스로 하지 않으려 했던 힘겨운 일을 감행했다. 죽은 사람들에게 작별 인사를 하듯이 고인의 물건에 이별을 고하는 몸짓도 분명 존재했다. 땅속에 묻기보다는 불태우는 의식 치르기, 더 불우한 이들에게 주기, 친구들에게 선물하기, 기념품으로 서랍 깊숙이 넣어 두기, 창틀에 장식품으로 아무렇게나 올려 두기, 즐겨 보는 책의 갈피에 그림이나 사진, 편지 꽂아 두기. 한편 집안 여자들의 패물은 종종 다른 운명을 맞아서, 사람들은 그것들을 슬그머니 손에 쥐고 손목으로, 목으로, 귀로 전달하며, 그것들은 한 세대에서 다음 세대로, 이 주인에서 저 주인에게로 전해진다. 보석은 상자 안에 머물기를 좋아하지 않으며, 인간의 살과 접촉할 때 깨어나서 환하게 빛난다. 할머니는 생전에 이모할머니가 끼던 반지 외에도 긴 목걸이 두 개와 X자 문장이 새겨진 작은 분갑을 나에게 주었다. 나는 그 보석들을 계속 주기적으로 착용했다. 어머니가 나에게 선물한 귀고리와 팔찌 들도 마찬가지였다. 그러나 할머니가 나에게 물려준 물건 중에 가장 좋아하는 것, 나에게 가장 소중한 유산은, 정확한 이유는 나도 잘 모르겠지만, 포도송이 자를 때 쓰는 작은 은가위였다.

야릇하게도, 살면서 처음으로 나는 어머니가 좋아했던 색, 오직 그녀에게만 허락되었다고 믿었던 색의 옷을 입기 시작했다. 며칠 동안 그녀가 좋아하던 귀고리를 착용했고, 그녀의 스카프를 둘렀다. 나는 페네*의 연인들이 세계를 두루 여행한 이야기

* 레몽 페네(Raymond Peynet, 1908~1999): 프랑스의 만화가. 주로 연인들의 사랑을 초현실적으로 묘사한 그림을 많이 그렸다.

를 담은 비단 스카프를 내 집으로 가져왔다. 그녀가 50년대에 선물받은 것이었다. 내가 네댓 살쯤 되었을 때 부모님의 침대에 누워서 페네의 어여쁜 여행자들이 거쳐 간 길을 눈으로 훑으며 나도 언젠가는 그들처럼 되겠지 상상하며 시간을 보낸 것이 기억났다……. "나를 데려가 줘요, 내 사랑, 내 몸을 조그맣게 웅크릴게요……."

그러나 내가 어머니의 그 특별한 옷들로 뭘 할 수 있겠는가? 하나밖에 없는 디자인의, 거의 '오트 쿠튀르' 수준으로 손바느질한 옷들이다. 어머니는 그 옷들의 주머니 안이나 깃에 '마미의 핸드 메이드'라 적힌 라벨을 붙였고 거기에 옷이 완성된 날짜를 손으로 직접 써 넣었다. 나는 그녀의 드레스를 한 벌도 입을 수 없었다. 그건 날 위해 만들어진 것이 아니었다. 그때, 어쩌면 노르웨이 출신의 내 친구가 그냥 재미로 몇 벌 입어 보겠다고 할지도 모른다는 생각이 떠올랐다.

옷 입어 보는 일은 며칠 뒤에 성사되었는데, 우리 둘 다 내가 상상했던 것보다 훨씬 더 깜짝 놀랐다. 그것은 충격이었고 새로운 깨달음이었다. 겉보기에 그녀의 몸매는 어머니의 몸매와 전혀 달랐는데—그녀는 훨씬 더 크고 날씬했다—오직 어머니를 위해 디자인되고 완성된 옷들을 내 친구가 입는 순간 말도 안 되는 일이 벌어졌다. 그녀가 그 옷들을 입은 모습은 처음

디자인한 사람이 입었을 때와 완전히 달랐다. 그녀가 입는 순간, 옷들이 완벽하게 달라진 것이다. 그녀는 마치 요정에게 공주 드레스를 선물받고 감탄하는 어린 소녀처럼 자신을 바라보았고, 나는 그녀의 시선을 통해 내 어머니의 재능에 찬사를 보낼 수 있었다. 그녀는 세세한 부분 하나하나를, 세련된 재단 하나하나를, 옷이 빠진 모양이나 독창적인 재단, 주름의 움직임, 곡선 등의 아름다움을, 소재의 부드러움을, 육안으로는 볼 수도 없는 완벽한 끝손질을 음미했다. 아마도 나는 그때 처음으로 어머니가 만든 옷들이 진정한 작품이라는 사실을 실감했던 것 같다. 나는 하나씩 하나씩 친구에게 옷을 내밀었고, 그녀는 그것을 입고 그 방에 걸린 거울과 내 눈에 있는 거울에 비쳐 보았다.

우린 둘 다 마법의 원 안에 붙잡혔다. 전혀 예기치 못했던, 뜻밖의 어떤 일이 생겨나는 중이었다. 친구는 어릴 때 꾸었던 꿈을 이루었다. 나는, 비록 어머니가 겉으로 표현한 적은 없지만 아마도 그녀가 품었을 거라고 생각되는 소원을 이루었다. 애정과 정교한 손재주로 디자인하고 완성한 당신의 옷이 하나같이 찬사를 받고, 두각을 드러내고, 우아하고 정갈하게 착용되는 광경을 보는 일 말이다.

그 여름 내내 똑같은 장면이 여러 번 반복되었다. 차츰차츰

옷의 주인이 바뀌었다. 친구는 그 옷들을 자기 방식대로 다시 길들이면서 새로운 조화, 새로운 배합을 만들어 냈고, 옷에 새로운 생명을 불어넣었다.

드레스는 죽지 않는다.

고아가 된 물건들

물건들도 그들만의 비밀이 있고
물건들도 그들만의 전설이 있지
하지만 우리가 들을 줄 안다면
물건들은 우리에게 말을 건다네

〈드루오〉,* 바르바라**

물건은 여러 번의 삶을 산다. 새 주인에게 넘어갈 때 물건이 이전 존재의 흔적을 간직할까? 물건이 이전의 쓸모와 관련이 있는 쓸모를 위해 다른 곳에, 다른 사람의 손에 들어가 있다고 상상하는 것은 중요한 일이다. 나는 내 부모가 선택하고 정성을 들인 물건들이 새 주인에게도 사랑받고 관심을 받고 애지중지될 것이라고 믿을 필요가 있었다. 그 물건들을 아무런 미련도 죄책감도 없이 주기 위해서 그것들이 계속 사용되고 관심을 받

★ 드루오(Drouot)는 파리에 있는 경매장. 인용문은 바르바라가 부른 샹송 〈드루오〉의 가사 중 일부다.
★★ 바르바라(Barbara, 1930~1997): 본명은 모니크 앙드레 세르프(Monique Andrée Serf). 프랑스의 대중 가수. 저자와 마찬가지로 프랑스에서 태어난 러시아계 유대인이다.

으면서 낡아 갈 것이라고 생각하고 싶었다. 물건도 사람이나 동물과 그리 다르지 않다. 물건들도 영혼이 있다. 나는 그것들을 몹시 불길한 운명으로부터 지킬 책임을 느꼈다.

물건들을 차분히 살펴보고 추억에 휩싸이고 마음을 정하지 못한 채 벌써 얼마나 많은 시간을 보냈던가? 나는 그 물건들로 뭘 해야 할지 도무지 알 수가 없었고, 내게서 떼어 놓고 싶으면서도 동시에 간직하고 싶었다. 작별 인사를 할 듯 물건을 손에 들었다가도 금세 지쳐서 다시 종이상자 속에 내려놓았고, 여전히 너무 가슴 아픈 결정은 뒤로 미뤘다.

결코 그 집이 비워지는 걸 볼 수 없을 거라는 절망이 지배할 때면 나는 인심이 후해졌고, 심지어 헤퍼졌다. 하지만 다시 용기를 되찾으면, 고개를 빳빳이 들고 개미처럼 근면한 상속자로서 내 할 일을 계속했다. 나는 버리는 데 인색해졌고, 분별 있게 주었으며, 제일 좋은 값으로 팔았고, 내 집에 놓을 자리를 찾을 수 있는 것은 뭐든지 집으로 가져갔다. 책들은 내 서재에, 식기류는 내 찬장 속에, 작은 병들은 내 욕실에, 그림들은 내 집 벽 위에 자리를 잡았다.

하지만 내 집은 마음대로 늘릴 수 있는 게 아니었기에, 한쪽으로 빼내면 다른 쪽으로 채워지는 연통관 놀이를 계속 할 수는 없었다. 나의 건강한 공격성이 둔화되었던 걸까? 나는 스스로를 꾸짖었다. '물건은 돌고 돌아야 해. 물건들은 우리가 죽은 뒤에도 오래 살아갈 수도 있고, 누구 하나 애석해하는 일 없이 퇴색하고 망가지고 사라질 수도 있어. 물건은 원래 어느 누구에게도 속하지 않아서 잠시 우리에게 맡겨졌을 뿐이야. 물건들의 원무는 계속되어야 해. 각자 자기 차례에 그걸 즐기면 되는 거야.'

우연히 그 집에 들렀던 사람들은 조심스럽게 주변을 훑어보면서 내가 앞으로 해야 할 일이 얼마나 남았는지 헤아려 본 뒤, 더는 참지 못하고 나를 동정과 연민의 눈으로 바라보며 "쯧쯧, 불쌍해라!" 같은 말을 내뱉곤 했다. 이런 반응은 나의 환상을 여지 없이 깨 버렸다. 나는 속으로 내 과거의 변변치 못한 보물들을 알아보지 못하는 그들이야말로 둔해빠진 거라고 비난하며 마음을 달랬다. 사람은 누구나 자신이 소유한 자잘한 것, 소소한 것, 사소한 것에 애착을 가질 뿐, 다른 사람의 물건에는 관심이 없다. 우리 눈에 감정적으로 아무런 가치가 없는 것을 버리기는 쉽다. 하지만 자신의 추억과 헤어지는 일, 그것은 버리는 것이 아니라 자신의 일부를 잘라 내는 일이다. 분리는 즉각적으로 얻어지는 경우가 드물다. 그것은 오랜 내적 변모와 끈기 있는 노력, 끊임없이 새로운 시험을 치르기를 요구한다.

그리움과 무력감 사이의 동요는 순간순간 달라졌다. 어떤 날은 책을 상자째 날랐고(종이는 정말 징그럽게 무거웠다!), 가정용 리넨 제품들과 식기가 든 상자들을 옮겼고(앞으로 마련할 수도 있는 별장을 대비해서), 나눠 줄 옷들을 개켰고, 버려야 할 것들을 버렸으며, 팔고 싶은 것들은 따로 챙겨 두었다. 하지만 또 어떤 날들은 의기소침한 마음이 더 강해져서 무력감이 나를 꼼짝 못하게 사로잡았다. 직접 이런 대청소를 벌일 마음을 먹지 않았던 부모님이 원망스러웠다.

나는 내 집에 둘 자리를 마련할 수 없는 가구들, 거추장스러운 물건들을 팔고 싶었다. 하지만 적정한 값을 지불할 구매자를 찾을 수 없다는 점이 무척 모욕적으로 느껴졌다. 부모님이 당신들이 선택한 물건의 가치나 품질을 잘못 판단했을까? 아니면 그사이에 시장이 달라졌을까? 그들에게 화가 났다. 결국 나는 돈을 받겠다는 생각을 버리고 그냥 주기로 했다. 주는 기쁨에는 양면성이 없다.

나는 다시 추억들로 가득한 부모님의 상자들에 관심을 쏟았다. 나의 추억이 그들의 추억과 겹쳐졌다. 내가 일고여덟 살 때 휴가를 보냈던 칼레야 데 팔라프루헬*의 호텔 주소를 보자 내가 마음에 두었던 한 소년의 얼굴이 떠올랐다. 번개처럼 민첩하고, 말이 많고, 짓궂고, 조금은 악당 같았던 아이. 나는 함께 어울려 놀던 아이들 중에서 그 아이를 뽑았다. 우리가 단둘이서 소나무 숲을 산책했을 때, 나는 친구들과 너무 멀리 떨어진

*Calella de Palafrugell, 스페인의 해안 도시.

곳까지 왔다는 데 잔뜩 겁을 먹어서, 길 위에 있는 작은 조약돌을 뚫어지게 응시하며 결코 잊어버리지 않겠다고 다짐했다. 그 돌멩이와 소년은 내 기억 속에 묻혀 있다가 이처럼 특수한 상황이 되자 갑자기 되살아났다. 나는 그 아이의 이름도 기억하지 못하지만, 알 수 없는 어떤 경로를 통해 내가 연인을 선택하는 데 영향을 미쳤을지도 모른다.

오래된 관광 안내서들, 한물간 잡지들, 구식이 된 전화번호 수첩들, 나는 내 손에 잡히는 모든 것을 유쾌하게 커다란 쓰레기봉투에 쑤셔 넣었다. 행운의 날이었다. 아무런 고통도 없었고, 어떤 죄책감도 내 행동을 가로막지 않았다. 마침내 다락의 선반이 비워졌다. 나는 더할 나위 없는 기쁨을 느꼈다. 빨간색과 초록색 무늬가 있는 커다란 상자 하나가 나의 열광을 멈춰 세웠다. 상자 안에 세계 곳곳의 카페와 레스토랑에서 가져온 종이 냅킨 수십 장이 조심스럽게 보관되어 있었다. 당장 그것들을 버리고 싶었지만, 잠시 망설이다가 더 주의 깊게 살펴보았다. 각 냅킨마다 아래쪽에 어머니의 단호하면서도 가녀린, 섬세한 글씨가 적혀 있는 것이 선명하게 눈에 들어오면서 별것 아닌 그 종이 냅킨들이 전혀 예기치 못한 감정, 진실하고 가벼우면서도 끈질기게 지속되는 감정을 불러일으켰다. 집 밖에는 눈부신 태양이 환히 빛나는데 작고 어두운 다락에 갇혀서 망설이던 나는 이 기묘한 수집품들을, 내가 처한 부조리한 상황을 다시 돌아보았다. 대체 어떤 사악한 힘이 나를 지하 세계에 갇힌 페르세포네처럼 모든 생명과 온갖 빛으로부터 멀리 떨어뜨려 놓았을까? 이 글을 쓰려는 생각이 떠오른 것은 바로 이 순간이었다.

올록볼록한 냅킨, 인쇄된 냅킨, 진짜 천으로 만든 것처럼 보이는 빨간색과 하얀색의 체크무늬 냅킨, 이국적인 이름이나 머나먼 지방의 이름, 선전 문구, 매력적이거나 우스꽝스런 그림들이 새겨진 종이 냅킨들, 나는 너희를 내 책상 위로 데려왔다. 페렉의 분류나 프레베르식 목록처럼,* 너희는 서로서로 이어져 있다. 나는 너희가 이어지면서 만들어 내는 이상한 그림을 그리지 않고서는 너희를 허공 속으로 내던질 수 없었다. 벤티밀리아, 1988년 8월 29일, '카사 델 카페'; 오를레앙, 1983년 3월 2일, '레 뮈자르디즈' '질 좋은 버터만 사용한 과자점'; 브뤼지, 1983년 6월 18일, '리리크 식당'; 코펜하겐, 1981년 11월 15일, '호텔 스칸디나비아', 바로 너희들 말이다. 어디 그뿐인가, 암스테르담의 '스카라무슈', 밀라노의 '카사 노바', 함부르크의 일식당, 로테르담의 그리스 술집, 이 모든 것이 마치 점을 모두 연결한 후에야 그 의미를 알 수 있는 점선 그림처럼 시작도 끝도 없는 지도를 그렸다.

★조르주 페렉(Georges Perec, 1936~1982)은 프랑스 소설가로, 《생각하기/분류하기(Penser/Classer)》라는 책을 썼다. 자크 프레베르(Jacques Prévert, 1900~1977)는 프랑스 시인으로, 시집 《말(Paroles)》에 〈목록(Inventaire)〉이라는 시가 있다.

사물은 그것을 간직한 사람들의 상상 속에서 독특하고 의미심장한 자리를 차지하며, 사물들이 다 함께 만들어 내는 미로 같은 관계들로부터 떼어 놓을 수 없다. 사물들은 사람들이 거기에 덧입히는 신비로운 후광을 벗어날 수 없다. 나는 종이 냅킨들에 생명을 불어넣었던 열정과 무관했고, 이제는 세상을 떠난 그들의 주인들과도 멀어져 버렸기에, 가볍게 스쳐 가는 일 외에 그것들을 대면할 길이 없었다. 그들의 여정을 나는 앞으로도 영영 알 수 없으리라.

만일 누군가 갑자기 나를 찾아왔다가 내가 이 종이 냅킨들을 휴지통에 내던지지 않고 하나씩 들어 올려 보며 목록을 작성하는 모습을 보았다면 어떻게 생각했을까? 내 머리가 살짝 이상해졌다고 생각했을까? 내가 앞으로 1년은 더 그 일에 매달려야 할 거라고? 이런 일은 더 요령 있게 처리하고 감정은 더 배제해야 한다고? 내가 모든 것을 간직해서도 안 되며 다 살펴보기 전에 치우려 해서도 안 된다고? 그건 우스꽝스러워 보인다고?

어쩌면 그것은 살아 있다는 기쁨을 점점 더 생생하게 느끼는 대가를 지불하는 나만의 방식이었는지도 모른다. 그러나 내가 그렇게 말할 수 있었겠는가?

나는 부모님 집을 비우는 일이 버리기나 익명이라는 단어와 동의어가 되기를 원하지 않았다. 그래서 고물상을 부르지 않았다. 끔찍한 포식 동물과도 같은 그들은 장례식 바로 다음날 위선적인 조의문을 보내면서, 자기들을 당신의 비탄 속으로, 그래서 결국은 당신의 집 안에까지 들여보내 주면 당신의 모든 추억의 무게를 순식간에 덜어 주겠다고 제안한다. 보물들이 숨겨져 있는 싸구려 장신구들(물론 그것들은 자기 정체를 솔직하게 드러내지 않는다), 오래된 고물 조각들, 녹슨 연장들과 함께 골동품상의 진열창 속에서 시골 농가 같은 분위기를 조성할 투박한 구리 항아리들, 곧 '대세'가 될, 무거운 검은색 금속 숫자판을 돌려야 하는 오래된 전화기들, 과거에 멋진 작품을 만들고 작업을 잘 마무리하고, 동작과 기능, 손과 재료의 일치를 가능하게 했던 도구들. 이제는 어느 누구도 그런 것들을 원하지 않는다. 그것들은 노동과 인내의 동의어인데, 오늘날의 구호가 즉각적인 쾌락이라는 것은 반박의 여지가 없기 때문이다. 하지만 곧 고물 장수들이 '포스트모던' 구매자들을 꿈꾸게 만들기 위해 그런 것들을 아주 비싼 값으로 팔게 될, 그런 물건들이다. 벌써 사람들이 구하려고 달려드는 오래된 레코드판, 구식 도로 지도, 옛날 관광 안내서들 — 이런 것들은 거의 역사적인 물건이 되었다. 왜냐하면 현재라는 이 시대가 아주 가까운 과거의 것들에 홀딱 빠져서 그것을 '빈티지'라고 선언하기 때문이다. 예를 들면, 60년대의 형광 분홍색이나 오렌지색 안락의자들, 낮은 탁자, '크놀 스타일 보증', 스칸디나비아식 디자인의 접시, 비행접시 재떨이, 동그란 쿠션 의자, 환각을 불러일으키는 무늬의 벽지들, 인도에서 온 '피스앤러브' 보석들과 옷들…… 그걸로 내가 뭘 해야 좋을지는 알 수 없었지만 내다 버릴 마음도 없었던 갖가지 잡동사니들.

모든 시대가 다락방 바닥이나 그 집에 딸린 여러 개의 창고 안에 뒤섞여 있었다. 마음 같아서는 사람들을 충분히 많이 불러서 제각기 자기가 원하는 것을 고르라고 하고, 자기 발에 맞는 양말을 찾으라고 하고, 짝 잃은 단지 뚜껑이나 부족한 상자 뚜껑을 찾으라고 하고, 오래 전부터 갖고 싶어하던 귀한 장식품들을 가져가라고 하고 싶었다. 사거나 선물받거나 살면서 우연히 생긴 수십, 수백 가지 물건들이 거기 버려져 있었다. 이제 누구도 그 물건들을 쓰다듬지 않았고, 그 위에 쌓인 먼지를 떨어 주지 않았고, 애착을 갖고 소중히 여기는 시선으로 바라보지 않았다.

물건들도 고아가 된다. 그들에게는 양부모나 새 친구, 다시 그것들을 독점하고 대단히 소중하게 여기면서 잘 돌봐 줄 주인이 필요했다. 물건들은 쓸모없어지고 버려지고 할 일이 없으면 고통스러워한다. 예를 들어 정체가 불분명한 열쇠들을 어떻게 버릴까? 나는 거기에 맞는 자물쇠가 어떤 것인지—문인지 여행 가방인지도—알 수 없었다. 그렇지만 다른 방식으로 찾아보지도 않고 그냥 그것들을 버리겠다고 결심할 수는 없었다. 잃어버린 열쇠를 찾아 감옥에서 해방되기만을 기다리고 있을 문이나 여행 가방이 이 세상 어딘가에 있을 것만 같았다. 나는 그것이 끝없이 기다리게 하고 싶지 않았다.

그러니 나는 내게 있는 특이한 물건들을 좋아할 사람을 반드시 찾아야만 했다. 50년대에 만들어진 성냥갑들을 보고 감탄할 성냥갑 수집가, 낡은 사진기 애호가, 컴퍼스나 잉크병, 펜대 등 정보화 시대 이전의 문구류를 수집하는 사람, 혹은 반대로 초창기에 쓰던 컴퓨터 모델을 찾는 사람……. 목공일을 좋아했던 한 남자가 납땜용 인두, 노루발장도리, 너트, 못, 끌, 여러 가지 집게, 절단기와 온갖 종류의 지렛대 들을 잘 손질해 놓았다. 솜씨 좋은 재단사였던 한 여자는 수십 가지 색조의 파란색과 베이지색 실, 아주 많은 옷핀, (면에서 캔버스 천을 거쳐 가죽까지) 갖가지 천에 맞는 다양한 바늘들, 전문가용 가위들, 옷본들, 다양한 색의 천 조각들, '언젠가 쓰일 데가 있을' 가윗밥이나 안감 들을 항상 수중에 지니고 있으려 했다.

러시아어(다양한 종류의 입문서가 있다)를 배우고 싶어하는 사람, 1947년에서 1964년 사이에 발간된 스위스의 문학 잡지 《도서 길드(La Guilde du Livre)》를 찾는 사람, 향수 견본품 수집가, 독특한 장갑이나 짝 없는 양말 수집가, 적어도 15년 전에 구입했음직한 선크림 풀세트 수집가, 그런 사람들을 어디서 찾을까? 온갖 상표의 전기 면도기들, 세계 곳곳의 호텔에서 가져온 비누 몇 상자, 여행용 칫솔들, 세계 각국의 술병들, 손도 대지 않은 가죽 표지 수첩들, 소형 계산기들, 온갖 형태의 케이크 굽는 틀, 각설탕 집게들, 아스파라거스를 집기 위한 집게들(도대체 누가 그런 걸 발명하거나 이용할 생각을 했단 말인가?), 아직도 벨벳 케이스에 들어 있는 은제 찻숟가락들, 오랜 세월 동안 개봉된 적도 없이 쌓여 있던 선물들, 그런 것들을 얻고 즐거워할 사람은 또 어디서 찾을 것이며, 카망베르 치즈 뚜껑들, 버섯에 대한 책들, 냉동용 상자 수백 개, 수천 개의 단추들, 수십만 장의 화장용 티슈들, 수백만 개의 작은 못들을 원하는 사람은 말할 것도 없다.

한편 주인공을 알 수 없는 가족사진들은 어떻게 해야 할까? 그 사람들은 이름을 제대로 불러 줄 선조도 후손도 없어서(그것이 우리 모두를 기다리는 운명임은 분명하다) 이름이 적혀 있지 않았고, 앞으로도 어느 누구 하나 빛바랜 사진 뒷면에 그들이 누군지 이름을 적어 놓을 수 없을 것이다.

케케묵은 모양새의 옷들, 유행이 지난 선글라스들 — 유행이 다시 돌아오지 않는 이상 쓸 수 없는 것들인데, 유행은 우리가 원할 때 다시 돌아오는 법이 없다—, '방추형' 스키 바지들, 아주 뻣뻣하고 무거워서 어떻게 인간의 발이 한 걸음 내디딜 때마다 격분하지 않고 견딜 수 있었는지 스스로에게 물었던 검은 가죽 스키화 들을 입거나 신을 사람도 이제는 없다. 릴테이프 녹음기, 슬라이드 영사기들, 칵테일 혼합기들, 칸이 나누어진 땅콩 접시들, 셀 수 없이 많은 후추통들, 옛날식 사탕 단지에 모아 놓은 각설탕들, 판 위에서 돌아가는 플라스틱 양념 단지들, '친자노'* 마개 따개들, 끝에 작은 돼지가 달린 치즈 포크 같은 것을 누가 원할까? 겉에 각각 밀가루, 설탕, 비스킷, 커피라고 적혀 있는 깡통 네 개, 맥주잔들, 작은 나무 술통들, 알루미늄 버터 그릇들, 갖가지 상황을 위한 접시들, 면이나 리넨, 짚, 레이스, 폴리에스테르로 된 식탁보와 냅킨, 개인용 식탁보 한 무더기, 커팅된 크리스털 그릇들을 누구에게 줘야 할까? 보드카 잔, 위스키 잔, 부르고뉴 포도주 잔, 코냑 잔, 레모네이드 잔, 포트와인 잔, 짝이 맞지 않는 플루트형 혹은 드럼형의 샴페인 잔, 얼음통, 얼음집게, 커피 보온병, 캠핑용 버너, 손전등, 병따개, 올리브나무로 만든 샐러드용 식기들, 빈 액자들, 비치백들, 원예 도구들, 시계 없는 시곗줄들, 누가 이런 걸 받고 즐거워할까?

또 5킬로는 족히 됨직한 양초 조각들은 대체 누가 갖고 싶어

*Cinzano, 이탈리아산 베르무트 상표 가운데 하나.

할까? 과자 상자들 안에 대책 없이 수북하게 쌓여 있는 길고 가느다란, 혹은 작달막하거나 손톱만 한 양초 토막들, 온갖 무지개색 양초 토막들은 '양초 조각을 절약한다'*라는 표현이 생길 근거가 있었음을 보여 주었다. 나는 그걸 보고 웃어야 할지 울어야 할지 알 수 없었다. 애정이 비웃음을 이겼다. 나는 그들의 식탁에서 타올랐던 양초들을 내 집으로 가져가 내 식탁을 밝히게 했다. 나는 그 모든 초에 불을 붙여서 그것들이 천천히 녹아내리고 저절로 꺼지는 모습을 보기 전에는 어느 하나도 버리고 싶지 않았다.

이제까지 나는 모든 일을 척척 해치웠다. 그런데 왜 갑자기 아무것도 아닌 작은 실 조각, 양초 조각, 종잇조각, 천 조각에 마음이 뭉클해지는 걸까?

*하찮은 것을 쓸데없이 아낀다는 뜻.

뒤죽박죽

그녀는 사람들이 정리하면서 파괴할 때,
원래 물건이 놓여 있던 자리에
빈자리가 생기는 것을 보면서 느끼는 것과 유사한 쾌감을 느꼈다.

앙리 드 몽테를랑★

그만! 지긋지긋해! 바스타 코시!★★ 버리자, 아예 쳐다보지도 말고 버리자, 싸구려 감상은 지긋지긋해! 저 많고 많은 낡은 서류들을, 먼지로 새까매진 손가락을, 따끔거리는 목을 커다란 쓰레기통에 기분 좋게 던져 버리자. 용도가 분명하지 않은 상자들, 바스러질 듯 낡은 책들, 낡은 전자 기기들, 닳고 바래고 말라붙고 썩고 절대로 아무런 관심도 끌 수 없는 물건들, 엉망진창으로 널려 있는 그 모든 잡동사니를 버리자! 우리의 과거에

★ 앙리 드 몽테를랑(Henry de Montherlant, 1896~1972): 프랑스의 소설가이자 극작가.
★★ Basta cosi, 이탈리아어로 그 정도면 족하다는 뜻.

이별을 통보하자! 우리가 과거에 사랑했던 친숙한 물건들은 이제 모두 거추장스러운 고물이 되어 버렸다. 우리는 기쁘게 그것들과 헤어지고 죽음을 누른 삶의 승리를 축하해야 한다.

많든 적든, 부모의 보물을 차지하는 일은 우리를 가증스런 약탈자, 냉혹하고 탐욕스런 인간으로 만든다. 그래도 그 집은 비워져야 한다. 눈에 띄게 많이.

나는 가구와 물건들, 서류들의 물결에 휩쓸려 가라앉을까봐 잔뜩 겁이 났다. 시간이 갈수록 물살이 약해지기는커녕 오히려 그 반대였다. 부모님이 살아 계실 때는 집이 이렇게 어질러진 적이 한 번도 없었다. 내 주변 곳곳에, 의자 위에, 바닥에, 상자 안에, 계단 곳곳에, 창가에, 침대나 탁자나 부엌 개수대 등등, 정말 온 사방에 서로 어울리지 않는 물건들이 무더기로 쌓여 있었다. 진짜 벼룩시장, 완전한 난장판.

이 잡동사니 틈에서는 한 시간 이상, 한 시간 반도 머물기가 힘들었다. 나는 질서 있게 일을 진행하지 못해서 산만하게 자주 방을 바꿔 가며 어떤 때는 거실 책장을 한 칸 정리하는 데 전념했다가 또 어떤 때는 부엌 찬장 한두 칸이나 책상 서랍을 정리하는 데 열중했다. 나 자신에게 체계적으로 따라야 할 절차를 부과하지 않는 쪽이 덜 고통스럽다는 듯이 말이다. 매번 그날의 방문을 끝내게 만든 것은, 내가 추억 속의 상처로 칼을 돌리는 데 사용했던 감정적 에너지를 다 써 버렸다는, 점점 숨이 막혀 오는 감각이었다.

그 집을 떠나기 전, 결코 이 전쟁터에서 승리할 수 없으리라는 예감에 시달리던 나는 주변을 둘러보며 물건들을 통째로 뭉뚱그려서 운명을 결정하기 편할 것 같은 곳을 찾아보았다. 오랫동안 손에 들고 재어 보고, 평가하고, 뒤집어 보고, 다시 돌려 보면서 한 번에 하나씩 결정하는 것이 아니라, 서랍 하나를 통째로, 책장 한 칸에 꽂힌 것을 그대로 다, 따로 골라 내지 않고 전부를 한꺼번에 말이다. 적십자로 보낼 것! 버릴 것! 경매장에 보낼 것! 내 집으로 가져갈 것! 이렇게 간단명료하게 딱 잘라 말할 수 있다면 얼마나 유쾌하겠는가.

상속이란 선택하고 결정할 전권을 갖는 일 아닌가?

그런 상황에서 나는 특히 주는 쪽이 좋았다. 충동적으로 주기, 깊이 생각하지 않고 나 자신의 직관을 신뢰하면서, 황금색 꽃이 그려진 검은 꽃병은 누구에게 어울릴 것이고, 단순한 줄무늬가 들어간 저 잔은 다른 누구에게 어울릴 것이고…… 물건과 사람 이어 주기. 중매쟁이 노릇 하기. 나는 그냥 주는 게 좋았고, 그에 뒤따르는 작은 빈자리가 좋았다. 핑계를 대거나 우물쭈물하지 말아야 했다. 모든 것이 한순간에 행해졌다. 그것은 축복의 순간이었고, 내가 주면서 동시에 받은 평소와 다른 교환이었다. 나는 받기 위해 주었다. 나는 나이면서 동시에 상대방이었다. 나는 내 유산을 다양한 선물로 바꾸었다.

커피포트, 돋보기, 전화기, 벽지, 호두 까는 기구, 파이프 수집품들, 멕시코 모자, 화초, 송곳, 크랭크 톱, 연필깎이, 토스터, 그리고 커팅된 크리스털 샴페인 잔 한 세트!

한 꼬맹이 여자애에게 초창기 카메라를 주고, 시누이에게 모피 코트를 주고, 새 아파트로 입주할 예정인 친구에게 마그리트의 그림 복제화로 만든 대형 달력을 주면서 나는, 주는 사람이 아니라 선물을 받는 사람이 되었다. 그 친구가 이왕 가져가는 김에 동그란 탁자, 파란색 식탁의자 여섯 개, 오렌지색 긴 의자, 연한 나무색 침대와 옷장, 같은 나무로 된 침대머리 두 개, 커다란 초록색 화초 하나와 치수를 맞춰 다시 가공한 부엌 물건들 등등 집에서 쓰는 수천 가지 다른 물건들을 가져가겠다고 해 줘서 얼마나 고마운지 모른다! 그 덕에 나는 친숙한 물건들이 두 번째, 세 번째 삶을 사는 모습을 언젠가 다시 보는 기쁨을 누릴 수 있게 되었다.

가끔씩 물건들은 놀라운 새 파트너를 만난다. 예를 들어 한번 바닥에 떨어진 뒤로 화면 오른쪽이 파랗게 변해 버려서 아무도 원하지 않았던 덩치 큰 텔레비전은 앞을 못 보는 나이 든 여인의 집으로 갔다. 그녀는 텔레비전을 보지 않고 소리만 듣기 때문에 아주 만족스러워했다. 커다란 거울이 달린 화장대는 인도 무슬림 가족의 방에 새 자리를 찾았고, 거울에는 곧 예술적인 금이 생겼다.

준다는 건 크나큰 행복이다. 내가 준 것, 그건 물건이 아니었다. 물건은 전달 수단이자 구실이었을 뿐, 그것을 통해 진짜로 전달된 것은 자신감, 안정, 신뢰였다. 나는 내가 받지 못한 것들을 주었다. 부모님은 미리 주의를 주지 않고는 그 어느 것도 내게 맡기려 들지 않았다. "조심해라! 깨뜨리지 마라! 망가뜨리지 마라! 버리지 마라! 특히 그건 네 맘대로 사용하지 마라! 아직은 정말로 네 것이 된 게 아니라 우리 거다! 이 물건은 너한테 주는 게 아니라 어쩔 수 없이 그냥 빌려 주는 거다, 네가 평소에 하던 대로 하지 말고 우리처럼 행동해라, 틀림없이 넌 그럴 수 없겠지, 넌 매사에 어설프니까!"

그분들 눈에는 당신들 딸보다 물건들이 더 소중했을까? 그들이 도를 넘는 정성으로 물건을 대하는 모습은 나를 그 반대로 반응하게 만들었고, 결국 본의 아니게 그들의 주장에 근거를 제공하게 되었다. 그들이 내게 그냥 편하게 쓰라고 했더라면, 물건이 아니라 그것을 향유할 권한을 주었더라면 얼마나 좋았을까. "그건 네 거야, 네가 하고 싶은 대로 해, 네 뜻대로 해, 우린 널 조금도 불신하지 않으니 아무런 조건도 달지 않아, 네가 적절하게 행동하리라는 걸 조금도 의심하지 않아(중요한 건 너지 그 물건이 아니란다), 직접 경험해 보렴! 더럽히고, 깨뜨리고, 버리고, 잃어버려도 괜찮아, 그런 건 중요하지 않아! 그걸 즐겁게 사용하렴!"

거의 아무것도 갖지 못했기에 거의 모든 것이 필요한 학생들을 수소문해서, 그들에게 원하는 것을 모두 가져가라고 제안했다. 깜짝 놀란 그들은 신바람이 나서 안락의자, 소파, 의자, 발받침, 펀치 만드는 그릇, 치즈 쟁반, 오스트레일리아 부메랑, 매트리스, 쿠션, 식탁보, 소형 촛대, 전기스탠드, 아프리카 창, 샐러드용 야채 탈수기, 《식탁을 예쁘게 장식하는 냅킨 접는 법》《카드점으로 미래 읽는 법》《삶을 단순하게 만드는 천 가지 지혜》 같은 기분 전환용 책들, 그리고 북아메리카 너구리 몇 마리도 빼놓지 않고 뒤죽박죽으로 실었다.

그들은 물건을 가득 싣고 행복하게 떠났다. 나는 가벼워졌다.

애도 기간을 보내며

이 책은 내게 당연한 일처럼 주어졌다. 모호하고 이중적이고 격렬하며 종종 서로 모순되는 감정들에 시달리자 말이 저절로 터져 나왔다. 글쓰기는 들끓는 감정의 파도를 포착했다. 이 글은 애도에서 태어났고, 그 도피처가 되어 주었다. 감당하기 힘들게 몰려오는 파도에 과감히 맞서기 전에 잠시 숨어 있는 장소.

애도의 경험은 고독 속에서 겪는다. 거기에는 고통과 슬픔만 있는 게 아니다. 적대감과 화, 분노도 찾아온다. 사람들은 그 사실을 쉽게 받아들이려 하지 않는다. 죽은 사람들과 젖먹이들은 늘 상냥하고 정중하고 의례적인 감정만 불러일으킨다고 여기기 때문이다. 과도한 것은 모조리 제거된다. 새빨간 거짓말!

인간의 마음은 훨씬 더 복잡하다. 마음은 모호한 움직임과 고뇌, 끊임없는 돌변으로 이루어지기에 결코 잔잔하거나 순수하거나 명확할 수가 없다. (질병, 만남, 사랑하는 이와의 이별 등등) 탄생과 죽음을 둘러싼 감정들이 너무도 맹렬한 기세로 몰려들어서 그 힘과 무질서가 우리를 불안정하게 만들고 뒤흔들어 놓는다. 그것은 내면이 대대적으로 재조직되는 순간이다. 그로 인해 우리는 한 번도 가지 않은 길을 탐색하고, 표지가 잘못된 활주로를 다시 열고, 장애물을 대담하게 뛰어넘는다. 그것은 우리가 스스로를 넘어서도록 이끌어 주기도 한다.

살면서 늦게라도 고아가 되는 일은 자신을 새로운 방식으로 생각할 것을 요구한다. 사람들은 이것을 애도라고 부르는데, 달리 말하면 통과의례, 변신이라고도 할 수 있으리라.

초반에 몰려오는 고통의 예리한 모서리들이 무뎌지면서, 마비되고 분개하던 마음이 천천히 현실을 받아들이는 쪽으로 옮겨 간다. 슬픔은 더욱 깊어진다. 허전함과 결핍감, 동요의 순간들과 함께. 상냥함이 깃든 슬픔이 퍼지는 것은 더 나중이다. 부드러운 아픔이 떠난 사람의 이미지를 둘러싼다. 죽음이 우리 안에 똬리를 틀었다. 그 흐름에는 지름길이 없다. 거기서 빠져 나올 수도 없다. 죽음은 삶에 속하며, 삶은 죽음을 껴안는다.

돌아가신 부모님의 집을 비우는 일은 애도의 고난을 키워 놓으며, 그와 관련된 특징들을 두드러지게 보여 준다. 그 일은 화학 분석에서처럼 우리의 애착과 대립, 환멸의 소립자를 보여 준다. '다 치워 주는' 업체를 부른 상주도 자기들의 추억이나 고통까지 피할 수는 없다. 저마다 그 속에 빠져든다. 그러나 슬퍼해야 할 때가 있고 기뻐해야 할 때가 있다.

페르세포네는 땅 밑에서 겨울철을 보내고 나면 태양이 비치는 곳으로 돌아와 밭과 과수원에 씨를 뿌린다. 꽃과 과일이 다시 태어난다. 우울하게 틀어박혀 있는 것은 좋지 않다.

나는 이 책에 마침표를 찍고 싶지 않다

2부

물려받은 연애편지

Lettres d'amour en héritage

애도 이후

나는 앞글의 마지막 문장에 마침표를 찍지 않았다.

슬픔은 여전히 너무 생생했고, 상실감이 마음을 짓눌렀다. 언젠가는 이 고통이 조금씩 덜 격렬해질 거라고, 그래서 누그러들고 흐릿해지면서, 추억들과 마음을 위로하는 회상으로 이루어진 동반자가 되어 줄 거라고 상상할 수가 없었다. 애도는 끝나지 않았다. 나는 여전히 그 안에 갇혀 있었다.

떠나간 사람들의 부재가 감지할 수 없을 만큼 조금씩 덜 가슴

에이고 덜 강박적으로 되면서 날이 갈수록 다정함과 평온한 애수를 간직한 친구 같은 존재로 변하는 것을 깨닫기까지는 시간이 필요했다. 사별은 새로운 관계를 낳았다. 그 관계는 과거에 없던 특이한 것이었고 캡슐에 넣어져 일상의 현실로부터 보호되었다. 돌아가신 부모님이 내 안에 녹아든 것 같았다. 나는 그들을 맞아들였고, 그들은 나를 채웠다. 나는 그들의 존재 방식과 몸짓, 그들의 말을 떠올렸고, 두 분이 있었다면 이렇게 말했을까, 저렇게 반응했을까 생각하곤 했다. 나는 그들과 대화를 나누었고, 그들의 의견을 수용했다. 그들은 이제 그들에 대한 내 생각을 반박할 수 없었다. 일종의 이상화한 아우라가 그들을 감쌌다. 그들에 대한 내 감정과 어긋나는 것은 아무것도 없었다. 그들은 내 안에 스며들었다. 그들의 갖가지 모습 중에서 나는 내 마음에 드는 모습을 선택했고, 그것을 미화했으며, 가장 즐거웠던 추억, 자지러지게 웃겼던 순간들, 정답기 그지없던 순간들, 감격에 겨웠던 순간들을 그대로 정지시켜 놓았다.

물론 불평하고 흥분하는 순간도 있다. 그럴 때면 나도 잔뜩 화가 났고 부모님을 원망했다. 하지만 대개는 다정한 마음이 다시 고개를 들었다. 나도 모르게 그들의 억양이나 몸짓을 흉내 내거나, 그들이 했을 법한 말을 하거나, 그들에 대한 내 생각을 확고하게 굳혀 주는 일화를 거듭 생각하다가 깜짝 놀라곤 했다. 그들은 밤마다 나를 찾아왔다. 그들의 꿈을 꾸는 일이 나에게 힘을 주었고, 밀약을 맺었다는 느낌을, 낮까지 침범하는 한밤의 묵계를 맺었다는 생각을 불러일으켰다. 그들은 나의 내면 깊숙한 곳으로 돌아왔고, 모든 것이 내가 만들어 낸 형태대로 존재했다. 나는 항상 옳았고, 잘못은 모조리 그들에게 돌릴 수 있었으며, 내가 원하는 대로 그들을 만들어 낼 수 있었다. 나는 내 식대로 그들을 재창조했고, 그들은 온순하고 고분고분한 존재가 되었다. 그들은 내 것이었다.

애도를 마치면 그것은 무엇이 될까? 돌아가신 부모와 어떻게 살아가야 할까? 슬픔의 새로운 상태를 어떻게 이름 지어야 할까? 그건 여전히 애도일까, 아니면 다른 이름으로 불러야 할까? 세월이 흐르면서 (과거에 존재했던) 정식 상복은 사라졌고, 따라서 약식 상복도 사라졌다. 무엇이 남았는가? 고통, 때로는 더욱 생생해지고 — 예를 들어 특별한 날에, 생일에, 축제 때, 불현듯, 음악이나 노래를 듣다가, 혹은 아무 이유 없이, 어렴풋한 연상 때문에 — , 때로는 더 부드러워지는 고통. 눈앞이 흐려지고, 가슴이, 목이, 위장이 조여들고, 소중하고 아련한 추억과 뒤섞인 고통이 우리를 압박한다. 그들의 죽음을 받아들였다고까지는 할 수 없겠지만, 그 상황에 익숙해진다. 물론 분개하는 순간들도 있다. 대체 왜 그는 이제 여기 없는가, 왜 그녀는 세상을 떠났을까? 그들이 정말로 목숨을 잃었단 말인가? 내가 그들 없이 어떻게 살 수 있을까?

나는 부모님의 집을 비웠다. 막막하고 힘겨운 작업이었다. 나는 왜 어떤 물건은 간직하고 어떤 물건은 주거나 버렸을까? 내 선택은 임의적일 수밖에 없었고, 그럼에도 후회는 별로 없었다. 단지 조금 망설였을 뿐이다. 아버지가 어머니에게 부적으로 만들어 준 초록색과 노란색의 나무뱀 블라코는 어디로 가버렸고, 명절에 쓰는 접시들, 긴 막대기 끝에 가느다란 하얀 플라스틱 손을 붙여 놓은 효자손, 변압기는 어디 있을까? 1950년대의 꽃병들, 오목한 모양의 스칸디나비아 안락의자 세 개를 내가 간직해야 했을까? 간혹 내 딸이 어떤 물건이 없어졌다면서 불평할 때도 있었다. 그 물건들이 어떻게 되었는지 이제는 기억할 방법이 없다. 반면에 봉제 동물인형, 책, 비디오테이프 등 그녀의 조부모가 손녀를 위해 집에 보관했던 놀이기구들과 장난감들은 종이상자 안에 정성스럽게 정리되어 있었다. 딸의 어린 시절은 여전히 손 닿는 곳에 남아 있었다.

수천 가지 물건을 버리고, 팔고, 주었다. 그래도 간직할 물건들은 남아 있었다. 그중에서도 유독 특이한 자잘한 물건들, 두 분의 그림자가 드리워져서 아주 소중한 물건들이 있었다. 예를 들면 나는 부모님의 결혼식 케이크 위에 놓여 있었던, 나무로 만든 신혼 부부 인형을 보관하기로 했다. 어쩌면 그들 자신은 지하 창고의 자잘한 물건들 틈에 그걸 보관해 두었다는 사실을 잊어버렸을지도 모른다. 아마 결혼식이 끝나고는 그걸 쳐다본 적도 없으리라. 그러나 온갖 잡동사니에 둘러싸여 있던 그 작은 물건이 내 눈에 들어왔고, 그 뒤로 특별한 감정의 무게를 지니게 되었다. 인형은 부모님의 책들, 사진들과 함께 내 책꽂이에 놓였다. 순백의 드레스를 입은 꼬마 신부와 검은 예복을 입은 꼬마 신랑이 점잔을 빼고 미소를 지으면서 영원히 팔짱을 끼고 있다. 또 다른 물건은 내게 가장 소중한 기념품들 속에 자리 잡았다. 그것은 내가 네 살 때 아버지를 그린 그림인데, 특히 안경 때문에 나는 그 그림이 아버지와 많이 닮았다고 생각했다. 아주 어린 아이의 눈에 비친 아버지는 서툴고 장난기 어린 호인의 모습으로, 그에 대한 사랑은 지금까지도 무조건적 열정이다.

나는 커다란 상자에 내 보물을 모아 두었다. 아버지의 하모니카, 페네의 캐릭터가 그려진 어머니의 스카프, 외증조할머니가 뜨개질하여 커버를 씌운 옷걸이, 빨간색 살담배 한 상자, '마음 편히 먹어(Take it easy)'라고 적힌 딱지들……. 그 딱지는 부모님이 함께 생각해 내고 디자인하여 상품화하려 했으나 성공하지 못한 조립식 해변의자에 붙일 예정이었다. 한편 유리 장식장에는 포도 자르는 작은 은가위와 아버지의 사진이 든 액자가 나란히 놓였다. 사진 속 아버지는 반짝이는 눈에 슬라브인의 광대뼈를 가진 잘생긴 청년으로, 내가 아무 근거도 없이 마리엔바드라고 상상했던 도시의 어떤 건물 앞에서 자세를 취하고 있다(나는 나중에 그곳이 몽트뢰임을 알게 되었다). 그것과 짝을 이루는 또 하나의 사진에서는 대략 한 살 반 정도 된 내가 언짢은 표정으로 버둥대면서 어머니의 품에서 벗어나려 한다. 나는 이 기운차고 고집 센 내 이미지가 마음에 들었다.

그사이에 나도 이사를 해서 내 집도 비워야 했다. 내 물건을 선별해서 버리고 주고 팔았으며, 수십 개의 상자와 서류함에 짐을 꾸렸고, 자료들을 정성스럽게 정리했고, 꼭 필요한 것만 보관하려고 노력했다. 여분이 있는 것, 구식이 된 것, 하찮은 것, 중복되는 것 들은 죄다 없애 버렸다. 새로운 삶을 시작해야 했다. 나는 더는 그 무엇도 무턱대고 구입하지 않았다. 뭔가 새로운 것을 내 집에 들이기 전에 두 번씩 곰곰이 생각했다. 물건들은 제각기 정서적 가치를 가졌거나 유용해야 했다. 어떤 것도 쓸데없이 모아 두어서는 안 되었다. 나도 부모님처럼 맥 빠지게 물건을 쌓아 두는 일을 되풀이할까봐 두려웠다. 나는 내 뒤에 한정된 개수의 물건들만 남기고 싶었다. 그러나 그건 분명 내 환상이리라. 우리는 자기 자식이 부모의 죽음을 애도하는 일을 피하게 해 줄 순 없다. 어쩌면 애도의 내용과 형식을 기분 좋게 꾸미고 모순을 제한하려 애쓸 수는 있겠지만, 그래 봤자…….

그 후로 부모님의 낯익은 물건들이 내 생활 속으로 들어왔다. 그 물건들은 눈에 띄지 않게 집안 곳곳에 자리 잡았다. 부모님의 식기와 내 식기를 함께 넣어 두었다. 가끔 그들의 잔에 술을 따라 마셨고, 그들의 꽃병에 꽃을 꽂았다. 그들의 책을 내 책과 함께 꽂았다. 나는 어머니의 스카프들을 둘렀고, 치수가 맞으면 가끔 그녀의 장갑도 꼈고, 겸연쩍어하면서도 그녀의 패물을 착용했다. 그녀가 수집한 작은 병들은 내 욕실을 장식했다. 벽에는 그들 소유였던 그림 몇 점을 걸었다. 나의 유년기가 나의 장년기 안에서 울려 퍼졌다. 나는 부모님의 앨범과 사진 상자들 속에 있던 옛날 사진을 다시 보았다. 눈알 하나가 떨어져 나간 낡은 곰인형도 튀어나왔다. 아시아 아이가 양팔을 벌리고 있는 도자기 인형, 별것 아니지만 매력적인 작은 장식품으로 아이였을 때 나를 꿈꾸게 했던 그 인형은 선반 위에 자리 잡았다. 바느질하는 어머니를 흉내 내며 갖고 놀았던 모형 재봉틀은 진짜 작동되는 것으로, 책꽂이 한쪽 구석에 놓아 두었다. 70년대에 많이들 썼던 총천연색 플라스틱 상자들은 내 방의 자질구레한 물건들로 채워졌다. 지나간 시간들이 현재와 뒤섞였다.

그러나 내게 남아 있는 부모님의 추억 중에서도 특별한 자리를 차지했던 것, 어쩌면 가장 덧없을 수도 있는 그 추억은 그들의 집 다락에서 발견한 세 개의 상자 안에 있었다. 나는 그 상자들을 열어 보지도 않고 집으로 옮겨 왔다. 그 속에 부모님이 1946년 9월 말에 처음 만나서 1949년 12월 1일에 결혼할 때까지 3년 동안 주고받은 연애편지가 들어 있다는 것을 나는 알고 있었다. 그 편지들을 읽지 말고 그냥 버려야 했을까, 아니면 읽기를 잘했을까? 편지 읽기는 무례한, 심지어 근친상간 같은 행동이었을까?

몇 달을 그냥 보낸 뒤에야 상자를 열고 편지를 읽기로 마음먹었다. 어머니가 돌아가신 지 1년 반이 지났고, 아버지가 돌아가신 지 3년 반이 지났다. 부모님은 아주 부드럽게 내 안에 머물렀다. 나는 그들의 꿈을 자주 꾸었다. 두 사람은 내 꿈속에서 다시 함께 있었다. 내가 태어나기 전 청년이었던 그들과 인사를 나눌 수 있을 것처럼 느껴졌다. 두 사람이 어떻게 부부가 되었는지 알고 싶었다. 어떤 사연 끝에 내가 태어났는지도 알고 싶었다. 결국에는 나의 이야기로 이어지겠지만 아직은 내 것이 아니었던 이야기, 나는 그 이야기를 읽을 준비가 되어 있었다. 태어나기도 전에 이미 내가 존재했던 것처럼, 아니, 내가 이 상상의 존재를 만들어 내기라도 한 것처럼…….

타임머신

부모님의 연애편지는 손대지 않은 채 내 앞에 놓여 있었고, 그 중 절반은 정성스럽게 번호가 매겨져서 세 개의 종이 상자를 빼곡히 채웠다. 상자 앞면에 '피엡스와 팝스의 편지'라고 적혀 있다.

잉크와 종이는 최근 것처럼 보였고, 단지 우표와 우체국 소인, 거기 찍힌 날짜만이 편지의 나이를 알려 주었다. 두 사람의 몸짓을 떠올리게 하는 구겨진 자국은 거의 없었다. 편지를 거칠게 열지 않았던 듯 개봉된 흔적만 겨우 남아 있었다. 심지어 어떤 때는 처음으로 봉투를 개봉할 때처럼 여는 데 상당한 저항이 느껴졌다. 냄새가 느껴질 듯 말 듯 했고, 필체는 현대적이었다. 부모님의 글씨는 내가 알고 있는 그대로였다. 내 눈에 항상 즐거워 보였던 아버지의 글씨체는 뜨개질했다가 푼 털실과 비슷했다. 어머니의 글씨체는 힘차고 강한 의지가 느껴졌다. 그들의 편지는 세월의 흔적을 담고 있지 않았고, 새로운 사랑만큼이나 활기차고 생생한 울림을 남겼다. 두 사람이 만난 지 거의 60년 가까이 흘렀다. 그들은 노년에 당신들의 연애편지를 다시 읽기로 약속했으나, 그 약속은 지켜지지 못했다.

그 편지를 조심스레 펼쳐서 읽으며 목이 메는 일은 내 몫이 되었다. 나는 거북한 마음이 들어서 편지를 손에 쥐고 펼쳐 볼 용기를 내지 못하고 시간을 끌었다. 내가 보호하려 한 건 누구였을까? 그들일까, 나일까? 나는 아직 내가 태어나기 전의 그들과 마주칠 준비가 되지 않은 것 같았다. 만일 내가 간직한 부모님의 이미지와 비슷하지 않은 모습을 보게 된다면, 그들이 나를 실망시킨다면 어떡하나? 혹시 너무 내밀한 감정 표현을 보게 되는 건 아닐까? 편지를 하나씩 읽어 가면서 두 사람이 만나고 사랑하게 된 과정을 알 권한이 과연 나에게 있는 걸까?

2004년 가을의 어느 날이 되자, 단순히 그들의 편지 내용을 알고 싶다는 욕망만이 아니라 그럴 필요가 있다는 생각이 들었다. 어떻게 보면, 그들이 서로에게 보냈던 편지지와 편지 봉투를 어루만지는 것은 다시 그들과 관계를 맺고 그들과 접촉하는 아주 확실한 방법이었다. 실례를 범한다는 생각이 더는 들지 않았다. 오히려 내가 당신들의 편지를 읽는 것을 안다면 그들이 행복해할 것 같았다. 그들은 손으로 쓴 수백 장의 편지를 자랑스럽게 여겼고, 마치 보물처럼 간직했다. 이 편지들은 두 사람이 만나고 질병에 맞서 싸운 3년을, 그리고 마침내 함께 살고자 하는 그들의 꿈을 실현하는 과정을 보여 주는 영웅서사시였다. 더구나 질병에 맞섰던 3년 이전에는 전쟁에 맞서 싸운 5년이 있었다.

내가 그들의 편지에서 발견한 것은 단순한 사랑 이야기나 50년 이상을 함께하게 될 부부의 탄생만이 아니었다. 그것은 한 우주의 탄생이나 역사의 시초를 떠올리게 하는 어떤 것, 모든 사람이 자기 모습을 찾아보고 싶어하는 거울 같은 것, 바로 사랑으로 태어나고자 하는 욕망이었다.

그들은 어떻게 만났을까? 무엇이 그들을 서로에게 이끌리게 했을까? 그들은 함께 무엇을 만들어 냈을까? 그들은 어떤 인연을 맺었고, 그 속에서 나에게 남겨 준 자리는 어떤 것이었을까?

아직 내 부모가 되지 않은 두 청춘의 편지를 통해 내 부모를 발견하는 기분은 상당히 묘했다. 그들은 아직 인생을 시작하는 단계에 있는 스물세 살 청년과 스물다섯 살 처녀에 불과했고, 벌써 많은 불행을 겪었지만 이제는 함께 더 안락한 인생을 꾸려 가려는 희망을 향해 돌아서 있었다.

편지는 **타임머신**처럼 그들의 과거 속으로 슬쩍 들어가 그들의 마음이 움직이는 과정을 느끼고 감동받는 증인이 되게 해 주었다. 그런데 과연 내게 그들의 이야기 속으로, 내가 태어나기도 전에 있었던 그 이야기 속으로 들어갈 권리가 있었을까?

물론 그들이 어떻게 만났고 어떤 일들을 겪었는지 내가 전혀 몰랐던 건 아니다. 내가 성장하는 동안 부모님은 당신들에게 소중했던 순간들을 떠올리면서 몇몇 추억을 들려주곤 했다.

그들의 만남을 생각하면 늘 두 가지 상징적인 이미지가 떠올랐다. 어머니가 아주 심한 결핵에 걸려 치료받던 요양원 병실에 아버지가 처음으로 들어간 날, 파랑-하양-빨강의 커다란 휘장이 그녀의 침대에 묶여 있었다. 어머니는 단숨에 문화와 언어, 우아함, 매력, 그리고 추방된 러시아 청년을 깜짝 놀라게 만든 애국심까지, 온갖 환상을 고루 갖춘 '프랑스 여자'가 되었다. 며칠 뒤 보리스는 손에 유리잔 하나를 들고서 마을을 가로질러 숲 저편, 레쟁의 산꼭대기에 자리 잡은 그랜드호텔 요양원까지 힘들여 올라갔다. 병석에 누워 있는 처녀에게 그녀가 무엇보다 좋아하는 아이스크림을 가져다주기 위해서였다. 불필요한 말은 전혀 하는 법이 없고, 예기치 못한 자상한 행동으로 친절을 베풀어 자기 감정을 표현하는 청년의 이미지는 내가 알고 있는 아버지의 모습과 일치했다. 아버지는 항상 말보다 행동을 선호했다. 어머니가 더 화려하고 극단적인 사람이었다면, 아버지는 다정다감하고 비밀스럽고 상처 입은 존재였다.

서로 얼굴을 대면한 자클린과 보리스. 한 명은 병에 걸렸음에도 불구하고 자기 인생이 찬란하게 피어나기를 바랐고, 다른 한 명은 상대를 기쁘게 해 주고 사랑받는 기쁨을 누리기 위해 육체의 한계를 무시하고 달려가서 아이스크림이 녹기 전에 가져다줄 마음의 준비가 되어 있었다.

내가 미화된 시나리오를 그리는 걸까? 이상화된 이런 이미지들을 통해 부모님을 잃은 마음을 달래는 걸까? 그럴 수도 있다. 하지만 바로 그것이 부모의 죽음을 애도하는 여러 단계 중 하나가 아닌가? 부모를 미화하고, 그들의 단점을 잊을 정도로 장점들로만 치장하기. 우리가 부모님이 돌아가셨다는 사실을 완전히 받아들이는 때가 올까? 확실히 돌아가셨다고? 다들 마음속으로는 그 죽음을 뒤집어 놓을 수도 있다는 주술적 믿음을 갖고 있지 않을까? 어떻게 천 분의 일의 천 분의 일 초라도 부모를 다시 보기를 바라지 않겠는가? 어떻게 유령의 모습으로라도 나타나기를, 어떤 기별이라도 있기를 소망하지 않겠는가?

물론, 낮 동안이라도 꿈꾸는 것이 금지된 건 아니다. 사진이나 영상으로 그들을 바라보기. 주변에 그들의 물건을 늘어놓고, 친지나 자식들과 함께 그들에 대해 이야기하기. 그들이 좋아했던 음악 듣기……. 이 모든 것이 그들의 추억을 떠올리고 슬픔을 가라앉히기에 – 혹은 되살리기에? – 좋을 것이다. 언젠가는 부모 잃은 설움을 벗어던질 수 있을까? 아니, 그럴 수 없다. 인간은 결코 완치되지 않는 상처, 다 아물지 않은 흉터를 가지고 살아간다. 부모를 여의는 일은 다른 어떤 상실과도 다르다. 우리가 잃은 것은 우리 자신의 일부이며, 시간이 흐를수록 점점 더 소중해지는 그것은 바로 우리의 어린 시절이기 때문이다.

갑자기 부모님의 연애편지가 그들의 존재를 조금이나마 되찾을 수 있는 유일한 방법, 대단히 가깝고 생생한 방법처럼 느껴졌다. 그들의 편지에는, 그 물질적인 형체 안에는 그들이 글을 쓸 때의 몸짓이 담겨 있었을 뿐 아니라 그들의 음성과 그들의 생각, 그들 존재의 비밀스런 본질과도 같은 뭔가가 담겨 있었다.

나는 그들의 집을 비웠고, 그 일이 얼마나 힘겨웠는지 들려주기 위해 책을 한 권 썼다.* 여러 달 동안 내 안에서 애도가 이루

* 이 책 《수런거리는 유산들》의 1부를 뜻한다.

어졌고, 나는 늘 그들이 그리웠다. 그래서 나는 그들을 붙잡으려 했다. 그들의 연애편지를 읽는 것은 그들에게 가까이 다가가는 일이었다. 나는 그들과 함께하면서 그들이 겪은 우여곡절을 따라가 보고, 그들이 어떤 젊은이들이었는지, 전쟁과 친지들의 죽음이 그들에게 어떤 상흔을 남겼는지, 그들의 취향, 그들의 독서, 그들의 꿈은 어떠했는지, 그들이 어떻게 서로 가까워져서 인생을 함께하기로 결정했는지 알게 되었다. 나는 그들이 주고받은 편지 속에서 숨겨진 비밀을 찾으려 하지 않았다. 단지 또 다른 형태의 존재를 찾으려 했을 뿐이다.

아마도 나는 그들의 빈자리에 익숙해질 수 있을 터였다.

러브레터

편지가 든 상자 세 개를 서재로 옮겨 왔다. 편지를 하나씩 펼쳐 보았다. 먼저 아버지의 첫 번째 편지, 다음으로 어머니의 첫 번째 편지, 아버지의 두 번째 편지, 그리고 어머니의 두 번째 편지……. 벅찬 감동이 일었다. 작은 사각형 종이에 너무도 많은 감정과 인생, 과거, 존재가 담겨 있었다.

쑥스러워서 그랬을까, 나는 편지를 컴퓨터에 옮겨 치기 시작했다. 작업은 극도로 느리게 진행되었다. 많은 시간을, 여러 날

오후를, 몇 날 며칠을 해가 저물도록 그 일에 매달렸다. 밤은 점점 더 일찍 찾아왔고, 나는 우울했다. 부모님이 바로 곁에 있는 듯하면서도 그들의 끔찍한 부재가 느껴졌다. 11월, 12월, 1월. 나는 끈기 있게 그들의 편지를, 오고가는 편지를 매개로 한 그들의 흥미로운 만남을 계속 옮겨 놓았다. 그들은 스위스의 레쟁에서 서너 번 잠시 만나고는 수천 킬로미터나 멀리 떨어져 있었는데 그 만남 뒤로 3년이 넘도록 계속 편지를 주고받았다. 그렇게 두 사람은 만나고, 서로 알게 되고, 좋아하게 되고, 신뢰하고, 사랑을 고백하고, 병마와 맞서는 또 다른 전쟁을 치른 후에 결혼했으며, 그러고도 다시 몇 달을 헤어져 지내야 했다.

그들이 주고받은 편지를 천천히 옮겨 쳤다. 마치 그들이 죽음 저 너머에서 내게 아주 소중한 임무를 맡긴 것만 같았다. 그 일을 하는 동안 나는 일종의 명상 상태에 빠져들었다. 그러나 한편으로는 스스로에게 되묻곤 했다. 내가 몰라야 할 것, 비밀로 남아야 할 것을 읽게 되지는 않을까? 자식이 자기가 태어나기 이전의 이야기에 관심을 돌리는 것, 부모의 내밀한 사랑 이야기를 대담하게 훔쳐보는 것은 금지된 일이 아닐까? 그 모든 의문에도 불구하고, 내 계획을 들은 몇몇 친구들의 어색한 침묵에도 불구하고, 나는 작업을 계속했다. 편지를 하나씩 집어 들었고, 더 생각하지 않고 그것을 옮겨 쳤다. 단어 하나하나 충실하게 편지를 옮겼다. 어떤 편지는 여섯 쪽에서 여덟 쪽이었고 어떤 편지는 넉 장 정도였다. 더 짧은 편지는 드물었다. 편지 하나를 다시 접을 때면 나는 다음 편지에 어떤 대답이 있을지, 아버지가 어머니의 편지에 어떤 답장을 보냈는지, 혹은 그 반대는 어땠는지 궁금했다. 편지를 읽어 나가면서 나도 마음을 졸였다. 그들의 흥분이 나의 흥분이 되었고, 그들의 고통이 나의 고통이 되었다. 나는 아버지와 함께 떨었고, 어머니와 함께 떨었다. 갑자기 나의 연애편지는 어땠는지 궁금해졌다. 그걸 다시 읽어 봐야 할까? 모든 사랑은 어떻게 시작되는 걸까? 부모님의 이야기가 특별한 걸까, 아니면 다른 모든 사랑 이야기와 비슷할까? 그들의 사랑은 40년대의 상황으로부터 크게 영향을 받았을까? 그렇다면 나의 사랑 이야기는 80년대의 상황으로부터 영향을 받았을까?

실수 없이 단어 하나하나를 충실하게 옮기는 작업을 끈기 있게 이어 갔다. 바흐와 모차르트, 슈베르트의 음악이 거의 종교처럼 함께했다. 부모님은 시인도 작가도 아니었다. 예술가도 과학자도 아니었고, 정계나 군대에서 중요한 인물도 아니었다. 그들은 그들이 살았던 시대의 익명의 증인, 혼란과 공포 시대의 희생자(이자 당사자)였다. 그들의 편지가 과연 나 말고 다른 사람들의 관심을 끌 수 있을까? 그냥 개인적으로 보관해야 할 기록물에 불과한 건 아닐까?

알고 싶었다. 그리고 스스로 허락을 내렸다.

나는 바로 이 편지들, 두 사람이 주고받은 글에서 태어나지 않았는가?

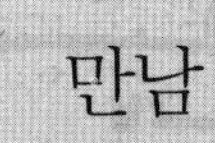
만남

처음 보낸 엽서

파란 잉크로 쓴 첫 번째 엽서는 1946년 10월 8일 화요일에 스위스 레쟁의 그랜드 호텔 요양원 141호 자클린 에세르 양 앞으로 보낸 것이었다.

"친애하는 자클린, 나는 지금 밀라노에 있답니다. 오리엔트 특급열차에는 빈자리가 없었지만, 친구와 나는 무사히 잘 도착했어요. 날씨가 아주 좋고, 물가도 믿을 수 없을 정도로 싸요. 오늘 밤 우리는 극장에 가려 해요. 내일은 쇼핑을 할 거고요.

다음 엽서는 영원의 도시*에서 보낼게요." 그러고는 "그럼 잘 있어요, 보리스"라고 서명했다.

약속을 지켜서, 사흘 뒤. "밀라노에서 남쪽으로 700킬로미터 떨어진 곳에서, 나는 아직 당신을 잊지 않았어요! 여행은 너무 피곤했지만 영원의 도시는 기차로 열여섯 시간을 타고 갈 만한 가치가 있는 곳이었어요.…… 여긴 아름다운 볼거리들이 정말 많은데 시간이 별로 없네요. 피렌체에서 다시 당신을 생각할게요."

보리스 플렘이 자클린 에세르에게 보낸 우편엽서 다섯 장: 밀라노 대성당, 로마의 티투스 황제 개선문, 리도 디 로마,** 피렌체의 시뇨리아 광장, 에펠 탑.

그 후 보리스의 첫 번째 편지. 반투명한 얇은 종이에 타이프로 쳐서 1946년 10월 22일에 보낸 편지. 자신의 여행을 재미있고 구체적으로 들려주는 소소한 이야기들로 가득한, 우호적이고 따뜻한 편지. 아마 자클린이 그의 부르주아적 태도에 대해 뭐라고 놀린 적이 있었던 모양이다. 그가 그녀에게 자기는 일주일 동안 넥타이를 딱 한 번밖에 착용하지 않았다고 썼기 때문이다. 그는 돌아가는 길에 그녀에게 인사하러 레쟁에 들르고 싶은 유혹을 느꼈지만 감히 그렇게 하지 못했다고 했다. 밤

* 로마를 이른다.
** Lido di Roma, 오스티아의 옛 이름. 오스티아는 로마 남서쪽 근교에 있는 고대 로마의 해안도시.

열한 시경 에글의 작은 역 앞을 통과할 때 그는 산속에 있는 그 역에서 머물까도 생각했다. 하지만 몇 초 뒤 밤기차에 몸을 실은 그는 벌써 몽트뢰에 가 있었고, 곧 로잔에 도착했다. 여행은 막바지로 접어들었다. 그는 어느 일요일이든 찾아가서 그녀의 침대 옆에 앉아 이탈리아 여행 이야기를 들려주고 싶다고 했다. 그는 다음 편지에 그가 파리에서 겪은 일들을 들려주겠다고 약속했고, 그녀에게 진실한 우정을 담은 인사를 보냈다.

이틀 뒤, 자클린이 열정적으로 그에게 답장을 썼다. "당신이 보내 준 엽서들과 편지가 내게 얼마나 큰 기쁨을 주었는지 충분히 말씀드리기 어려울 정도랍니다. 그건 기쁨의 폭발이었어요."

지난 열흘 동안, 그녀는 우편물 배달 시간을 초조하게 기다렸다. 그녀도 그에게 편지를 쓰고 싶은 마음이 자주 들었지만 그럴 용기가 없었다. 그가 다시 그녀를 보러 오지 못했던 것과 같다. "저는요, 벌써 몸이 더 좋아졌답니다. 매일 아침 십오 분씩 서 있는걸요. 하지만 아직 열은 조금 남아 있어요. 어제는 몸무게를 쟀는데, 실망스럽게도 3킬로그램이나 빠졌더군요. 다시 회복하려면 두 배로 먹어야 할 거예요. 하지만 기분은 최고여서 전 꿈과 희망에 부풀어 지내고 있답니다. 저의 4행시를 기억하나요.

행복은 분으로 계산된다
분들의 사슬
그리고 그 사슬을 이루는 각각의 고리
그것은 행복!

흠, 저 같은 경우에, 전 제 사슬을 되도록이면 길게 늘이려고 애써요. 아마 당신이, 당신도 알지 못하는 사이에, 사슬 하나를 길게 늘이는 데 기여했을 거예요. 고마워요!"

있는 그대로

자, 드디어 해냈다. 그들이 처음으로 주고받은 편지를 읽었다. 첫발을 내디뎠다. 편지를 다 읽으려면 얼마나 긴 시간이 필요할지 나도 알 수 없었다. 그들의 편지를 세어 보았다. 두 사람이 합해서 거의 750통의 편지를 주고받았다. 계산해 보니 두 사람이 1949년 12월 1일에 결혼할 때까지 3년 동안, 그리고 1950년에서 1951년으로 넘어가는 겨울 몇 달 동안, 일주일에 두 통씩 편지를 교환한 셈이었다. 그 외에는 편지를 주고받은 흔적을 찾을 수 없었다. 그들은 1년 반 동안 주고받은 편지에 번호를 붙여 놓았다. 한참 뒤에 나는 그 이후의 편지들에도 번호를 매겼다. 그들의 글씨 옆에 내 글씨를 써 넣을 용기가 잘 나지는 않았다. 나는 편지 하나하나를 극도로 조심스럽게 다루었다. 행여 편지에 얼룩을 남기거나 귀퉁이가 떨어져 나가게 하거나 흠집을 낼까봐 두려웠다.

나는 천천히 일을 진행했다. 편지가 뒤섞이지 않도록 한 통씩 따로 펼쳐 보고 접었으며, 시간 순서에 맞춰 제각각 원래 있던 상자에 다시 내려놓았다. 다도 의식을 행하는 것처럼, 천천히 집중해서 그 일을 거행했다. 나는 여러 달 동안 그들의 글을 충실하게 옮겼다. 그러다가 편지의 특정 부분들만 그대로 옮기고, 일상적이고 반복적인 내용을 담은 나머지 부분은 몇 마디 말로 요약했다. 편지를 기다리는 마음, 자잘한 소포의 교환, 요양원의 생활, 검진, 엑스선 촬영, 아버지가 들으러 갔던 연주회들, 전시회, 그의 일, 그의 우정, 계속되는 참을 수 없는 고독…… 100통 가까운 편지를 읽었을 때, 컴퓨터에 빽빽하게 옮겨 친 편지가 거의 250쪽에 달했다. 나는 잠시 숨을 돌렸다. 더는 진행할 수가 없었다. 뭔가가 나를 붙들었다. 나는 숨을 돌리고 이 이상한 기획을 잠시 쉬면서 미뤄야 했다.

나는 내가 느낀 점을 반추할 시간을 가졌다. 편지를 읽기 시작할 때부터 나를 가장 놀라게 한 것은 편지에서 드러나는 부모님의 모습이 내가 알고 있는 그분들의 모습과 아주 비슷하다는 점이었다. 어떻게 사람이 수십 년이 흐르도록 그토록 변하지 않을 수 있단 말인가? 내가 태어났을 때 그들은 서른 살, 스물여덟 살에 불과했던 반면에, 내가 마지막으로 기억하는 그들은, 아버지는 일흔일곱 살, 어머니는 여든두 살이었다. 그들이 별로 변하지 않았던 걸까, 아니면 내가 그들의 닮은 점만을 골라서 본 걸까?

나는 아버지의 편지에서 그의 소심함과 극도의 친절함, 지나친 겸손, 거의 어린애 수준의 상상력, 상대를 무장 해제시키는 진지함, 고집스런 낙천주의, 현실 감각, 모든 시험에 성실하게 응하는 태도를 발견할 수 있었다. 어머니의 편지에서는 그녀의 정열과 거친 충동, 열광, 경솔함에 가까운 솔직성, 변함없는 진지함, 삶을 향한 확고한 의지를 다시 볼 수 있었다.

그러나 처음부터 나에게 가장 큰 충격은 어머니의 건강 상태가 위중했다는 사실이었다. 나는 어머니가 얼마나 오래 앓았었는지 전혀 가늠하지 못했다. 아직 도시 생활에 적응하기에 너무 약했던 그녀는 결혼하자마자 다시 산속 요양원으로 돌아갔다. 내가 태어난 뒤로도 그녀는 안정 요법을 취하기 위해 여전히 정기적으로 스위스에 갔다. 나는 그때의 이별에 대해 더 아는 바가 없다. 요즘은 병에 걸렸다가 회복하는 데 오랜 시간이 필요하다는 생각이 완전히 사라졌다. 오늘날에는 모든 것이 빨라졌고, 심지어 건강조차 그렇다. 예전에는 약으로 치료할 수 없는 병의 치유를 시간에 – 그리고 스위스 산속의 맑은 공기에 – 맡겼다. 그러려면 무한한 인내와 강한 의지가 필요했다. 여러 달, 여러 해 동안, 그녀는 아우슈비츠에서, 그리고 1945년 1월에 있었던 죽음의 행진 탓에 잃은 건강을 회복하기 위해 싸웠다. 강제 수용소에서 파리의 뤼테티아 호텔로 돌아온 그녀는 심각한 폐결핵에 걸려서 피골이 상접하고 어린아이보다 몸무게가 덜 나갔다. 1년 이상 생사를 헤매던 자클린은 파리의 병원을 떠나 레쟁에 있는 한 요양원으로 이송되었다. 그녀는 1946년 6월 2일 들것에 실려서 레쟁에 도착했다. 바이에른의 노동 수용소에 3년 넘게 수용되었던 아버지도 단 몇 주 동안이지만 1946년 가을에 레쟁에 머물렀다. 그는 지인에게서 올가라는 젊은 여자 환자에게 안부를 전해 달라는 부탁을 받았다. 그녀의 바로 옆 병실에 몹시 위중한 병에 걸린 다른 처녀가 있었다. 올가의 부탁으로 그는 그 처녀에게도 예의상 인사를 하러 갔다. 그렇게 해서 자클린과 보리스는 1946년 9월의 마지막 일요일인 9월 29일에 서로를 알게 되었다.

어떻게 보면 어머니는 항상 아이로 머물렀다. 환자는 늘 자신의 몸, 자신의 육체적 감각에 민감해서, 아무것도 아닌 일에도 불안해하고 속을 끓인다. 모든 것이 질병(과 죽음에 대한 공포를) 중심으로 돌아간다. 어머니는 하도 자주 죽을 고비를 넘겨서 더는 죽음을 두려워하지 않는다고 말했지만 말이다. 그녀는 늘 자신과 아버지의 관심 한가운데에 있었다. 아이였을 때 나는 최대한 빨리 자라고 짐이 되지 말고 '어린애 같은 짓'을 하지 않아야 했다. 어머니는 당신이 나를 키운 게 아니라 내가 저절로 자랐다는 이야기를 즐겨 들려주었다. 그러나 동시에 나는 항상 불안 섞인 관심의 대상이었다. 그건 어머니가(그리고 아버지가) 몸의 증상 하나하나에 쏟는 관심과 비슷한 일이었다. 건강은 저절로 오는 것이 아니었고, 안정적인 체력과 신체 기관의 평안은 당연한 것이 아니었다. 아버지는 감기 몇 번, 신물 오름, 그리고 최악이라고 해 봐야 요통을 앓았던 일 외에는 거의 아프신 적이 없었다. 아버지는 마치 단번에 기능이 정지된 것처럼 돌아가셨다. 반대로 거의 늘 아프셨던 어머니는 고통을 길들이는 법을 배웠다. 그녀는 갑작스레 생을 마감하지 않고 부드럽게 숨을 거두었다.

어린 시절은 물론이고 그 이후에도 내가 끊임없이 돌봐 주어야 했던 사람은 어머니였다. 그러다 보니 그녀는 확실히 자기

본위의 태도를 갖고 있었다. 이기적이라는 말이 아니라 자기중심적이었다는 말이다. 자만심 때문이 아니라 중심에 놓이던 습관 때문이었다. 그녀는 수용소에서 살아남기 위해 싸웠고, 그 후에도 질병에서 벗어나기 위해 계속 싸웠다. 그러나 건강을 회복하자 그녀는 자신의 놀라운 에너지를 특별한 대의명분이나 사상, 일에 쏟지 않았다. 그녀의 세계는 좁아진 듯했다.

전쟁 전 그녀가 젊었을 때는 그녀의 친구들이 많이들 그랬듯이 트로츠키주의자였다. 그녀는 나치스에 저항하는 레지스탕스 활동에 참여했다. 그러나 강제 수용소에서 돌아왔을 때는 이미 친구들이나 정치적 동지들과 단절되어 있었다. 젊고 병약한 신부였던 그녀는 자신의 작은 가정을 꾸리는 데에만 전념했다. 그녀는 자신의 과거를 되돌리지 않았다. 차라리 나에게 그때 이야기를 들려주는 쪽을 더 좋아했다. 그녀의 입을 통해 들은 전쟁 전의 삶에서는 자유와 정복, 거의 마술적인 지적 호기심의 향취가 느껴졌다. 그녀는 나에게 자신의 옛날 이야기를 들려주면서 마음을 달랬다. 나는 생제르맹데프레*를, 전설적인 커플인 보부아르와 사르트르를 꿈꾸며 입을 헤 벌리고 그녀의 이야기를 들었다. 어쩌면 그녀는 글을 쓰고 싶다는 비밀스런 욕망을 그런 식으로 전달했는지도 모른다. 그러나 나는 먼저 환상적이고 감미로운 그 이야기들로부터 벗어나기 위해 싸

* Saint-Germain-des-Près, 파리의 중심부에 있는, 프랑스에서 가장 오래된 수도원과 그 부속 교회를 가리키는 이름이었으나 차츰 그 부근을 이르는 말이 되었다. 2차 대전 후 실존주의자들이 그 지역 카페를 드나들면서 젊은이들이 많이 찾는 문화와 지성의 중심지로 유명해졌다.

워야 했고, 이 세상을 벗어난 몽상가인 그녀로부터, 그녀가 틀어박혀 있었으며 나 역시 붙잡혀 있던 그 황금빛 세상으로부터 놓여나기 위해 싸워야 했다.

나중에, 훨씬 더 나중에, 그녀는 그로 인해 충격을 받았다. 나는 그녀의 이야기들을 내 것으로 만들어 버렸다. 내게는 오직 책만 존재할 뿐, 결혼은 생각해 보기는커녕 거부하기까지 했다. 나는 우정이 사랑으로 이어지고 지적 연대감이 에로티시즘으로 이어지는 관계를 원했다. 서류 없이 함께 사는 일이야말로 사랑으로 맺어진 관계의 힘을, 그것이 관습보다 우월함을, 일상에 대한 사랑의 승리를 매일같이 확인하는 일 아니었던가? 어머니와 나는 서로 시기가 어긋났다. 그녀는 내가 순백색 드레스를 차려입은 모습을 상상했고 할머니가 되고 싶어했다. 나는 급할 게 없었는데, 그녀는 초조하게 기다렸다. 스무 살의 그녀에게는 자유로운 사랑의 이상이 당연하게 느껴졌지만, 쉰 살, 예순 살의 그녀는 지난날의 이상을 모두 잊어버렸다. 나는 그녀의 젊은 시절에 충실했고, 현재의 그녀를 배신했다. 그녀는 나를 원망했고, 나도 그녀를 원망했다. 하지만 내 딸이 태어나자 그녀의 마음도 누그러졌고, 내 동반자가 된 남자에게 더할 수 없이 지극한 사랑을 베풀었다. 그는 그녀가 갖지 못한 아들이었다. 그녀는 그의 모든 것을 용서했고, 그가 완벽하다고 여겼다. 그녀가 나를 그런 눈으로 바라본 적은 단 한 번도 없었다.

어쩌면 내가 부당한지도 모르겠다. 그녀는 어떤 때는 다정하게, 심지어 감탄하면서 — 이건 나를 거북하게 했다 — , 가끔은 끊임없이 질책하면서 그녀 나름의 방식으로 나를 사랑했다. 그녀는 감정이 극단적이었고 가차 없이 할 말을 하고 반대 의사를 분명하게 드러내는 사람이었지만 애정을 주는 데에도 결코 인색하지 않았다. 그녀는 안아 주다가도 금방 불평불만을 끄집어낼 수 있는 사람이었다. 나는 그녀의 진득함을 결코 믿은 적이 없었다. 그녀는 자신이 요란스레 변덕 부린 건 생각도 하지 않고 무조건 사랑받기를 원했다. 물론 그녀 자신은 조건을 내걸었다. 하지만 자기 부모를 있는 그대로 사랑하는 것 말고 우리에게 다른 어떤 선택의 여지가 있겠는가?

해묵은 상처

1946년 10월 26일 브뤼셀에서

친애하는 자클린,

당신이 마음속으로 내게 쓴 편지들, 그래요, 난 그 편지들을 받았답니다. 당신께 답장도 보냈는걸요. 특히 스위스를 지나갈 때, 친구들 없이 혼자 있을 때, 당신은 어디든 나와 함께 있었어요. 당신의 편지 — 당신이 실제로 쓴 편지 — 는 날 많이 행복하게 해 주었어요. 내가 집에 돌아왔을 때 사람들이 나를 어떻게 맞아 줬는지 궁금하다고 하셨나요? 그 '내 집'이란 게 나란히 있는 다른 방들과 똑같이 생긴, 가구가 딸린 방 하나에 불과하답니다. 집주인의 관심거리는 딱 하나, 월말에 월세를 받는 일이지요. 내게 친구들이 있는데, 천성적으로 아주 순박하긴 해도 다들 따로 걱정거리가 있는 사람들이에요. 난 그 친구들에게 서운함을 느끼지 않아요. "어땠어? 재미있었어?" 하고 그냥 예의를 갖춘 인사말을 주고받는 거죠.

나는 혼자예요. 의사 L선생님을 뵈러 갔지요. 그분의 딸 올가는 잘 지내고 있는데 몇 주 뒤에는 새로운 치료를 받으러 다시 레쟁으로 갈 것 같아요. 그들이 내게 간식을 먹으러 오라고 초대했어요. 내 생각에 저녁식사는 비용이 너무 많이 들어서 그런 것 같아요. 당신의 편지가 내게 왜 그렇게 소중한지 이제 당신도 아시겠지요. 난 우정이 필요해요. 그렇지만 난 L선생님께 감사해요. 레쟁에서 그분 딸 올가를 만나 보라고 권해 주신 덕분에 당신도 알게 되었으니까요.

일요일 오후 네 시쯤 마음속으로 당신을 찾아가서 당신 침대 옆에 자리 잡고 앉아 잠시 수다를 떨려고 해요. 아마 라디오에서는 베토벤의 5번 교향곡을 틀어 줄 거예요.

잘 있어요…… 자클린, 곧 다시 만나요!

안녕, 보리스.

1946년 10월 28일 레쟁에서

친애하는 보리스,

내 편지가 당신을 기쁘게 했다니 얼마나 행복한지 몰라요. 나의 진실한 우정이 당신에게 조금이라도 위안이 되었으면 좋겠어요. 사람이 살아가는 데 애정이 얼마나 필요한지 다른 누구보다 잘 알고 있답니다. 내가 그 애정이 결핍되어 고통스러우니까요. 사랑하는 아빠를 잃기 전까진 응석받이로 살아서 더 힘들어요. 수용소에서는 추위로, 배고픔으로, 잠이 부족해서, 벌레들 때문에, 구타 때문에 고통스러웠어요. 하지만 그 모든 고통도 정신적 고통에 비하면 아무것도 아니었어요. 누구 하나 내게 미소를 보이지 않았고, 친절한 말 한마디 던지지 않았고, 나를 품에 안고 위로해 주는 사람도 없었어요. 아빠만이 그렇게 해 줄 수 있었는데. 난 아버지가 돌아가신 지 5주 뒤에 체포되는 바람에 내게 닥친 불행이 얼마나 큰지 가늠할 시간이 없었어요. 아우슈비츠에서 나는 단단한 철판을 벼렸어요. 맞서려면 강해야 했거든요. 난 꼭 이겨 내고 싶었어요. 파리의 병원에서도 1년 동안 심각한 병에 시달렸지만 죽음에 맞섰어요. 난 살고 싶어요. 온 힘을 다해 살아 내고 싶어요. 이제 나는 조금씩 회복하고 있어요. 하지만 누구든 살면서 활력소가 필요한 법이고, 난 우정보다 더 좋은 활력소는 없다고 믿어요!

당신의 작은 방을 나의 다정한 마음으로 채워 주고 싶어요. 그리고 당신은 내 침대 옆에 앉아 있는 거지요. 멀리 떨어져 있어도 이런 식으로 서로 기댈 수 있다는 게 정말 근사하지 않나요?

1946년 10월 31일 브뤼셀에서

소중한 나의 재키에게,

당신의 편지가 내 마음을 아프게 했어요. 물론 그게 당신 잘못은 아니에요. 당신이 어쩔 수 있는 일은 아니지요. 오늘 당신의 편지를 읽으면서 거의 아물어 가던 해묵은 상처가 다시 벌어졌어요. 당신 편지에서 바로 나 자신을 발견했거든요. 정말이지 당신을 잘 이해할 수 있어요, 너무도 잘 이해하지요, 세상에!! 왜냐고요? 그래요, 그건 들려주기 힘든 이야기예요, 내 짧은 생에서 가장 하기 힘든 이야기지요. 내 마음 깊숙한 곳에, 조심스럽게 숨겨 놓았던 이야기, 사람들이 나를 이해하지 못할 것을 아니까요. 하지만 당신은 다르겠지요? 당신은 나보다 훨씬 강해요! 미안해요, 누구에게도 내 이야기를 들려주고 싶지 않았어요. 하지만 당신은 날 이해해 주리라 믿어요.

1925년에 아버지와 어머니, 형과 나는 러시아를 떠났어요. 아버지는 국경에서 암살당했어요. 우리는 함부르크에 있는 아버지의 누이 집에서 만날 예정이었어요. 도착해 보니 네 식구 중 한 명은 사라졌고, 우리는 무일푼이었어요. 어머니가 일하셔야 했지요. 형은 학교에 갔어요. 나는 두 살이었어요. 나는 그 도시에서 15킬로미터 떨어진 곳에 있는 아동 보호소로 보내졌고, 거기서 5년 동안 지냈어요.

어머니가 찾아오신 적은 거의 없었어요. 일을 해야 했으니까요. 한 달에 한 번씩 엄마들이 자기 자식을 만날 수 있었어요. 내 어머니는 그럴 시간이 없었어요. 다른 아이들이 엄마를 만나 행복해하는 광경을 보며 생각했어요. 우리 엄마도 올까?…… 아니, 그녀는 오지 않았어요. 왜? 모두가 즐거워하는데 난 혼자였죠. 구석에서, 잊힌 채! 견디기 힘겨웠어요. 대체 왜?

일곱 살 때 나는 함부르크로 돌아왔어요.(원문대로)* 우리는 항구 근처에서 작은 상점을 열었고, 학교는 거기서 전차로 45분 거리에 있었어요. 학교가 파하면(독일 아이들은 오후에 학교에 가지 않았어요) 나는 방과후 쉼터에 가서 요기를 하고 숙제를 해야 했어요. 저녁 일곱 시에 집에 돌아갔는데 집에서는 잠잘 시간밖에 없었어요. 어머니와 이야기하고 어머니를 바라보는 일, 그

* 편지 원문에서 문법에 맞지 않는 표현이 있지만 그대로 옮겨 적었음을 지은이가 표시한 것이다. 편지를 쓴 이가 남성이므로 '나는 돌아왔다'라고 할 때 'Je suis revenu'라고 해야 하는데, 보리스는 형용사를 여성형으로 써서 'Je suis revenue'라고 썼다.

래요, 그건 일요일에나 가능했어요. 어느 날 어머니가 병에 걸려서 요양하러 떠나셨어요. 나는 다시 어느 부인의 집에 들어가 두 해를 보냈어요. 내가 아홉 살이 되던 1932년에 어머니가 돌아와서 상점을 정리하셨어요. 어머니가 오후 두세 시까지 일하셨기에 늘 같이 있었다고 할 수는 없지만, 어쨌든 우리는 1938년까지 함께 지냈어요. 불행히도 엄마가 어떤 존재인지 이해하기에는 그때 내가 너무 어렸어요.

1938년이 되자 우리는 일주일 안에 독일을 떠나야 했어요. 1933년부터 네덜란드에 살고 있던 형의 집으로 가기로 했어요. 어머니는 체류권을 받았는데 난 받지 못했어요. 사촌형 조제프가 브뤼셀에서 살았는데(지금은 캐나다에 살고 있어요), 그가 나를 자기 집에 거둬 주기로 했어요. 하지만 신학기가 되자 그는 나를 샤를루아에 있는 직업기술학교에 보내기로 했어요. 샤를루아는 브뤼셀에서 54킬로미터 떨어진 곳으로, 기차로 45분 걸리는 도시예요. 학생은 사천 명. 샤를루아는 탄전으로 둘러싸인 공업 도시예요. 학생들은 보통 노동자나 광부의 자식들이었어요. 난 학교 기숙사에서 묵었어요. 대부분의 학생들이 토요일 저녁이면 자기 집으로 돌아가 월요일 아침까지 집에서 지냈어요. 그들은 얼마나 행복했을까요! 나는, 아니었어요, 난 집으로 돌아가지 못했어요. 사촌형은 내가 더 빨리 불어를 배울 수 있도록 주말에도 샤를루아에 남아 있게 했어요. 언어도, 사고방식도 이해하지 못해서, 그래요, 힘들었어요. 매주 토요일 저녁부터 일요일까지 오로지 혼자였어요. 주중에는 사촌형과 아는 사이인 한 소년이 나와 함께 지냈어요. 내가 그를 달래 줘야 했지요. 그럼 나는요? 난 어머니도 사촌형도 볼 수 없었어요. 누구에게 근심을 이야기하고 고민을 털어놓을까요? 누가 나를 어루만지고 위로해 주겠어요? 내겐 울 권리가 없었어요. 밤에 내 침대에서, 이불 속에서를 제외하면요. 도대체 내가 무슨 잘못을 저질렀기에 그토록 외롭게 지내야 했을까요?

1939년 부활절 주일에 난 꼭 어머니를 만나고 싶었지만, 안타깝게도, 내겐 신분증이 없었어요! 네덜란드 국경을 통과할 수 없었죠. 난 그날 내내 그곳 감옥에 갇혀 있었어요. 저녁이 되자 벨기에로 돌아가는 기차를 태워 주더군요. 하지만 여름방학이었던 7월에는 서류 문제가 해결되어서 마침내 한 달 동안 어머니를 만났어요. 왜 그때 어머니를 더 많이 쳐다보지 않았을까요? 왜 그녀의 모습을 내 기억 속에 더 잘 새겨 놓지 않았을까요? 1939년 9월 5일에 나는 어머니와 헤어져야 했어요. 그래요, 영원히. 전쟁이 벌어져서 벨기에로 돌아와야 했거든요.

1940년 5월 10일. 네덜란드와 프랑스, 벨기에까지 전쟁이 확산되었어요. 사촌형은 제때 캐나다로 떠났어요. 사촌형의 친척이지만 나와는 혈연관계가 없는, 브뤼셀에 사는 R씨의 집에서 묵게 되었어요. 독일군이 가까이로 몰려왔고, 피난 행렬이 시작되었어요. 그 집 사람들은 나를 하인 취급 했어요. 다른 사람들은 침대를 썼지만 난 바닥에서 잤어요. 우린 영국군과 프랑스군, 그리고 피난 가지 않고 남은 벨기에 사람들 모두와 함께 됭케르크*에서 몇 킬로미터 떨어진 곳에 고립되었어요. 당신은 거기서 어떤 일이 벌어졌는지 짐작할 수 있을 거예요. 그곳은 인구 천 명의 작은 마을이었어요. 우리 피난민들은 육천 명이었고요. 며칠 만에 모든 물자가 바닥났어요. 빵 한 조각 받으려면 네다섯 시간은 줄을 서야 했어요. 우리 모두를 위해 그 빵 조각을 구하러 가는 일은 내 몫이었어요. 나는 줄을 섰고, 폭탄 세례와 기관총 사격은 이미 익숙해졌어요. 과장이 아니에요, 기관총 총알들이 내 바로 삼사 센티미터 옆 벽에 날아와 박혔어요. 사람들이 피난을 많이 떠나서 줄이 짧아지자 난 기뻤어요. 빵을 더 빨리 얻을 수 있었으니까요. 언젠가는 어머니가 이런 나를 자랑스러워해 줄 거라고 믿었어요. 하지만 그런 날은 오지 않았어요.

도대체 왜?

브뤼셀로 돌아와서는 침대가 부족해서 여러 달 동안 바닥에서 자야 했어요. 샤를루아에서 브뤼셀로 돌아가는(이제는 나도 주

* 프랑스 북부의 항구 도시

말에 집으로 돌아가는 걸 허락받았어요. 내가 지방의 보급품을 받아 가야 했거든요) 토요일이면 설거지를 하고 감자 껍질을 벗기는 등의 일을 해야 했어요. 그래도 그런 건 아무것도 아니었어요. 난 잠자코 그 모든 일을 했어요. 단지 그 대가로 어머니가 내게 입을 맞춰 주고 어루만져 주고 다정한 말 한마디 해 주기를 바랐어요. 하지만 난 다정한 말 한마디도, 입맞춤도, 어루만지는 손길도 가질 수 없었어요. 결코.

1942년에 게슈타포가 브뤼셀에서 나를 붙잡으러 다녔어요. 주말에 나를 재워 주던 사촌형의 친척들이 샤를루아의 내 주소를 건네주었어요. 그 사실을 내게 미리 알릴 시간이 있었을 텐데, 그들은 그렇게 하지 않았어요. 나는 체포되어서 다른 러시아인들과 함께 바이에른의 강제 노동 수용소로 보내졌어요.

수용소에서 나도 당신처럼 온 힘을 다해 버텼어요!

그곳에서 죽고 싶지 않았어요.

1945년 7월에 나는 브뤼셀로 돌아왔어요.

어머니는 더 이상 그곳에 없었어요. 왜? 난 어머니를 다시 보고 싶었어요. 잠시라도. 단 일 초라도.

그녀는 어디서 죽었을까요? 그녀는 어디에 묻혔을까요? 다른 수백만 명이 그랬듯 연기가 되어 사라졌어요. 아우슈비츠에서.

형은 스위스에서 비참하게 지내고 있었죠.

나는 나를 고발한 R씨 가족의 집으로 돌아갔어요.

독일에서 돌아온 걸 후회했어요. 왜 난 그곳에서 죽지 않았을까요?

소중한 재키, 날 용서해요.

당신이 편지로 당신의 고통을 들려주었듯이 나도 내 고통을 말했어요. 나도 **당신처럼, 자기처럼** 했어.

자기는 수용소에서 엄청난 고통을 겪었겠지. 어떻게 견딜 수 있었을까? 정말이지 자기를 존경해. 레쟁에서 같이 있을 때 우린 왜 한 번도 이 모든 이야기를 나누지 않았을까?

따뜻한 마음을 담아,

그대의 보리스.

침묵

너무 많은 슬픔, 너무 많은 굴욕, 너무 많은 고통. 나는 아버지의 어린 시절이 그렇게나 고되고 그렇게나 고독했는지 전혀 몰랐다. 그는 단 한 번도 내게 그런 이야기를 한 적이 없다. 아버지는 몹시 조심스러웠고 지나치게 과묵했다. 그는 자신의 고통을 숨겼고, 자신의 내면 가장 깊숙한 곳에 그것을 파묻어 놓았다. 내가 당신의 젊은 시절이 어땠는지 물을 때면 왜 그가 움찔하곤 했는지 이제 더 잘 알 수 있을 것 같다. 그는 아름다운 추억들, 사촌 마냐, 소냐, 나자 들과 얼음을 지치며 놀았던 일, 사촌 만프레드와 장난쳤던 일을 떠올리려 애썼다. 클라라 아주머니 댁에서 보낸 대축일들. 서른 벌, 마흔 벌씩 되던 식기 세트들, 하얀 식탁보, 커다란 촛대, 크리스털 잔, 초대된 손님들의 흥겨운 분위기, 죽이 잘 맞았던 사촌들……. 우리가 함께 스케이트를 탈 때면 아버지는 더 수다스러워졌다. 내가 예닐곱 살 때였을 것이다. 그는 내 손을 잡아 주면서 함부르크 항구나 네덜란드의 꽁꽁 언 운하에서 스케이트 시합을 벌이곤 했는데 늘 형이 이겼다는 이야기, 부두로 나가서 구경하곤 했던 생선 장수들, 아메리카 대륙으로 가는 커다란 배들에 대해 들려주었다.

아버지는 할머니에 대해 내게 거의 아무 얘기도 해 주지 않았다. 1925년 유대인을 배척하던 소련을 막 떠나려는 때에 러시아 국경에서 안내자에게 살해당한 할아버지에 대해서는 아버지 자신도 아는 바가 전혀 없었다. 그는 겨우 두 살이었다. 무척이나 온화한 남자였던 아버지의 양친 모두가 폭력적인 죽음을 맞았다는 사실이 너무 끔찍하지 않았을까? 그래서 그는 평생 변함없는 상냥함으로, 부서지기 쉽지만 끈질기기도 한 삶의 기쁨으로, 그토록 큰 폭력과 고통에 맞서려 했던 것일까? 아버지는 당신의 아버지도 어머니도 암살에서 구하지 못했기 때문에 당신의 아내만큼은 반드시 죽음으로부터 구하고 싶었을까?

내 딸이 태어났을 때 아버지는 내가 일에 시간을 많이 쏟는 것을 견딜 수 없어했고, 화를 내면서 내가 아이에게 시간을 전부 쏟기를 바랐다. 아버지가 나에게 얘기하지는 않았지만 당신이 기숙사와 고아원에서 보낸 세월들과 어머니의 빈자리를 지우는 일을 나에게 맡겼다는 사실을 당시에는 알지 못했다.

우리의 이야기는 백지에 쓰이는 것이 아니다. 수태되는 순간 우리는 다른 이야기 속에, 우리 부모의 이야기와 우리 조부모의 이야기 속에 포함되기 때문이다. 설사 우리가 그들이 죽은 지 한참 뒤에 태어난다 해도 그렇다. 세대의 이어짐 속에서 우리의 자리가 정해지며, 우리는 우리 자신으로부터 자유롭지 못하다. 우리는 이루어야 할 임무가 있다.

나의 임무는, 아버지가 볼 때, 다정하고 항상 옆에 있어 주는 어머니가 되는 것이었다. 어쩌면 지나치게 항상 곁에 있는. 과잉으로 부족함을 지워야 했다. 아버지는 안아 주고 이야기해 주고 놀아 주고 노래해 주고 언제든 시간을 내 주며 당신이 받고 싶었던 모든 것을 손녀에게 주는 근사한 할아버지였다. 그는 손녀를 위해 나무로 장난감을 만들어 화사하게 색칠해서 주었다. 맛난 간식을 만들어 주었고, 인형극 놀이를 했고, 몇 시간이나 업어 주고 목말을 태워 주고 빙글빙글 돌려 주었다…… 그의 인내심은 끝이 없었다. 아버지가 돌아가시기 전, 당신 손녀는 그가 말년에 즐겨 드셨던 크림 얹은 딸기 한 접시를 차려 드렸다.

아버지는 내가 어렸을 때 나에게도 유쾌하고 다정했고, 어떤 때는 어린애 같았고, 헌신적으로 자식을 보살피는 아빠였다. 학교 가는 날 아침마다 나를 깨워서 함께 아침을 먹고 학교까지 데려다 준 분도 아버지였다. 어머니는 그때까지 잠을 잤다. 호흡 곤란으로 고질적인 불면증에 시달렸기 때문이다. 그녀는 거의 새벽 두세 시에 잠들었고, 밤마다 나치 친위대원에게 붙잡혀서 다시 강제 수용소에 갇히는 악몽에 시달리곤 했다. 아침이 되면 그녀는 기운을 되찾았다. 아버지는 당신이 누리지 못했던 다정한 애정으로 나를 감싸 주었다.

더 나중에, 어머니가 2년 연속으로 스키를 타다 사고를 당했을 때에도, 또 내 아홉 살 생일이 막 지났을 때 어머니가 무시무시한 자동차 사고를 당해서 내가 열두 살이 될 때까지 이 병원 저 병원을 옮겨 다닐 때도, 아버지는 엄마 역할을 대신 했다. 그 뒤로는 그 어떤 것도 예전과 같지 않았고, 나는 내 유년기의 어머니를 완전히 잃어버렸다. 청소년기가 되자, 어머니는 당신의 젊은 시절과 레지스탕스 시절의 흥미진진한 이야기들로 나를 매혹했던 반면에, 아버지는 내가 이제 막 여성스러움을 보이기 시작하는 모습을 대견하게 받아들였다. 그는 내가 마음에 들어하는 남자애들의 이름을 도무지 기억하지 못했고, 그 애들 이름을 이상하게 발음하며 즐거워했다. 아마 나를 당신 옆에 붙잡아 두고 싶었던 것이리라.

아버지에게는 참고할 역할모델이 없었다. 청소년의 부모가 되는 일은 그에게 미지의 일이었다. 그 나이에 그는 고독에 직면해야 했다. 그는 내가 느끼는 새로운 혼란을, 사랑의 아픔을, 나의 질문을 전혀 이해하지 못했다. 그는 나에게 설득력 있는 말을 해 줄 수 없었다. 그게 나를 고통스럽게 했다. 나는 그의 침묵이 싫었고, 그것이 마치 변절처럼 느껴졌다. 이번에는 내가 고독을 느꼈다. 인생은 그가 알아서 자기 앞가림을 할 수밖에 없게 만들었다. 그는 분명 나에게도 그런 모습을 기대했을 것이다. 그는 가끔 나를 꼭 안아 주면서 몹시 감격해서는 내가 늘 그를 의지할 수 있을 것이고 그는 나를 위해 거기 있을 거라고 말하곤 했다. 그런 말들이 되레 그가 결코 상상하지도 원하지도 않았을 불안감을 내게 불러일으켰다. 나는 그 말을 그가 나를 믿지 않는다는 뜻으로, 살면서 부딪히는 여러 난관에 내가 제대로 맞설 수 없을 거라고 생각한다는 뜻으로 받아들였다. 그는 내가 그런 난관을 마주칠까봐 두려워했고, 내가 거기에 맞서도록 돕기보다는 그런 일들로부터 나를 지켜 주고 싶어 했다.

이따금씩 나는 부모님이 내 교육 문제를 놓고 함께 의논해서 결정했는지 자문했다. 아니면 그냥 그분들 세대의 관례를 따랐을까? 그들은 정신분석학의 후예들이 아니었다. 그들은 나와 달리 말을 믿지 않았다. 그들의 인생이 외적 사건들 — 공산 혁명, 히틀러의 권력 장악, 2차 세계 대전, 노동 수용소, 유대인 학살 수용소 등 — 을 겪으면서 송두리째 뒤흔들렸기 때문에 그들은 내면생활에 신경 쓸 여유가 없었다. 내면생활은 사람들이 이야기를 나눌 만한 거리가 되지 못했다. 그저 감내하고, 그럭저럭 내색하지 않고, 은밀하게 거기에 적응하면 되는 거였다. 특히 아버지는 누구도 자신의 말을 들어준 적이 없었기에 자신의 감정을 감추고 억제하는 법을 배웠다. 꿋꿋하게 버티기 위해.

일곱 살 때, 나는 어머니의 다리가 부러졌다는 소식을 나에게 알려 주면서 아버지가 우는 모습을 보고 엄청나게 충격을 받았다. 온 세상이 뒤흔들렸다. 아버지가 너무 위태롭고 너무 상처받고 너무 깊이 충격받은 모습이어서 나는 어찌할 바를 몰랐다. 나도 울음을 터뜨렸다. 어머니가 사고를 당해서라기보다는 아버지의 불안한 동요 때문이었다. 나는 그런 내색은 전혀 하지 않았다. 나는 다 큰 어른처럼 굴었다. 가족 모두가 무너질 수는 없었다. 눈물이 그렁그렁한 아버지의 눈을 바라보면서, 나는 아이들이 쉽게 파악하듯이 아버지가 현재 벌어진 사건을 넘어선 감정과 기분에 사로잡혀 있음을 감지했다. 그것은 내가 알 수 없는 과거의 이야기들과 관련이 있는 감정들이었다. 내가 정신분석가가 된 것은 어쩌면 그날 늦은 오후, 눈 덮인 산비탈에서 벌어진 일에서 비롯되었는지도 모른다. 내 아버지의 고통을 분석하고 붕대를 감아 주고 싶어서.

사랑약

무대는 스위스의 요양원, 양철 침대가 놓인 서늘한 병실이다. 첫 만남을 위한 장소로는 특이한 곳. 하지만 바로 그곳에서 모든 일이 진행된다. 그녀는 누워 있고, 그는 그녀 옆에 앉아 있다. 그들은 수다를 떨고 있는데, 물론 평범한 일들에 대한 이야기다. 그들은 서로에게서 무엇을 발견했기에 그들의 전 생애가 그 순간에 하나로 이어지게 되었을까? 그의 지극한 친절이 그녀를 감동시켰을까? 그녀의 얼굴과 목소리에서 드러나는 삶에 대한 의지는 물론이고 그녀의 병도 아버지의 마음을 끌었을까? 그녀는 무척이나 푸른 그의 눈에 매료되고, 그는 그녀의 담갈색 머리카락과 담갈색 눈에 매료되었을까?

청년이 아픈 처녀에게 다가간다. 그때 그는 자신이 그녀의 구원자가 되기를 바란다는 사실을 알았을까? 그는 자신의 어머니가 강제 수용소에 수용되고 죽음을 맞는 것을 막을 수 없었기에 같은 수용소에서 살아 돌아온 그 여자가 건강을 회복하도록 돕고 싶다고 무의식중에 생각했을까? 그럼 그녀는? 그녀는 대담하게 사랑을 꿈꾸었을까? 그 방문객이 그녀에게 사랑약을 얻을 길을 열어 주리라는 사실을 알았을까? 그들은 은연중에 두 사람을 죽을 때까지 이어 줄 협약을 체결했다는 사실을 지각했을까? 그는 그녀가 살기 위해 싸우는 것을 돕겠다고 맹세했고, 그녀는 그를 위해 건강을 회복하겠다고 맹세했다.

그것은 새로운 전쟁, 병마에 맞서는 개인적인 전쟁이 될 테고, 그들은 함께 그 전쟁을 치를 것이며, 서로 힘을 모아 이기고야 말 것이다. 그녀와 그는 연인이자 투사가 될 것이다.

현실에 가로막혀 모든 것이 산산조각 나 버린 그들의 이야기는 거의 곧바로 비상한다. 곧, 우편물이 부지런히 오가게 된다. 편지에 쓴 말들은 가장 격렬한 감정에 불을 붙인다. 보리스와 자클린은 사랑에 대한 갈증을 서로에게 한껏 털어놓는다. 그들은 서로에게 편지를 쓰면서 상대방을 정답게 보게 된다. 그녀는 그에게서 너무 일찍 떠나 버린 아버지를 찾고, 그는 그 사랑 속에서 자신이 항상 목말라하던 어머니의 사랑을 찾고 싶어한다. 그들은 서로에게 모든 것이 되기를, 먼저 서로의 부모형제가 되어 주기를, 그다음에는 연인이 되기를 원한다.

다른 건 아무것도 생각하지 마

1946년 11월 23일 레쟁에서

보리스, 내 사랑,

좀 전에 완다 카를리에 랑베르 드 룰레의 《강제 수용소 수감원 50440》이라는 책을 몇 줄 읽었어. 내가 직접 겪었던 물고문을 묘사한 부분을 읽다 보니 거기서 빠져나오기가 힘들었어. 진짜 그 속에 있는 듯 착각할 정도로 정확하고 생생하게 묘사

되어 있더라고. 내가 정말로 그런 일을 겪었던 걸까? 하지만 난 빨리 그 모든 걸 잊고 싶어. 현재의 행복만을 생각하고, 자기의 친절한 편지가 나에게 가져다주는 커다란 기쁨을 망치고 싶지 않아서야. 내가 '영혼의 반쪽'을 만나는 행운을 가졌다는 게 정말 가능한 일일까?

엄마는 목요일 아침 열 시에 도착하셨어. 그렇게, 그냥, 문을 열고 안으로 들어왔어. 엄마는 나를 품에 안고 키스를 퍼부었어. 여섯 달이나 떨어져 있다가 다시 나를 보게 되어서 무척 행복해하셨어. 엄마는 내가 들것에 실려 파리를 떠나는 모습을 보셨는데 이제는, 아직 여전히 마르긴 했어도, 두 다리로 튼튼하게 서 있는 나를 보게 된 거야. 엄마가 여기 오신 뒤로 난 다른 일은 전혀 하지 않아. 엄마는 말하고, 나는 엄마의 말을 들어. 하지만 엄마는 온갖 방법을 동원해서 같은 말만 되풀이할 뿐이야. "재키, 넌 먹어야 해! 사과, 달걀 넣은 코냑, 케이크, 초콜릿, 포도주, 이거 줄까, 저거 줄까, 담배는 피지 말고!" 이런 식이지. 엄마도 줄담배를 피면서.

난 엄마한테 자기에 대해서 오랫동안 많은 이야기를 해 드려야 했어.

1946년 11월 27일 브뤼셀에서

사랑하는 귀여운 재키,

우체부가 이십 분이나 늦게 와서 내 심장이 졸아드는 줄 알았어. 편지를 받지 못할까봐 무척 두려웠거든. 자기 편지는 강력한 아편과도 같아. 난 자기 편지를 읽을 때마다 꿈같은 나라로 날아가. 자기는 내 영혼의 반쪽이고 난 자기 영혼의 반쪽이야. 난 자기한테서 내 어머니, 내 누이, 내 여자 친구, 내 귀여운 재키, 그 모두를 찾고 싶어.

재키, 왜 《강제 수용소 수감원 50440》 같은 책들을 읽는 거야? 사람들이 나에게 흔히 말하는 것처럼, 자기한테 잊어버리라고 쓰진 않을래. 아니, 결코 잊어서는 안 되지, 절대로! 하지만 지금은 그런 걸 읽지 마. 자기는 너무 약하고, 그 책은 너무 무거워. 몇 달 더 기다려. 자기는 더 좋아질 테니 건강을 해칠까 염려하지 않고도 그걸 읽을 수 있을 거야. 재키, 자기는 회복해야만 해. 지금은 그것만 생각해. 자기는 나를 위해 건강을 회복하고 싶다고 했잖아! 체중을 늘려야지! 다른 건 아무것도 생각하지 마.

물려받은 상처

자신의 건강, 자신의 몸, 자신의 고통을 생각하는 일, 그것이 내 어머니가 생의 마지막 날까지 했던 일이다. 아픈 어머니의 자식이라는 건 어떤 의미인가? 나에 대한 그녀의 사랑은 과도했다. 지나치게 크고, 미숙하고, 어색하고, 종종 일관성 없이 어떤 때는 너무 가깝고 어떤 때는 너무 멀었던 사랑. 자신의 질병을 염려하는 불안감이 그녀를 별안간 멍하게 만들었다. 그럴 때면 그녀 자신에게, 호흡 곤란이나 위통, 악몽, 부러진 다리

등에 신경 쓰느라 그녀는 거기 없었다. 몸이 모든 자리를, 정신의 자리까지 대신 차지했다. 그녀는 생각할 수 없었다. 강제 수용소의 경험은 그 어떤 것과도 비교될 수 없고, 상상할 수도 없으며, 명확하게 생각될 수도 없는 극심한 상처를 남겼다. 있는 그대로의 몸이 다른 아무런 매개물도 없이 그녀를 대신해서 외쳤다. 강제 수용소의 공포를 들려줄 수 있는 말은 없었다. 그녀의 입에서는 같은 말만 반복되었다. "이야기하는 게 불가능해. 믿을 수 없는 일이거든. 내가 말한다 해도 사람들이 날 믿지 않을 거야."

어린 소녀였을 때 나는 어머니를 탈진 상태에서 구해 주고, 불행을 피하게 해 주고, '나쁜 놈들'로부터 지켜 주고 싶었다. 내가 그녀를 낫게 해 주고 싶었다—단순히 육체적 고통만 없애는 게 아니라 악몽 같은 환영들과 불면으로부터, 그녀를 떠나지 않는 존재의 고통으로부터, 상상을 넘어서는, 인간다움을 넘어서는 그곳에서 얻은 상처를 치유해 주고 싶었다.

물려받은 상처: 부모님이 두 분 다 너무 약했기에 나쁜 짓을 할 수 없도록 억눌린 공격성. 얌전하게 순종하기만 할 것. 아무것도 어지르지 말 것. 꼼짝 말고 있을 것. 조용히, 숨어서 계속 자기를 드러내지 않으려는 사람처럼 몸을 웅크리고서. 목숨을

구하기 위해 죽은 체하기. 어머니는 수용소에서 자신을 보호하기 위해, 노예 같은 노동을 피하기 위해, 죽지 않기 위해, 스스로를 아주 작고 보이지 않게 만들었다고 했다. 슐레지엔 북부 지방의 얼음장 같은 이른 아침, 추위 속에서 점호를 받으며 여러 시간을 견디기. 변소에 숨기. 그녀는 스물세 살이었다. 그렇다면 그런 지옥에서 살아 돌아온 사람의 자식은 어떻게 살아야 할까? 감히 어떻게 살고, 웃고, 몸을 움직이고, 노래하고, 행복하게 지낼 것인가? 그렇지만 그들은 삶이 절망을 이기기를 원했다. 그들의 눈에 나의 탄생은 기적과도 같았다. 모든 죽음보다 훨씬 강한 생명.

얼마나 부담스럽고 얼마나 무거운 책임인가! 증명하듯, 복수하듯, 인생에서 성공하기. 그럼에도 내가 실제로 그들을 떠난 적은 한 번도 없었다. 내면적으로만 자유를 취했을 뿐, 내 몸은 그 자리에 그대로 머물렀다. 마치 성벽처럼, 분리되지 않는 존재처럼. 나는 상상 속으로, 몽상 속으로, 책 속으로 달아났다. 단 한 번도 벌떡 일어나 이렇게 말하지 못했다. 나 떠날래요. 잘 있어요. 이별, 모든 이별이 엄청난 상처였다. 그건 곧장 죽음을 떠올리게 했다. 어떻게 그들에게, 바로 그들에게 그런 짓을 하겠는가? '못되게' 구는 것, 그건 나치스의 수용소와 비슷한 존재가 되는 일이었다. 어느 누가 망나니들 편에, 살인자들

편에 서고 싶을까? 나는 그럴 힘이 없었다. 환상은 너무 강력했다. 게다가 늘 이렇게 되묻게 되는 것이다. 나도 맞서 싸워서 살아남았을까, 아니면 모욕당하고 독가스에 질식해서 연기로 사라졌을까?

나의 부모님은 서로 굳게 결속되었다. 단순히 한쪽이 다른 쪽에 녹아든 게 아니라 하나의 몸으로 주조되었다. 어머니의 고통받는 몸과 아버지의 치료하는 몸, 그것은 완벽한 공유 결합이었다. 이 육체-환상은 스위스에서, 전후에, 강제 수용소 생활 이후에, 말로 표현할 수 없는 것 이후에 태어났다. 그곳에서는 결코 돌아올 수 없다. 두 사람을 위해 하나의 몸이 필요했고, 그 후에는 세 사람을 위해 하나의 몸이 필요했다. 어떻게 세상을 믿겠는가?

보리스, 예민한 감수성을 지닌 그는 자신의 슬픔에 대해서는 입을 다물려 했고, 자클린을 향한 사랑에 완전히 빠져들었다. 그녀는 그의 구원자였고, 그는 그녀의 구원자였다. 그는 그녀가 강제 수용소 생활을 떠올리지 않기를 바랐다. 그는 아우슈비츠에 강제로 수용되었다가 독가스에 질식해서 돌아가신 자기 어머니의 죽음을 애도할 수가 없었다. 그는 그녀에게 죽음의 수용소에 대해서는 생각하지 말라고 일렀다. 그녀의 참을 수 없는 고통을 다시 일깨우지 않기 위해 그녀에게 침묵을 강요했다. 강제 수용소에서 돌아왔을 때, 인생이 산산조각 난 지점에서 다시 그 흐름을 이어 가는 것이 중요했다. 대참사는 집단적으로 경험했지만, 사람들은 저마다 자기만의 악몽과 함께 홀로 남겨졌다. 살아남았다는 사실이 죄책감 — 흔히 생존자의 죄책감이라 부르는 것 — 을 불러일으켰지만, 나치스에 대한 승리감을 일깨우기도 했다. 내 부모님은 희생자들과 같은 운명을 맞지 않았고, 집단 학살을 면할 수 있었다. 그들은 상처 입었지만 살아남았다. 두 명의 고아, 두 명의 생존자가 인생의 길을 내기 위해 서로 의지했고, 그런 식으로 두 사람이 맺어졌다. 상호 의존을 바탕으로 한 부부, 병마와 죽음을 무찌르는 전능함의 꿈. 그들은 세상에 맞서서 서로를 지탱했다. 그들은 나를 세상으로부터 지켜 주려 했다. 세상에는 너무 많은 위험이 숨어 있었다. 그들은 내가 그런 일을 피할 수 있게 해 주려 했다. 그들은 사람들이 스스로 힘을 키울 수 있다고 믿지 않았다. 타나토스가 언제나 에로스를 이기리라는 것은 그들의 경험이 이미 입증해 주었다.

그럼에도 불구하고 그들 사이에 사랑이 싹텄다. 그것은 구원의 사랑, 부활과도 같은 사랑, 강력한 수액, 한 방울 아침 이슬이었다. 그러나 그들의 신뢰는 그들 부부를 둘러싼 작은 원 너머로 나아가지 않았다. 그들은 인간, 특히 국가를 믿지 않았다. 그들은 온갖 약탈자들에게 맞서서 자신들의 둥지를 정비했다. 그들에게도 친구들이 있었는데, 그 친구들 역시 시대의 불행을 겪었다. 나는 그들이 무슨 이야기를 함께 나누었는지 모른다. 나는 그들의 아이들과 놀았다. 그 아이들도 나처럼 침묵 속에서 자랐을까? 집단 수용소 수감자들의 세계는 그 아이들에게 무엇을 전달했을까? 내가 그들과 이야기를 주고받을 정도의 나이가 되자 우리는 더는 만나지 않게 되었다. 게다가 당시는 우리 가족에게 일어났던 일에 대해, 세대를 넘어 전달되는 상처에 대해 사람들이 아직 이야기하지 않을 때였다. 사람들은 그 어떤 것에 대해서도 그저 아무 말도 하지 않았다. 강제수용소를 경험한 이들은 과거를 잊으려 애썼고, 일하고 자식들을 정직한 국민으로 기르면서 성인의 삶을 살려고 애썼다. 그들은 다른 사람들처럼 별 이야깃거리 없는 사람이 되기를 원했다. 지나간 일은 미련 없이 잊혔다. 아버지는 미래에 자리를 내줘야 한다고 생각했고, 어머니도 마찬가지였다. 그렇지만 가끔 어머니는 잘못 놓인 무기들, 위조 신분증, 가짜 배급표…… 등등 레지스탕스 시절의 이야기를 무심코 들려주곤 했다. 그러나 그녀가 자신이 체포될 때의 이야기로 넘어가면서 아우슈비츠를 떠올리게 되기만 하면, 아버지는 그녀의 말을 막으면서 그런 이야기는 쓸데없이 그녀를 힘들게 할 뿐이라고 우겼다. 옛

일을 들먹여서 좋을 게 뭐란 말이오? 침묵을 강요하며 아버지가 묻곤 했다.

나는, 아버지가 독가스실에서 돌아가신 할머니를 생각하며 눈물 흘리고, 어머니가 당신의 끔찍한 경험을 들려주고, 그 공포를, 도저히 표현할 수 없는 것을 표현할 말을 찾았더라면 진심으로 기뻐했을 것이다. 그녀의 상처, 그녀는 본의 아니게 그것을 나에게 물려주었다. 그것은 나에게 수백만의 인간이 겪었던 일을 잊지 말아야 할 책임을 지웠다. 나는 내 안에서 울부짖는 그들의 목소리를 들었다. 나는 그렇게 떠나간 사람들의 이름을 하나하나 불러 주고 싶었다. 그것은 끝이 보이지 않는 일이었다. 나는 그 암묵적인 요구에 어떻게 응해야 할지 알 수 없었다. "너희 세대가 기억해야 한다, 잊어버리면 안 돼, 무슨 일이 있었는지 다른 사람들에게 알리겠다는 것, 그게 수용소에서 우리가 품었던 유일한 희망이었어. 기억해 줄 거지?"

그래요, 마미 ― 나는 어머니를 그렇게 영어로 불렀다 ―, 알았어요, 내가 기억할게, 내 아이들의 아이들도 기억할 거예요. 하지만 물려받은 상처는 진정시키고 천천히 아물게 해서 유해한 힘을 없애야만 해요. 싸움은 의식적으로 치러야 해요. 난 삶이 승리하는 것을, 쾌락이 고통을 이기고 사랑이 죽음을 이기고 예술이 일상을 이기고 정치가 혼란과 무관심을 이기는 것을 보고 싶어요. 엄마가 내게 지운 그 무거운 짐을 내 삶의 마지막 순간까지 그대로 지고 갈 순 없잖아요. 나도 숨이 차고 제대로 걸을 수가 없어요. 엄마, 제 얘기 이해할 수 있어요? 받아들일 수 있어요? 난 다른 사람들과 그걸 나누어 지고 싶어요. 그래서 그 짐이 전투가 되고, 경계심이 되고, 윤리가 될 수 있도록 말예요.

전쟁 전 투르에 있을 때 엄마에게 남자 친구가 두 명 있었지요. 한 명의 이름은 마르셀, 다른 한 명의 이름은 파울이었죠. 엄마는 마르셀을 사랑했고, 파울은 엄마를 사랑했어요. 전쟁이 끝나고 40년 뒤, 엄마는 우연히 파울이 어떻게 되었는지 알게 되었어요. 엄마는 몹시 충격을 받았지요. 난 엄마가 시인보다 약사를 좋아했다는 게 맘에 들지 않았어요. 난 시인에게 상상의 편지를 보냈어요.+ 내가 엄마의 이야기를 다시 썼어요. 대를 이어 가며 늘 같은 이야기를 되풀이하면서 새로운 이야기를 만드는 것 말고 우리가 달리 뭘 할 수 있겠어요?

+ 《연인에게 부치는 편지》에 실린 〈파울 첼란에게 부치는 편지〉, 그리냥의 인쇄소 콜로퐁, 1997, p. 17~21. [지은이]

아우슈비츠에서 보낸 크리스마스

1946년 12월 1일, 레쟁. 여덟 번째 편지. 자클린은 스물다섯 살이고, 아프다. 그것도 심각하게. 그녀는 자신이 언젠가는 건강을 회복할 수 있을지 확신하지 못한다. 그들이 뜬구름 잡는 계획을 세우고 있는 건 아닐까? 그녀는 그에게 솔직하게 쓴다.

"건강도 좋지 않고 육체적으로 쇠약해진 내가 정말로 내가 원하는 만큼, 자기가 누릴 자격을 갖춘 만큼 충분히 자기를 행복하게 해 줄 수 있을까? 내가 자기한테 내 마음을 솔직하게 들려주고 있다는 걸, 자기한테 두려움 없이 현실을 있는 그대로 이야기한다는 걸 자기도 알 거야. 난 무서워, 그래, 몸서리치게 무서워!"

그가 그녀에게 대답한다.

"내 사랑, 자기 편지에 내 가슴을 찢어 놓는 구절이 있어. '그건 이 고약한 병 때문이야……'라니. 내가 보낸 편지들이 아무 쓸모가 없었던 거야? 자기는 지난 두 달 동안 자기가 나에게 주었던 모든 행복을 단번에 앗아가 버렸어.

자기 병은 곧 나을 거야. 물론 오늘이나 내일 당장은 아니겠지. 나도 그건 알아. 하지만 꼭 그날이 올 거야, 당연하지, 자기가 생각하는 것보다 더 빨리, 만일 자기가 원한다면! '체력이 감퇴된 몸'이라니, 어떻게 그런 잔인한 말을 내게 할 수 있는 거야. 내가 예언자는 아니지만, 나는 내가 살아 있는 한 자기를 행복하게 해 주기 위해 노력할 거라는 사실을 알아. 자기는 그 이상을 바라는 거야?"

얼마 후, 자클린은 그녀의 부모님에 대해 회상한다.

"1944년 5월 21일 그르노블에서 아버지를 잃었어. 그리고 5주 뒤에 붙잡혔지. 난 게슈타포에게 48시간 동안이나 고문을 당했어. 엄마가 도망갈 시간을 벌 수 있도록 주소를 대지 않았거든. 엄마는 노트르담드시옹 수녀원으로 피신했어. 강제 수용소에서 돌아와 엄마를 다시 만났을 때, 사실 난 약간 혼란스러웠어. 나는 그동안 지옥에 있었는데 엄마는 계속 거의 정상적으로 살 수 있었던 거야. 하지만 내 친구들 중엔 부모가 살아 계시지 않은 애들도 많았어…… 난 불행 중 다행이었지. 다행히도 아빠는 당신 딸이 강제 수용소로 끌려가는 걸 보지 않아도 됐어. 아마 아빠는 그 사실을 견디지 못했을 거야.

해방 후 엄마는 1944년 12월경에 투르로 다시 돌아갈 수 있었어. 커다란 새 건물에 있던 우리 아파트로 돌아갔지. 그 건물은 투르에 쏟아진 융단 폭격에도 기적적으로 무사했어. 하지만 그녀의 가족은 모두 강제 수용소로 끌려가서 돌아오지 못했어. 나는, 난 1945년 5월 30일에 병에 걸린 몸으로 돌아왔어. 엄마는 오직 내가 돌아오기만을 기다렸어. 내가 파리에서 다 죽어 갈 때, 그녀에게 말 한마디 건넬 힘도 없었을 때, 그녀는 내 머리맡에서 절망의 시간을 보냈어. 그녀가 내 침대에 다가오면 난 그녀를 밀어냈어. 더 숨이 막혔거든. 엄마는 내가 생사를 오락가락하는 그 기간 내내 정말로 잘해 주셨어. 더 오래 내 곁에 있으려고 끼니를 거르는 일도 많았지. 그래, 난 절대 그걸 잊지 않을 거야."

행복은 저절로 오지 않았다. 질병 속에서 행복을 뽑아내야 했고, 하루하루 인내심을 갖고 행복을 얻어 내야 했다. 회복될 거라고 믿기. 낙담하지 말기. 같은 병실의 친구 한 명이 죽는다. 그녀는 슬픔과 낙담, 절망에 휩싸인다. 자클린은 최악의 상황이 두렵다. 보리스의 친구들은 그에게 경고한다. '폐병쟁이'와는, 폐결핵에 걸린 여자와는 사랑에 빠지는 게 아니라고, 그건 미친 짓이라고. 보리스와 자클린은 잘 버틴다. 그들은 더 잃을 게 없으니까. 그들은 이미 모두 잃어버렸으니까. 그게 그들에게 힘을, 의지를, 용기를, 정신적인 끈기를 준다. 두 사람이 편지를 주고받은 지 이제 겨우 두 달 되었지만 그들의 관계는 벌써 견고하다. 그들은 설령 모두가 반대할지라도 자기들에게 미래가 있다고 믿고 싶다.

그들은 각자 읽은 책이나 좋아하는 시에 대한 이야기를 들려준다. 스위스 소탕스(Sottens) 라디오 방송의 클래식 음악 프로그램을 똑같이 청취하는 것이 그들을 이어 준다. 보리스는 영화관에 가고—요즘 최신 영화는 〈아세닉 앤드 올드 레이스〉다—, 자클린은 요양원에서 영사기로 틀어 주는 〈전함 포템킨〉을 보러 간다. 간혹 울적함에 사로잡힌다. 그들은 너무 멀리 떨어져 있다. 부활절 휴가 때 만나려 하는데, 그러려니 벨기에와 프랑스와 스위스의 비자를 취득해야 한다. 그 일은 길고 긴 행정 절차를 거쳐야 한다. 보리스는 그 시간이 한없이 길게 느껴지고,

자클린은 편지 교환에서 태어난 그 사랑이 불안하다. 이 사랑은 무엇을 바탕으로 한 것일까? 겨우 두세 번밖에 만나지 않았는데 상상력이 너무 앞서간 것은 아닐까? 그녀는 스스로에게 묻는다.

"자기는 내 첫사랑이자 마지막 사랑이야." 보리스는 그녀에게 고백한다. 그 즈음 그는 미래에 대한 고민이 생긴다. 브뤼셀에서 가족이 경영하는 회사에 보리스를 고용한 사촌형 조가 그에게 캐나다로 이민 가서 대서양 건너편의 자회사에서 일하라고 권한 것이다. 보리스는 사랑하는 여자와 멀리 떨어지고 싶지 않다. 그녀가 그와 함께 이민 갈 수 있을까? 그가 떠나기 전에 그녀의 건강이 회복될까? 송년 모임이 열리는 철이 되자, 가정생활에 대한 향수가 커진다. 자클린은 침대에서 혼자 크리스마스를 보냈다. 누구도 그녀를 초대하지 않았고, 그녀는 《제르미날》*을 읽었다.

"오늘 밤 끝없는 슬픔이 나를 덮쳤어. 난 거의 다 죽어 가며 병원에서 보낸 작년 크리스마스를 떠올렸고, 역시 아파서 아우슈비츠의 의무실에서 보낸 재작년 크리스마스를 생각했어. 난 얇은 담요로 몸을 둘둘 감고 초라한 침대에 누워 있었어. 건강한 여자 친구들은 자기들끼리 춤도 좀 추었고 내가 결코 잊지 못할 노래도 한 곡 불렀어. 노래 후렴에 이런 가사가 있었어.

* 프랑스 자연주의의 대가 에밀 졸라의 소설. '제르미날'은 프랑스 공화력에서 3월 중순부터 4월 중순까지를 가리키며, '싹 트는 달'이라고 한다.

'nach jedem Dezember, kommt wieder ein Mai(매년 12월이 지나면 다시 5월이 온다네).' 난 생각했어. 만일 내가 이번 겨울만 버틸 수 있다면 봄에 우린 분명 풀려날 거라고. 몹시 힘겨웠지만 난 해냈어! 1월 18일에 우린 걸어서 아우슈비츠를 떠나야 했어. 러시아군이 앞서 행진했고, 우리는 밤이나 낮이나 쉬지 않고 빨리 행군해야 했어. 영하 20도의 날씨에, 열이 39도까지 올랐지. 난 잘 버텼고 앞으로도 잘 버틸 거야!"

보리스는 조금 덜 비극적이고 다소 우스꽝스러운 추억을 떠올린다. "난 44년 크리스마스를 기억해. 우린 공장에서 일하던 독일 소녀에게 고양이 한 마리를 구해 달라고 부탁했어. 그애가 고양이를 가져왔는데 자기 아버지가 고양이를 죽일 시간이 없었대. 우린 늘 보초에게 감시를 받았어. 고양이를 계단 아래에 걸려 있던 가방에 집어넣었지. 이따금 애처롭게 야옹거리는 고양이 울음소리가 들리더군. 우리는 독일 장교가 고양이를 알아차릴까봐 안절부절몬했어.(원문대로)* 그런데 갑자기…… 사이렌이 울리지 뭐야. 하늘 위에 미국 비행기들이 떠 있었어. 다들 달려갔어…… 가방을 들고 집 뒤로 숨을 절호의 기회였어. 몇 초 뒤에 고양이 머리가 잘렸고 껍질이 벗겨졌어. 누구도 아무것도 보지 않았어. 다행히도 우리의 '잔치 음식'은 무사했어. 대여섯 명이 그걸 먹어 치웠는데, 정말 맛있었어, 진짜 토끼 고

* 편지에서 이 부분이 문법에 틀린 표현으로 쓰여 있지만 원문대로 옮겼다는 뜻이다. 그 느낌을 살리고자 우리말로는 일부러 '안절부절몬했어'로 옮겼다.

기 맛이었어. 아니, 어쩌면 다른 친구들이 식욕을 잃지 않게 하려고 다들 일부러 그런 척했던 걸지도……."

그는 계속 썼다.

"수용소에서 나는 요령껏 잘 지냈어. 물론 가끔은 몸이 아팠고, 가슴이 따끔거리면서 쑤신 적도 있었지. 하지만 난 잘 버텼어. 자정까지, 어떤 때는 더 늦게까지도 일했어. 나는 빵을 한 사람당 300그램씩 준다는 걸 알고 있었어. 난 독일인들의 아이들을 위해 장난감을 만들었어. 그걸 빵과 바꿔서 작업반 친구들과 나눠 먹었지. 비행기나 탱크, 수프 떠먹는 숟가락, 심지어 부드러운 바닥에 검은 가죽 끈이 달리고 가장자리는 빨간색으로 된 가벼운 여성용 샌들까지 만들었어. 내 기억에 샌들 한 켤레에 빵 5킬로를 받았던 것 같아! 사람들 사기를 높이려고 나는 농담도 하고 사람들을 웃게 만들고 하모니카를 불거나 입으로 음악을 연주하곤 했어…… 〈라마르세예즈〉 〈내 여자 친구 옆에서〉 〈아반티 오 포폴로〉…… 노래하면 희망이 솟아올랐고, 무찌르고 살아갈 힘을 느끼곤 했어.* 해방의 그날까지. 다른 사람들을 즐겁게 하면서 나는 나 자신의 근심을 잊을 수 있었어. 이번에도 난 그렇게 할 거야, 자기를 위해 또 나를 위해. 난 한 번 더 무찌르고 싶어. 자기는 나의 새로운 전투야."

★ 〈라마르세예즈(La Marseillaise)〉는 프랑스 국가, 〈내 여자 친구 옆에서(Auprès de ma blonde)〉는 17세기부터 불리던 프랑스 민요로, 네덜란드에 포로로 잡힌 군인의 이야기를 다룬 노래다. 〈아반티 오 포폴로(Avanti o popolo)〉는 이탈리아의 노동운동 가요로 '인민이여, 전진하라'라는 뜻. 원래 제목은 '반디에라 로사(Bandiera

*

무찔러야 할 적, 그건 수술이 유발한 오른쪽 옆구리의 만성 화농성 늑막염, 부분적 기흉이다.

*

전쟁의 이미지가 끊임없이 등장한다. 보리스는 1942년 5월, 감옥의 쇠창살을 통해 보았던 파란 하늘을 회상한다. 그는 언젠가는 쇠창살과 감옥, 간수 없이 파란 하늘을 볼 수 있기를 희망했다. 몇 달 뒤면 레쟁에서 자클린을 다시 만날 수 있다는 기대 속에서 그가 떠올린 것이 바로 그 사각형의 하늘이었다.

Rossa)', 곧 '붉은 깃발'이지만 가사 첫 줄을 따서 흔히 '아반티 오 포폴로'라고 부른다.

시조 신화

질병의 제약을 받은 사랑, 내 부모님의 결합을 둘러싼 시조(始祖) 신화와도 같은 그 사랑은 내게 사랑에 대한 강한 믿음을 심어 주었다. 사랑이란 애써서 얻어야지 결코 거저 얻을 수 없으며, 그 과정에는 난관과 불의의 사고가 많고, 그것들을 극복하려면 인내와 지성으로 무장해야 하며, 그러나 그런 난관조차 그 사랑을 더 가치 있게 만들어 준다는 믿음. 오랫동안 나는 부모님의 관계가 너무 모범적이라고 생각했고, 나도 그들과 같은 행복에 도달할 수 있으리라고는 감히 믿을 수가 없었다. 나는 짓눌린 느낌이었다. 하지만 부모의 사랑 속에서 태어났다는 사실이 힘을 주고, 자신의 삶 속에서도 열정과 자신감을 갖게 하는 건 분명하다.

오랜 세월을 함께하는 부부의 비밀은 무엇일까? 사람들은 첫 만남, 첫눈에 반하는 사랑, 밀월, 최초의 이상화에 대해 이야기하기를 좋아한다. 그러나 누가 시간의 흐름이나 일상의 현실, 적응과 양보, 차이에 대한 관용, 인내, 전략, 심지어 옛날 사람들의 **우회적 지성**이라 할 수 있는 술수 등에 대해 이야기하겠는가? 누가 긴장과 대립을 벗어나고 분노를 가라앉히고 말다툼을 해결하고 불화를 극복하게 해 주는 모든 것에 대해 이야기할 것인가?

두 사람의 편지를 읽다 보니 그들이 함께 살기 시작한 최초의 몇 달, 최초의 몇 년을 어떻게 보냈을지 궁금했다. 그들이 다시 만나 가장 가까이에서 얼굴을 마주 대했을 때, 어떻게 그들의 일상에 적응했을까? 아마 거기에는 사랑만큼이나 지성도 필요했을 테고, 관계를 유지하려는 욕망, 자신에 대한 강한 믿음, 일종의 겸손함, 약간의 확신과 아주 많은 자존심의 포기, 자잘한 지혜, 뒷생각 없는 친절 등등이 있어야 했으리라.

나는 그들이 말다툼하는 모습을 자주 보지 못했다. 아마 그럴 일이 있어도 그들의 방에서 해결했던 듯하다. 그렇지만 그들이 긴 시간 동안, 어떤 때는 하루나 이틀 정도 서로 토라지는 일도 있었음을 알고 있다. 그런 일이 견디기 힘들기도 했지만 너무 터무니없어서 재미있기도 했다. 나는 그들이 평소대로 행동하면서도 서로에게 말을 걸지 않는 모습을 관찰했다. 그들은 서로 양보하지 않으려고 버티면서 작은 힘싸움을 벌였고, 그러다가 제풀에 웃음을 터뜨리고 분쟁을 일으킨 서로를 용서했고 생활은 원래대로 돌아갔다. 그러면 나도 마음이 편해졌다.

나를 대할 때면 그들은 쉽게 똘똘 뭉쳤다. 아이였을 때 내가 어머니에게 뭔가를 요구하면 그녀는 말했다. "가서 아빠한테 여쭤 봐." 하지만 내가 아버지에게 가서 말하면 그는 이렇게 대답했다. "가서 엄마한테 여쭤 봐." 나는 그들이 합의에 이를 때까지 두 사람 사이를 오갔다. 한 사람이 허락하지 않는데 다른 사람이 허락해 준 경우는 아주 드물었다. 그들은 한목소리 내기를 좋아했다. 사랑의 난간은 아주 높이 자리 잡고 있었다.

언젠가 내 차례가 되면 나도 거기에 이를 수 있을까, 자문하곤 했다. 너무 단단히 결속되어서 내게는 숨이 막힐 것 같던 부모님을 흉내 내지 않고서야 어떻게 거기에 이를 수 있겠는가? 아주 어렸을 때는 막연히 내게는 더 많은 자유가 필요하다고만 느꼈다. 나는 참된 교류가 가능한 긴밀한 관계를 동경했지만, 동시에 각자 자기 일에 열중하고 세상을 향해, 혹은 자신을 향해 몸을 돌리고 다른 곳에서 자신을 채우는 순간들도 있기를 바랐다. 부모님 앞에서 나는 혼자서 잘 노는 특이한 아이가 되었고, 빈자리를 두려워하지 않았다. 다른 아이들과 같이 놀려고 나가지 않을 때면, 내가 알아서 시간을 보내야 했다. 끈 조각, 점토 약간, 인형 몇 개, 크고 작은 상자들, 옷감 견본들, 이런저런 것들, 모든 것이 뭔가 만들어 내는 계기가 되었다. 고독이 수천 가지 즐거운 울림으로 채워졌다. 놀이는 최초의 내면화다. 물론 창문으로 행인들과 개들이 인도를 지나가는 모습을 내다보다가 유리창에 비친 내 코를 보는 일도 있었지만 결코 오랫동안은 아니었다. 나는 이야기를, 긴 여행을 상상했다. 더 나중에는 독서가 나의 상상력을 확대시켰다. 사랑을 알게 된 나이에는 나도 나만의 시간이 필요함을 깨달았고, 여자들이 집 안에서 혼자서만 쓸 수 있는 방을 갖지 못했던 시대에 버지니아 울프가 요구했던 것처럼 '자기만의 방'이 필요함을 깨달았다. 하지만 내게는 서재가 있어서 거기 틀어박혀 편안히 머물 수 있다. 내가 사랑하는 사람들은 들어오기 전에 문을 두드린다. 나는 다르게는 살 수 없을 것이다. 글쓰기가 나의 놀이터가 되었다. 나는 뭔가 대단히 내밀한 것을 말하기 위해, 그리고 그것을 다른 사람들과 나누기 위해, 단어를 고르고 궁리하고 리

듬과 멜로디를 넣으려 애쓴다. 나에게는 사랑도 똑같아서 자기만 돌아보는 태도와 나눔, 고독과 관계 사이를 오가는 속에서 생겨난다. 사랑은 매 순간 몸을 좌우로 흔들어 균형을 잡으며 줄 위를 걷는 줄타기 곡예사와도 같다.

불안

각혈

1947년 1월 22일, 자클린은 목이 타 버릴 것만 같다. 그녀는 자신이 병실 밖으로 나간 적도 없는데 어떻게 구협염에 걸렸는지 자문한다. 그녀는 2년 전인 1945년 1월 22일 "폴란드와 독일의 눈 덮인 길을 누더기를 걸치고 뼈만 앙상한 몸"을 비참하게 질질 끌며 걸어갔던 일을 회상한다. "눈에 흠뻑 젖은 실내화 속에서 부어 오른 다리, 주린 배, 영하 20도에 목이 말라서 축 늘어진 혀. 18일에 우리는 아우슈비츠를 떠났어. 난 바로 전날까지도 열이 39도나 되어서 의무실에 머물러야 했어. 그런데 세상에, 믿을 수 있겠어? 일주일간 걸어서 라벤스브뤼크*에 도착할 때까지 난 가벼운 감기 한 번 걸리지 않았어. 열이 내리자 의무실에서 지낼 수 있는 행운도 함께 사라졌어. 의무실은 그래도 바람이 술술 통하는 허술한 막사 바닥에 그냥 누워 자는 것보다는 나았는데 말이야. 사람들은 우리 발이 얼어붙은 건 아랑곳하지도 않고 밤새 그 위를 밟고 지나다녔어. 1945년 1월 22일에는 시트가 깔린 따뜻한 침대와 펄펄 끓는 수프 몇 방울을 얻기 위해서라면 기꺼이 내 인생에 남아 있는 10년, 아니 20년이라도 주었을 거라고 생각해."

1947년 2월 17일 레쟁에서

보리스, 내 사랑,

월요일 아침 여덟 시. 글을 써도 된다는 허락을 받지 못했지만, 자기한테 아무 소식도 못 전하는 게 맘에 걸려서. 게다가 전보를 보내면 더 걱정할 거 아냐. 어제 아침에 각혈을 했어. 태어나서 처음이야! 지난밤엔 두 번째 각혈을 했지. 난 몸이 무척 약해졌지만 결국에는 모든 것이 잘 해결될 거라고 생각해.

*2차 대전 때 유대인 여성 수만 명이 강제 수용된 거대한 수용소가 있던 독일 도시.

자기 편지는 나에게 엄청난 기쁨을 주지만 내가 언제쯤 답장을 보낼 수 있을지는 모르겠어.

미안해, 자기야.

난 자기 생각을 아주 많이 해. 내가 세상 그 무엇보다 더 자기를 사랑한다는 걸 믿어 줘. 다정한 키스를 보내며.

온통 자기만 생각하며,

재키.

1947년 2월 19일 브뤼셀에서(속달 우편으로)

내 사랑, 열렬히 사랑하는 귀여운 재키, 나의 모든 것,

수요일 아침. 작업반장이 내게 자기 편지를 가져다주었어. 아주 얇더군. 열어 보니 딱 한 장밖에 들어 있지 않았고. 그것만으로도 이미 자기 상태가 무척 심각하다고 생각했어. 내 사랑, 난 실의에 빠졌어. 왜 아직도 이렇게? 자기는 충분히 고통받지 않았어? 내게 자기를 영원히 사랑할 권리가 없는 걸까? 내 사랑, 말해 줘, 대체 자기가 무슨 짓을 하고 난 또 무슨 짓을 했기에 이런 고통스런 소식을 들어야 하는 거지? 이 고통이 언젠가 끝나기는 할까?

나는 자기가 회복되는 것만 생각하고 싶어. 이번 재발은 일시적일 뿐이라고, 그게 우리를 훨씬 더 강력하게 묶어서 우리가 영원히 서로 사랑하게 될 거라고. 오래 전부터 난 오직 자기만의 것이야. 우리는 하나로 결합되었어. 자기의 미래는 내 미래와 연결되어 있어. 자기를 여주인공이라고 생각해 줘. 그러니 최후의 승리자가 되어 영원히 나와 함께할 때까지 싸워야 해. 제발, 아주 빨리 회복하겠다고 약속해 줘. 자기는 내 어머니고, 내 누이고, 내 여자고, 나의 아기, 나의 귀여운 재키잖아, 자기는 나의 전부야. 난 사랑했던 사람들을 다 잃었어. 그런데 자기까지 내게서 뺏으려 하다니, 아니, 안 돼, 내가 그렇게 되게 내버려 두지 않을 거야. 자기가 글을 쓸 수 없다 해도 어쩌면 자기 대신 몇 줄 써 줄 친구를 찾을 수 있을 거야.

나는 가벼운 감기에 걸렸어. 침대에 누워서 끊임없이 자기를 생각할 수 있어. 자기는 나와 함께 살게 될 거야! 나는 자기를 소중히 사랑하고, 자기를 어루만지고, 자기를 보살피고, 다정한 키스를 듬뿍 보내.

그대의 보리스.

1947년 2월 20일, 간호사의 편지

선생님,

저는 몸져누운 자클린의 부탁으로 선생님께 몇 자 씁니다. 그녀는 몇 차례 약하게 각혈을 했고 얼마 동안 절대 안정을 취해야 합니다. 침묵이 오래갈 수도 있다는 걱정으로 그녀가 속을 끓이기에 제가 대신 당신께 소식을 전합니다. 그녀는 상태가 그리 좋지는 않지만 너무 걱정할 정도도 아니랍니다. 저는 그녀의 간호사이고, 자클린은 삶에 대한 갈망, 병마의 공격이 거칠더라도 반드시 이겨 내겠다는 의지를 갖고 있어요. 나는 당신이 긴 편지를 보내 주는 게 그녀에게 맞서 싸우고자 하는 새로운 힘을 불어넣어 주리라 확신합니다. 혹시라도 당신이 병문안을 온다면 더 좋겠지만, 당신 여자 친구 말이 그렇게 빨리 비자를 받는 건 현실적으로 불가능하다고 하더군요.

이 편지가 자클린이 편지에서 담곤 했던 모든 것을, 그리고 그녀가 표현할 자격이 없다고 생각하는 것까지도 당신께 잘 전해 주기를 바랍니다.

우정을 다해 당신의 여자 친구를 보살필 것을 약속드리며,

안녕히 계십시오.

O.L.

추신으로 자클린도 한 마디 덧붙인다.

보리스, 내 사랑,

내가 자기를 아주아주 많이 사랑하고, 내 생각이 온통 자기를 향하고 있다는 걸 믿어 줘. 내 사랑, 난 자기를 위해서 살고 싶어! 글을 쓰기가 힘드네, 선명하게 보이지를 않아. 내가 자기를 볼 수만 있다면! 내게 남은 힘을 다 쏟아서 자기에게 키스를 보내요.

영원히 자기를 향한 내 모든 애정과 나의 다정함으로,

자기의 다정한 재키.

PS : 엄마는 이번 일을 모르셔!

1947년 2월 20일 브뤼셀에서

나의 재키, 내 귀여운 사랑, 내 모든 것,

어제 이후로 난 사는 것 같지가 않아. 자기 편지에 답장을 보낸 뒤로 뭘 해야 할지 모르겠어. 벌써 모든 걸 생각했지. 자기가 이미 훨씬 좋아졌으면 좋겠어. 내 사랑, 나는 자기를 사랑해, 난 무척 고통스러워. 더는 버틸 수가 없어. 나는 자기한테 모든 것을, 가장 좋은 것을 주고 싶었어. 자기와 함께라면 완벽한 행복을 누릴 수 있을 거야. 내가 혼자서 살 수 없다는 건 자기도 잘 알 거야. 내겐 엄마가 필요해. 우리는 서로 만났고, 그건 진짜 기적이야. 우리는 어쩌면 두 번 다시 없을 방식으로 서로 사랑해. 자기 안에서 내가 잃어버린 모든 것을 다시 찾았다는 걸 자기도 알 거야. 나는 울고, 기도하고, 자기를 사랑해. 난 자기를 사랑해! 제발 회복해 달라고 자기한테 간청할게. 내 사랑, 자기에게 입 맞추고, 내 품에 자기를 안고, 자기에게 수백만 번의 키스를 보내.

항상 자기의 것인

보리스.

1947년 2월 24일 브뤼셀에서

소중하고 귀여운 재키, 내 사랑,

월요일 밤. 오늘부터 나는 다시 출근했어. 자기가 쓴 글이랑 자기 간호사가 쓴 편지가 어제 아침에 도착했어. 두 사람 모두에게 무한히 감사해. 금요일 밤에 자기의 담당 의사에게 전화해서 이야기를 나눈 뒤로 기분이 훨씬 나아졌어. 그 통화를 하려고 두 시간 반을 기다려야 했어. 미쳐 버리는 줄 알았지. 하지만 결국 고생한 보람이 있었어. 금요일까지는 정말 끔찍했어. 특히 의사의 전보. 하지만 다행히도 다 끝났어, 그 얘긴 더 하지 말기로 해. 자기가 시기를 아주 잘못 택했다는 걸 털어놓아야겠어. 나도 침대에 누워 있어서 속수무책이었거든. 자기 전보에 답을 보내려고 열이 오르는데도 외출했어. 친구 야샤가 으르렁대더군. 토요일에는 스위스 영사관에 비자 신청서를 제출했어. 그것 봐, 이제부터는 다 순조로울 거야. 보통은 3주가 걸리는데 아마 훨씬 빨리 나올 것 같아. 신청서에 전보를 첨부했거든. 나는 자기와 친척관계라고 하려고 자기가 내 사촌이라고 신고했어. 나는 빨리 돌아와야 해. 사촌형이 3월 첫 주에 귀국할 텐데 그때 내가 여기 있어야 하거든. 이해할 수 있지, 내 귀여운 재키.

자기가 잘 회복되기를 빌어, 조금만 더 참고, 자기에게 키스를 보내고, 자기를 아주 다정하게 어루만져. 내 모든 애정과 여러 번의 키스를 보내며,

항상 그렇듯이 자기의 것인
보리스.

1947년 3월 1일(원문대로), 전보

에세르 양 상태 여전히 심각 스위스 오는 절차 연기 말고 진행 요망

잔네레 박사 – 그랜드 호텔 요양원 – 레쟁

1947년 2월 27일 레쟁에서

보리스, 내 사랑,

몸이 조금 좋아져서 자기한테 몇 자 보내려 해.

그렇게 빨리 용기를 잃어서는 안 돼, 자기야. 내게 정말로 무슨 일이 있었다면, 어떤 식으로든 자기를 다시 만날 수 없게 되었을 거야. 자기는 뭘 원하는 거야, 내 귀여운 보리스, 인생이란 게 그렇잖아. 시간이 되면 누구의 의견도 묻지 않고 떠나는 거야. 자, 그런데, 다행히도 난 질긴 목숨을 가졌어. '잡초는 시들지 않는 법!'

자기가 보낸 전보는 나에게 크나큰 위로가 되었어.

난 아직 움직이면 안 된다고 해서 열흘 동안 우묵하게 파인 작은 침대 속에 머물렀어. 지금은 아주 조금 열이 나서 뺨이 발

갛게 상기되었어. 다행히 의사는 내가 편지 쓰는 걸 보지 못했어. 봤다면 호되게 꾸짖었겠지.

곧 만나, 진심으로 그날을 기다리고 있어, 내게 편지 자주 쓰고, 아주 짧게라도. 자기 편지가 주는 위안이 절실하게 필요하거든!

늘 자기의 것인, 자기의 귀여운 재키.

1947년 3월 12일, 전보 한 통이 보리스가 나흘 일정으로 레쟁에 도착한 것을 알린다.

"생일 축하해 - 오후에 갈게 - 보리스"

부모의 방

그 짧은 만남에 대해 나는 아무것도, 그들의 편지에서 드러나는 몇몇 암시들 외에는 거의 아무것도 알 수 없을 것이다. 함께 있는 행복. 편지를 교환하기 시작하고 처음으로 다시 만난 그들은 서로를 어떻게 보았을까?

나는 어머니가 아버지를 알게 된 뒤에 거의 죽을 뻔했다는 사실을 몰랐다. 그들이 만난 지 겨우 몇 달밖에 지나지 않았을 때 모든 것이 뒤집어질 뻔했던 것이다. 그토록 심각하게 아픈 처녀와 사귄 걸 보면 보리스는 인생에 엄청난 자신감을 가졌음이 틀림없다.

우리는 우리 부모의 사랑에 대해 무엇을 알고 있는가? 우리 사이에는 한 세대가 가로놓여 있다. 우리는 결코 같은 시대를 살 수 없다. 그들이 속한 이야기는 우리의 이야기가 아니며, 우리의 것이 될 수도 없다. 우리는 그들의 이야기 속에 포함되지만 그걸 알 수는 없고 단지 추측하고 대략 그 윤곽을 그릴 수 있을 뿐이다. 그럼에도 그들의 이야기가 우리를 벼려서 만들어 냈다. 기이한 역설: 부모의 애정 관계에 대해 자식은 아무것도 알고 싶어하지 않으면서 전부를 알고 싶어한다. 부모의 방은 자식의 호기심을 일깨운다. 그는 거기에 귀를 기울이지만, 정작 아버지와 어머니가 자기 앞에서 입을 맞추면 시선을 돌린다. 그는 자기 부모가 자기를 가질 때 딱 한 번 외에는 성관계를 갖지 않았다고 마음속 깊이 확신한다. 그 후로는, 당연히 그들은 정숙하다. 자기를 낳아 준 부모를 의심과 불안을 가진 남녀로, 우리와 무관한 그들만의 쾌락을 가진 한 남자와 한 여자로 바라보기란 매우 어렵다. 아이의 눈에 부모는 그냥 부모일 뿐이다. 가르치고 먹이고 이야기를 들려주는 그들의 역할이 그들의 존재 전체를 대변한다. 우리는 아주 어릴 때부터 슬쩍 지나치는 표현에서, 예기치 못한 몸짓에서, 이해할 수 없는 어떤 단어들 속에서, 어른들의 세계에는 우리가 이해할 수 없는 뭔가가 있다는 사실을 감지한다. 그들의 결혼사진이 선반 위에 놓여 있지만, 그들의 결합은 가족이 되면서 해체되어 버린다. 부부의 의미는 이해력의 범위를 넘어서는 것이다. 그것은 현실이자 수수께끼다. 밤마다 그들은 둘이서만 커다란 침대에서 잔다. 그들은 운이 좋다. 혼자 안 자도 되니까. 우리는 동물 인형, 희미한 불빛, 손가락 사이에 넣고 둘둘 말 수 있는 쿠션 끝자락으로 마음을 달랜다. 우리는 같이 장난도 치고 어둠 속에서도 무섭지 않게 함께 있어 줄 상상의 친구나 분신을 만들어 낸다.

이따금 부모님은 밤에 외출하곤 했다. 그 준비 과정이 인상적이었다. 갑자기 향수 냄새 ─ 샤넬 넘버 파이브 ─ 가 확 퍼졌고, 파티 의상들이 모습을 드러냈다. 검은 드레스를 입은 어머니가 아버지에게 목걸이를 내밀고 뒤에서 채워 달라고 부탁한다. 아버지가 어머니의 등 뒤에서 긴 지퍼를 올려 주거나, 작은 단추들, 아주 작은 걸고리들을 채워 주기도 했다. 그런 동작들이 나를 매료시켰다. 그것은 에로티시즘의 극치였고, 내가 남자와 여자 사이에서 상상할 수 있는 그 어떤 장면보다 관능적이었다. 나는 오륙십 년대의 오래된 영화에서 그런 장면 보는 걸 좋아한다. 그것은 내 어린 시절의 소중한 이미지이기도 한 것이다.

아버지는 그날의 두 번째 면도를 했는데, 면도 크림과 애프터셰이브 로션에서 좋은 향기가 났다. 그는 잘 다려 놓은 깨끗한 셔츠를 입었고, 슬릿 사이로 손가락을 아주 특이하게 비틀어 넣어서 그의 형이 디자인한 커프스 단추—대문자 F 모양 하나와 대문자 B 모양 하나—를 채웠다. 그 후 여러 넥타이 중에서 그날 맬 것을 골랐다. 그는 화장대 거울 앞에서 여러 넥타이를 목에 갖다 대고 비교해 보면서 어머니의 의견을 물었다. 모두 실크 넥타이였는데, 그가 출장 갔을 때 이탈리아에서 산 것들이었다. 그는 넥타이를 많이 수집했다. 나도 열세 살 때 런던에서 아버지에게 베이지색과 파란색 색조가 어우러진 넥타이를 하나 골라 드렸는데, 아버지는 오랫동안 그 넥타이를 매고 다녔다. 나는 아버지의 벽장을 비울 때 그 넥타이를 다시 보았다.

내가 아홉 살이 되기 전, 그러니까 자동차 사고가 있기 전까지 어머니는 여전히 뾰족구두를 신었다. 가끔 그녀는 내게 구두를 신도록 허락해 주었지만, 그리 자주는 아니었다. 내가 서툴게 다 큰 '숙녀' 흉내를 내다가 구두를 망가뜨릴까봐 걱정했기 때문이다. 내 눈에 엄마는 나와 다른 인종에 속하는 존재 같았다. 그녀는 어떻게 해서 그렇게 높은 구두를 신고 걸을 수 있을까? 나도 여자가 되려면 그런 걸 배워야 할까? 하지만 내게는 그럴 가능성이 없어 보였을 뿐만 아니라 위험해 보였다.

외출할 때 어머니는 작은 이브닝백을 들었다. 주로 보석처럼 반짝이는 검은색 백이었는데, 그 안에 그녀의 이니셜을 수놓은 고급 삼베 손수건, 손거울, 립스틱, 뿔로 만든 작은 빗을 넣었다. 또 파티 도중에 다시 향수를 뿌릴 수 있도록 소형 향수 뿌리개도 챙겼다. 그 전에, 그녀는 정성스럽게 손톱을 다듬고 빨간색 매니큐어를 발랐다. 그러고 나서 한동안 손가락을 쫙 벌리고서 매니큐어가 더 빨리 마르게 하려고 그 위로 입김을 불었다. 나는 이 준비 작업을 돕는 게 좋았다. 그것은 내가 참여하지 않을 공연의 무대 뒤였다. 나는 그들의 변신을 지켜보도록 허락받았다. 내가 무대의 빨간 막 뒤로 슬며시 들어가 배우가 더할 수 없이 엄격하게 현실에서 허구의 세계로 옮겨 가는 분장실 엿보기를 좋아했던 것도 어쩌면 그래서였는지 모르겠다.

나는 세련되고 점잖은 모습으로 짙은 색 외투를 걸친 부모님이 빨리 잠자리에 들라고 말하며 나를 두고 떠나는 모습을 서글프게 바라보곤 했다. 그들은 친구 집으로, 연주회장으로, 극장으로, 나는 들어갈 수 없는 비밀스런 장소로 갔다. 언젠가 어른이 되면 내게도 그런 일이 생길까? 나도 그들처럼 될까? 나도, 흰색이 잘 어울리지 않는 이 나도 언젠가 결혼하게 될까? 우리는 영원한 부모 옆에서 항상 아이로 남아 있는 건 아닐까?

47년 봄

놀라운 자연 현상

브뤼셀로 돌아오자마자, 보리스는 직장에서의 희소식을 전한다. 사촌형 조가 캐나다에서 왔고 그들은 오래 대화를 나누었다. 형은 보리스가 봉제 공장에서 기술 견습을 받은 후에 영업 경험을 쌓았으면 했다. 사촌형이 브뤼셀에 머무는 동안에는 보리스가 그의 비서 일을 보고, 그가 없을 때는 그의 대리로 일하게 되었다.

"…… 나의 미래? 자본가, 부르주아, 금권정치가! 그가 나에게 책임자의 지위를 주었어. 이제 정말로 자기를 위해 내 삶을 건설할 수 있게 되었어. 으뜸패를 손에 쥐었거든. 나는 이제 사방이 벽으로 둘러싸인 작업장에 있지 않아. 아주 널찍한 전망을 가지고 있지. 돈도 더 많이 벌 거야. 오늘 아침부터 내 머리는 달러, 나일론 스타킹, 배편 화물 발송, 스웨터, 백만 단위의 숫자, 전보, 편지, 송장 등에 대한 생각으로 가득해…… '특제 멜랑주'는 최상급으로!!!"

1947년 3월 26일 레쟁에서

나의 귀여운 보리스,

바깥 날씨가 나빠서 다들 유리창에 코를 박고 있어. 수용소 생각이, 비나 바람, 눈 속에서 받았던 긴 점호 시간 생각이 났어. 그러자 그때 내가 했던 생각들이 다시 떠올랐어…… 피난처를 가져야지…… 침대를, 따뜻함을 가져야지, 더는 결코 배고프지 말아야지…… 나는 내게 남은 날들을 위해 더 많은 걸 요구하지 않았어. 그리고 이제 난 그 모든 걸 가졌고, 비할 수 없이 멋진 사람의 사랑도 가졌어. 내게 뭐가 더 필요하겠어?

1947년 3월 29일 레쟁에서

사랑하는 보리스,

니코드 박사님이 며칠 전에 내 엑스선 검사를 마치더니 이렇게 외치셨어. "당신은 정말 놀라운 자연 현상 그 자체요!" 방사선과 의견으로는, 내가 조금만 있으면 놀라울 정도로 회복될 것 같대.

1947년 4월 1일 레쟁에서

내 사랑, 나의 소중한 보리스,

나는 식욕을 촉진하는 약을 먹고 있는데 그 효과는 아주 아주 느려.

그런데 말이야, 자기는 언제쯤 올 수 있을 거라고 생각해? 5월, 6월, 7월? 쉽게 비자를 받을 수 있을 거라고 생각해?

이미 자기한테 말한 적 있는 것 같은데, 나는 항상, 아빠가 당신을 대신할 수 있도록 강인한 팔과 상냥한 마음을 가진 사람을 나에게 보내 준 것 같다는 느낌이 들어. 자기는 자기 엄마가 당신을 대신해서 자기를 사랑하고 소중히 여기고 어루만지게 하기 위해 나를 선택했다고 생각하지 않아?

4월 7일 레쟁에서

엄마가 일전에 니코드 선생님께 여쭤 봤어. "선생님, 언제쯤이면 제 딸을 데려갈 수 있을까요?" 그가 내게 묻더군. "여기 계신 지 얼마나 되었죠?" "열 달이요!" "아, 그러면, 아직 그 정도 더 남아 있을 거라고 생각합시다!" 난 그가 진실을 말했다고 꼭 믿고 싶어. 열 달은 내게 그리 긴 것 같지 않거든. 기한을 갖고 있다는 것, 남은 달을 셀 수 있다는 것, 정말 근사하잖아! 난 수용소에서도 같은 말을 하곤 했어. 언제 끝날지만 안다면…… 그러면 시간은 더 빨리 흐르는 것 같아. 하지만 불행히도 지금은 시간만 흐른다고 해결되는 게 아니지. 몸이 더 회복되어야 하니까!

하루하루, 나는 그들의 편지를 펼쳤다

하루하루, 나는 그들의 편지를 펼쳐서 읽고 내용을 베꼈다. 천천히 편지를 베끼는 작업으로 나는 나의 애도를 계속 이어 갔다. 나는 그들의 존재를 느꼈고, 둥둥 떠다니는 그 새로운 존재감이 나를 감동시키고 궁금하게 했다. 그들을 젊은 사람으로 상상하려 해 보았다. 아주 작은 판형에 가장자리가 톱니 모양으로 들쭉날쭉한, 당시의 흑백 사진들을 바라보았다. 나는 그 사진들을 내 책상 위 그들의 편지 근처에 여기저기 펼쳐 놓았다. 어머니는 가늘고 긴 얼굴, 넓은 이마, 짙고 정열적인 큰 눈, 통통한 입술, 고불거리는 긴 머리를 가졌다. 병 때문에 초췌한 모습인데, 약하지만 야무져 보였다. 아버지는 할리우드 영화 배우 같은 모습으로, 그의 몸에 조금 헐렁한 양복을 입고 있다. 그의 미소는 유쾌했고, 눈은 맑고 반짝였으며, 뒤쪽으로 컬이 들어간 머리카락을 가졌고, 알이 동그랗고 잘 보이지 않을 정도로 테가 얇은 안경을 꼈다. 그는 행복해 보이고 자신감이 넘쳐 보인다.

그 사진들은 그들이 레쟁에서 ― 더 나중에는 루체른이나 로카르노, 레만 호숫가에 있는 몽트뢰 같은 휴양지에서 ― 만난 순간들, 몇 달씩 이어지던 긴 이별과 고독의 휴지기들, 편지를 쓰거나 교환하지 않고 재회의 기쁨을 누리던 시간들을 보여 준다.

그 사진들 중 하나에서 나는 어머니가 들던 가방을 알아보았다. 그녀의 옷장에 소중하게 정돈되어 있는 모습을 보았던 가방이다. 그녀는 그 가방을 1947년부터 갖고 있었다. 나도 그 가방을 간직하기로 했다. 그녀의 충실함에 대한 충실함이랄까. 물건들은 우리 삶의 동지와도 같아서, 우리의 몸짓과 습관을 알려 준다. 항상 우리와 함께하는 이런 친밀함으로 물건들은 가장 미묘하고도 가장 확실하게 우리의 정체성을 전달한다.

가방은 우리가 집과 바깥 사이를 오갈 때 어디든 가지고 다니는, 어느 정도는 자신의 일부와도 같은 것, 꼭 필요한 자잘한 물건들을 넣어 두는 것이다. 손수건, 빗, 버스표, 열쇠, 약, 신분증, 기념사진, 돈, 종이, 펜, 립스틱 통, 주소록, 부적, 사탕, 오래된 승차권들, 안내서, 청구서, 향수병, 작은 거울, 연애편지…….

여러 달 동안 편지를 읽고 베끼다가, 잠시 멈추었다. 한숨 돌리고 싶었다. 나 자신의 삶을 되찾고 싶은 욕망. 내 정원을 돌보고 싶은 욕망. 책을 읽고 싶은 욕망. 독서의 행복에 비할 수 있는 건 아무것도 없었다. 카프카, 도스토옙스키, 한나 아렌트, 이레네 네미롭스키, 엘자 모란테, 마르그리트 뒤라스, 마리보, 이디스 워튼, 모파상. 그리고 항상 발자크와 프루스트.

여름이 지나 다시 편지가 든 상자 세 개를 열었다. 아주 가볍게 종이 마른 냄새가 풍겼다. 나는 다시 편지를 손에 들어 그 수를 세고 아직 번호를 매기지 않은 편지에 번호를 매겼다. 그들의 봉투에 내 글씨를 더하는 게 좀 거북했지만, 달리 어쩔 방법이 없다고 자신을 설득했다. 나는 우표들을, 우체국 소인을, 봉투에 적힌 주소를 바라보았다. 읽어야 할 편지가 아직도 엄청나게 남아 있었다. 살짝 기가 꺾였다. 더는 편지를 베끼고 싶지 않았다. 편지를 베끼는 일이 나를 편지와 멀어지게 해서 거의 무미건조하게 느껴졌다. 나는 편지와 나 사이에 어떤 우회로도 두지 않고 읽고 싶었다. 나는 천천히, 하나씩, 서두르지 않고, 편지를 음미했다. 그 속에서 새로운 사실을 하나 발견했다. 아버지가 당신의 아버지에 대해 언급한 부분이다. 나는 독서와 글쓰기를 좋아했다는 할아버지와 가까워진 느낌이었다. 나의 러시아인 친할아버지에 대해 조금 알게 되었다.

1947년 봄, 보리스는 안트베르펜에서 사촌형 조의 친척 아주머니를 방문한다. 그녀는 보리스의 아버지를 잘 알았기에 그가 몰랐던 아버지 이야기를 소소하게 들려준다. 그는 그 사실을 자클린에게 알려 주게 되어 무척 행복하다. "아버지는 지독하게 독서를 좋아하셨던 것 같아. 특히 문학을. 엄청나게 책을 읽곤 하셨대. 아주머니는 '지나치게 많이'라고 말씀하셨어. 아주머니 말씀이, 만일 아버지가 더 오래 사셨다면 분명 책을 여러 권 썼을 거래. 1905년에 아버지는 사회당인지 진보당인지를 위해 작은 기구에 대한 유인물을 인쇄하셨대." 그리고 그는 장난스럽게 덧붙인다. "자기는 아직도 감히 내가 부르주아라고 주장하지만, 나로 말할 것 같으면 옛날 혁명가 가문의 일원이란 말이지……."

내가 할아버지에 대해 아는 거라고는 클로즈업해서 찍은 사진 한 장밖에 없었다. 그는 젊은 청년의 모습이다. 아마도 1900년대에 찍은 사진 같다. 그는 갸름한 얼굴에 짙은 머리카락, 생기 있고 맑은 눈, 지적이고 우수 어린 눈빛을 가졌고, 20세기 초반의 남자들에게서 흔히 볼 수 있는, 상당히 세련된 콧수염을 길렀다. 그는 시인처럼 보였다. 나는 그가 참 잘생기고 아주 매력적이라고 생각했다. 신비로운 후광이 그를 둘러싸고 있었다. 나는 그가 친척의 공장에서 엔지니어로 일했던 것 같다는 정도만 알고 있었다. 석유와 관련이 있는 일이었을까? 그는 지성인이었다. 아버지도 할아버지처럼 엔지니어가 되고 싶어했다.

비극적으로 요절할 운명이었던 이 남자에게서 나는 무엇을 물려받았을까? 그가 나에게 러시아의 옛이야기들을 들려줄 수 있었다면 정말 좋았을 텐데. 그는 톨스토이와 고골, 체홉, 도스토옙스키 중에서 누구를 제일 좋아했을까? 그는 여행을 자주 다녔을까? 그는 어떻게 할머니와 만났을까? 그들은 어떻게 서로를 좋아하게 되었을까? 페트로그라드로 이름이 바뀌었다가 다시 레닌그라드가 되었다가 결국 원래 이름을 되찾은 상트페테르부르크, 그들은 그 도시의 어디쯤에 살았을까? 그들은 인생에서 무엇을 기대했을까? 그들의 가족은 어땠을까? 그들은 일요일이 되면, 저녁이면, 뭘 했을까?

어머니가 가계도 조사에 착수했을 때, 나는 우리를 우리의 선조들과 연결해 주는 엄격하고 정밀한 결정 과정을 발견하고 매혹되면서도 감금된 듯한 이상한 느낌을 받았다. 나는 나의 두 부모의 결합에서 — 오직 그들의 결합에서만 — 태어날 수 있었다. 부모님은 나의 조부모 네 분에게서, 조부모님은 나의 증조부모님 여덟 분에게서, 그 증조부모님들은 열여섯 명이나 되는 나의 고조부모님에게서, 그들은 서른두 명의 고고조부모님에게서, 또 그들은 예순네 명의 나의…… 그런 식으로 나는 그 많은 사람들에게서, 다른 누구도 아닌 바로 그 사람들의 인연 속에서 태어났다. 그런 식으로 세대를 거듭하며 이어지는 하나밖에 없는 역사와 연결되어 있다는 게 놀랍지 않은가?

어머니의 가계도 조사가 꽤 진척되어서 당신의 부계와 모계 양쪽의 계보를 17세기까지 확인했다고 들었다. 나는 아직 한 번도 시간을 내서 그녀가 끈기 있게 재구성한 가계도를 살펴보지 못했다. 어머니는 아버지의 가족에 대해서도 간략하고 까다로운 조사에 착수했다. 지금은 언어 때문에 부분적으로 접근이 차단되어 있는 이 자료들을 언젠가는 살펴보려 한다. 나는 독일어는 더듬더듬 읽지만, 러시아어는 전혀 모른다. 왜 부모님은 내게 그 언어들을 가르치지 않았을까? 독일어에 대한 대답은 분명 그 언어에 대한 그들의 양면적 감정에서만이 아니라 그들이 생활했던 환경에서도 찾을 수 있다. 내가 어렸을 때 그들은 벨기에로 귀화하는 절차를 밟기 시작했다. 그들은 당신들이 외국어로 말하고 더구나 자식에게도 외국어를 가르친다는 사실을 이웃들이 증언할지도 모르는 상황을 원치 않았다. 그들에게는 교육자의 자질도 부족했다. 내가 아주 어렸을 때 독일어로 말하려 한 적이 있는데 그들은 단번에 내 열의를 가로막으면서 내 억양을 고치고 틀린 부분을 지적했다. 나는 창피당하기 싫어서 아예 포기해 버렸다. 독일어는 나를 이상한 역설 속으로 빠트려서, 내게 독일어는 대단히 친숙**하면서도** 낯선 언어다. 나는 독일어를 들으면 부분적으로 이해할 수 있고, 그 억양은 친근하고 거의 향수에 젖은 가락으로 나를 달래 준다. 프로이트를 공부할 때 나는 내 가족사를 잊었다. 빈에서 지내는 며칠 동안 나는 내가 독일어로 말하는 소리를 들었다. 하지만 그 도시를 떠나자 내 입은 다시 봉인되었다.

왜 아버지는 나에게 러시아어를 가르치지 않았을까? 물론 아버지 자신도 러시아어를 완벽하게 알지는 못했다. 청소년기에 러시아어를 잊어버렸기 때문이다. 하지만 그는 독일에서 포로로 붙잡혀 있는 동안 다른 러시아인 수감자들과 지내면서 모국어를 다시 배웠다. 내가 어렸을 때 부모님의 친구들도 모두 러시아 출신이었다. 왜 부모님은 나에게 아무것도 전해 주지 않았을까? 통합되는 것을, 새로운 삶을, 겨우 되찾은 평화와 안정을 더 중요하게 여겼을까? 그들의 모국어는 과거에 속했고 그들은 그걸 잊고 싶었을까? 나는 그 언어들로부터 잘려 나온 느낌이 든다. 내 뿌리가 잘려 버렸다. 선조들에게 접근할 통로를 내가 갖지 못했음은 명백하다. 우리 사이에 장벽이 버티고 있다. 내가 나의 러시아 선조들의 흔적을 찾고 싶다 한들 어떻게 문서들을 뒤져 볼 수 있겠는가? 라인 강 저편*의 내 조상들에 대해 어머니가 모아 놓은—종종 고딕체로 된—그 서류들을 보려면 나는 과연 얼마만큼의 노력과 수고를 바쳐야 할까?

부모님이 말년에 여행을 다니시다가 상트페테르부르크까지 가신 적이 있다. 스칸디나비아 반도에서부터 배를 타고 간 그들은 그 도시에서 하룻밤 묵지도 않고 겨우 한나절만 보냈다. 그들은 무엇을 피하고 싶었을까? 왜 아버지는 당신이 태어난 곳, 당신이 인생의 초창기를 보낸 곳을 다시 찾아가려고 하지도 않았을까? 그의 생가가 어떻게 변했는지 궁금하지 않았을까? 부모님은 그곳에서 아주 흥미로운 경험을 했는데, 내가 볼 때 그것은 실착 행위**처럼 보인다. 그들은 에르미타주 미술관을 방문하고 싶었다. 어머니가 계단을 많이 걷지 않도록 승강기를 이용하기로 했다. 그 와중에 그들은 그 건물의 미궁 속에서, 행정 사무실들과 복도들 사이에서 길을 잃었고, 아무리 해도 그림이 전시된 곳에 이를 수 없었다. 길을 잃고 지쳐 버린

* 독일을 이른다.
** 단순한 부주의나 우연 때문이 아니라 무의식적인 의미를 지닌 실수를 가리킨다. 프로이트의 개념.

그들은 궁여지책으로 출구를 찾아 나섰고, 결국 전시된 보물들을 한 점도 보지 못한 채 에르미타주 미술관을 떠났다.

"아빠 상트페테르부르크에서 아무것도 보지 않았어요. 아무것도."

마음의 언어

불현듯, 평범하지만 놀라운 사실 하나를 깨달았다. 부모님은 불어로 편지를 주고받았다! 불어가 그들의 최초의 열정을 품어 주었다. 편지를 주고받거나 대화를 나눌 때 부모님은 늘 불어를 사용했다. 하지만 불어는 아버지에게도 어머니에게도 모국어가 아니었다. 아버지는 어린 시절을 러시아에서 보냈고, 어머니는 독일에서 살았다. 아버지가 망명하여 처음 사용한 언어는 독일어였고, 그다음은 네덜란드어였다. 불어는 열다섯 살이던 1938년에 그의 고향과 멀리 떨어진 샤를루아에서 배웠다. 어머니는 1933년에 스트라스부르에 도착했을 때 열두 살이었다. 그녀에게 불어는 자유를, 새로운 도약을, 희망과 새로운 기쁨의 세계를 대변했다. 그녀는 의지가 강하고 열정적인 소녀였다. 프랑스는 그녀의 진정한 조국, 마음의 조국이 되었다. 전쟁 중에 그녀는 레지스탕스가 되었고 그에 걸맞게 자클린이라는 새 이름을 선택했다. 그녀는 태어날 때부터 가지고 있던, 게르만어의 울림을 가진 에디트라는 이름, 그녀가 더는 원하지 않게 된 그 이름에 비해 자클린이라는 이름이 무척 프랑스적이라고 느꼈다.

그녀는 1944년 7월 10일 그르노블에서 자클린 모니에라는 이름으로 게슈타포에게 체포되었다. 더 나중에 아우슈비츠의 수용소에서, 그녀는 다시 유대인이라고 고발당했다. 그녀의 팔뚝에는 지워지지 않는 파란 잉크로 두 가지 숫자가 새겨져 있었다. 처음의 '87196'이라는 숫자에는 줄이 그어져 있고, 'A 29299'라는 두 번째 숫자가 찍혀 있었다.

그렇게 하는 것이 일반적이었는지 나는 알지 못한다. 누구도 내게 그와 관련해 아무 말도 해 줄 수 없었다. 어머니는 그런 식으로 자신의 몸에 두 개의 정체성, 그녀가 타고난 정체성과 그녀 스스로 자유롭게 선택한 정체성을 문신으로 새겨 지니고 있었다. 이 두 번째 정체성을 그녀는 다른 무엇보다 소중히 여겼다.

말년에 어머니는 평생 진심으로 당신의 것으로 여기며 살았던 가명을 정식으로 사용하기 위해 개명을 신청했다. 그녀는 불어에 대한 지식을 그 문화만이 아니라 문법적으로도 더 완벽하게 하기 위해 늘 신경 썼다. 그녀는 벨기에 땅에서 살았음에도 오랫동안 프랑스 억양을 간직했고, 그런 점에 자부심도 갖고 있었다. 투르에서 오래 살았던 그녀는 으스대며 투르 억양으로 말하곤 했다.

아버지는 딱히 꼬집어 말하기 어려운, 가벼운 외국어 억양을 간직했다. 러시아어와 독일어, 그리고 아버지 개인의 음악적 울림이 그럴 법하지 않게 뒤섞인 억양이어서 어떤 사람들은 그가 스위스인일 거라고 생각했다. 그를 괴롭힌 것은 단어의 성(性)이었다. 그는 여성형을 존중하기 위해 그것에 우선권을 부여했다. 문법 규칙은 남성형을 우선으로 여기는데 그에게는 그 규칙이 반대가 되었다. 편지에서도 그는 모든 형용사를 기꺼이 여성형 단수나 여성형 복수로 일치시켰고, 자신에 대해 이야기할 때도 거리낌 없이 여성형으로 말했다. 그런 아버지 덕분에 나는 여자인 것이 좋다는 사실을 한 번도 의심하지 않았다.

왜 두 사람은 독일어로 편지를 주고받지 않았을까? 억압자의 언어, 살인자의 언어가 되어 버린 독일어로는 사랑을 이야기할 수 없었기 때문이다. 그들에게선 일말의 망설임의 흔적도 찾아볼 수 없었다. 첫 단어에서부터 마지막 단어까지 그들의 편지는 불어로 적혀 있었다. 내가 요람에 있을 때 그들이 나에게 들려준 말도 불어였다. 그렇지만 아버지는 특히 괴테와 토마스 만을 독일어로 거듭 되풀이해서 주의 깊게 읽곤 했다. 어머니는 그럴 용기가 나지 않는다고 했다. 한참 뒤에 두 분이 독일어를 포함해서 여러 가지 언어로 서로에게 책을 읽어 준다는 사실을 알게 되었다. 또 어떤 때는 내가 알아듣지 못하게 하려고 독어로 이야기를 나누기도 했다. 그러다 더는 그럴 수 있는 상황이 아니라는 사실을 안 그들은 영어로 비밀 이야기를 나누기 시작했다. 두 사람이 함께 이탈리아어를 배운 적도 있었다. 그때 아버지는 오류가 많긴 해도 거침없이 이탈리아어를 말했던 반면에, 열성적이고 완벽주의자인 어머니는 정확하게 표현하긴 했으나 몹시 느렸다. 그건 우리 사이에 농담거리가 되었다.

병원에서 아버지와 거의 마지막으로 이야기를 나눴을 때, 그가 이탈리아어로 유머러스한 말을 던진 적이 있다. 그런데 그게 어떤 말이었는지 도무지 기억이 나질 않는다. 그때부터 나는 그 말을 떠올리려 애쓰고 있지만 허사다. 그의 말은 항상 나에게 아쉬움의 대상이 되어야 하는 걸까?

종교심

편지를 써 나가다가 자클린은 자신의 종교심에 대해 보리스에게 들려주었다. 그도 그렇게 했다. 자클린의 아버지는 자유사상가였고, 어머니는 어느 정도 신앙심을 갖고 있었다. 반면에 그녀의 외조부모는 유대인의 풍습과 명절을 지켰고, 그녀도 그런 것을 좋아하게 되었다. 그녀는 고등학생 때 이후로는 아버지가 돌아가셨을 때에도, 아우슈비츠에서도 신에 대한 생각을 떠올려 본 적이 없었다. 오히려 그 반대로, 수용소에서 그녀는 그 어느 때보다 더욱 강한 무신론자가 되었다. "그토록 많은 무고한 사람들, 기도하며 한탄하던 노인들, 태어나자마자 곧바로 화장 가마에서 죽어야 했던 아이들의 학살"이 그녀에게서 "신의 정의로움에 대한 모든 믿음"을 앗아가 버렸다. 죽음을 피하기 위해 그녀는 오직 그녀 자신에게만, 맞서 싸우고자 하는 자신의 의지에만 기댔다. 그럼에도 불구하고 그녀는 한 번 더 종교에서, 신의 불확실한 존재 속에서 위안을 찾았다. "작년 1945년 크리스마스 즈음이었어. 자기도 알다시피 난 아주 많이 아파서 수녀님들이 운영하는 병원에서 지냈어. 곧 죽음이 닥칠 거라고 생각했고, 내가 겪은 일들의 영향에 맞서 싸울 기력이 없었어. 믿음을 찾으려고 수녀님들이 조언하신 대로 기도하기 시작했어. 처음에는 힘들었지만 조금씩 기도 속에서 크나큰 위안을 찾았고, 나를 위로하기 위해 적어도 그 일이라도 할 수 있다는 게 아주 행복했어. 진지하게 기도했어. 하기야 난 내가 뭔가를 진지하지 않게 할 수 있는 사람은 아니라고 생각해. 난 매일 밤마다 기도했고, 특히 수술이나 의료 처치가 있기 전엔 꼭 기도했어. 기도가 나를 지탱해 주고 용기를 주었어. 난 나 자신에게 기도했고, 그건 다른 어떤 종교의 기도와도 비슷하지 않았어. 특히 아빠에게 날 지켜 달라고, 이 고통을 이겨 낼 힘을 달라고 기도했어. 난 점점 더 좋아졌고, 힘을 되찾으면서 내 믿음이 약해지는 걸 느꼈어. 기도할 때의 열의가 차츰 줄어들었고, 그래서 잘못을 저지른 듯이 느끼기도 했어. 레쟁에서 머물기 시작한 초반까지도 난 몇 번 기도했어. 그러다 갑자기 다 끝났어. 이제 나는 기도하지 않아. 하지만 그래도 나는 신이라는 개념이 상당히 중요하다고 생각해……."

보리스는 욤 키푸르*를 맞아 일곱 살 때 처음으로 시나고그에 갔던 일을 회상한다. 사람이 많았고, 그는 끔찍하게 지겨웠다. 기분 전환이 될 만한 것을 찾아 이곳저곳 둘러보았지만 허사였다. 한 시간 넘게 얌전히 앉아 있다가 그는 주머니를 뒤지기 시작했다. 왼쪽 주머니에는 아무것도 없다. 오른쪽 주머니에도 아무것도 없…… 아니, 있다, 뭔가 단단한 게 있다, 어, 이게 뭐지? 그는 주머니에서 그 물건을 꺼냈다. 폭죽이었다. 그렇다, 진짜 폭죽. "굉장했어, 난 구원받은 거야. 누구도 내게 신경 쓰지 않더군. 난 폭죽을 터뜨렸어. 소리가 났지. 슈…… 슈…… 콰…… 쾅!!!!!! 다들 내 쪽을 돌아보며 투덜대고 화를 냈어. 그날 이후로 삼촌들, 숙모들, 사촌들은 내가 시나고그에 같이 가는 날이면 매번 내 주머니에 폭죽이 숨겨져 있을까봐 걱정했어. 1936년에 나는 바르 미츠바**를 치렀어. 여러 주 동안 〈시편〉을 공부해서 열세 살이 되는 토요일에 낭송해야 했어. 그

* 유대교의 속죄일. 그레고리력의 9월이나 10월에 있다.
** 유대교에서 소년들이 치르는 성인식.

날부터 나는 성실한 신자가 되기를 원했지만, 1938년 이후로는 그런 생각이 없어졌어. 그렇지만, 비록 성실한 신자는 아닐지라도 나는 여전히 신을 믿어. 내가 아침저녁으로 기도를 드리는 개인적인 신 말이야."

내가 어렸을 때 부모님은 나에게 신에 대해 말하지 않았다. 두 분 다 신앙심을 잃었기 때문이다. 그들은 당신들이 무신론자 유대인이라고 생각했다. 그들의 유대교는 한 종족의 역사에 대한 애착이자 수천 년간 계속된 박해에 대한 기억이 되었다. 외할머니는 금요일 저녁이면 초에 불을 켰고, 대축일 때마다 시나고그에 가셨으며, 간혹 토요일 아침에 벼룩시장에 고물을 수집하러 가기 전에도 시나고그에 들르셨다. 부모님은 욤 키푸르, 즉 대속죄일에 단식을 하셨다. 연대 의식 때문이라고 어머니는 말했었다. 그러나 그들이 해마다 충실하게 지켰던 축일은 하누카*였다. 그것은 가장 즐거운 축제, 빛의 축제, 사탕과자와 선물, 팽이 치기와 아이들을 위한 노래의 축제다. 매년 그 시기가 되면 부모님은 (복잡한 감정을 안고) 독일로 돌아갔다. 독일은 야만적인 나치스의 국가였을 뿐만 아니라, 고통스럽게도 두 분 다 어린 시절을 보낸 곳이기도 했다. 그들은 거기서 향신료(정향과 계피)가 들어간 과자를 샀고, 8일간의 축제가 시작되는 날 밤에 그것들을 따로따로 접시에 담아 내놓았다. 어머니는 '랏커'

* 봉헌절, 유대인들의 명절.

라고 부르는 감자전을 만들어 사과 설탕조림과 함께 내놓았다. 그녀는 그 요리를 '힘멜 운트 에르데(Himmel und Erde)'라고 불렀다. '하늘과 땅'. 그것은 전통 요리인데 기름을 사용하기 때문에, 그리스인들이 신전을 파괴한 뒤 조금밖에 남지 않은 기름으로 기적적으로 8일 동안 불을 밝혔다는 이야기를 떠올리게 한다. 하누카 축제는 12월에, 크리스마스 조금 전이나 같은 시기에 열렸다. 아이였을 때 나는 집에 장식할 전나무가 없어서 꽤나 아쉬웠다. 우리가 스위스 산속에서 연말을 보내기 위해 자주 찾았던 작은 민박집에서는 크리스마스트리를 장식하는 데 참여할 수 있어서 좋았다. 부활절 주일이면 할머니는 계란처럼 생긴 초콜릿들을 정원 구석에, 붓꽃과 황수선화 사이에 슬쩍 밀어 넣어 놓았다. 유대인 부활절에는 종종 여러 해 동안 같은 친구 집을 찾아갔다. 나는 이런 후하고 따뜻한 축제 분위기가 좋았을 뿐, 종교 계율을 지키려는 의미는 없었다. 나의 유대교는 순전히 감정적이었다. 그것은 프로이트식으로 말하면, 개인적이고 '비밀스러운' 어떤 것이었다. 기쁨의 한 형식. 디 프로이데.*

* Die Freude, '기쁨'을 뜻하는 독일어. 프로이트와 철자도 발음도 비슷하다.

빨리, 빨리

1947년 5월 1일 레쟁에서

사랑하는 나의 보리스,

5월 1일이라는 날짜가 얼마나 많은 추억을 떠올리게 만드는지. 난 갓 피어난 은방울꽃의 황홀한 향기를 들이마시고 있어. 투렌 지방*의 오랜 풍습대로 '오월의 우유를 마시러' 가려고 새벽 세 시에 일어나던 시절이 떠올랐어. 다들 날이 밝기 전에 일

* 프랑스의 중서부 지역에 자리 잡은 옛 주. 주도가 자클린이 체포되기 전까지 살았던 투르다.

어나서 들판으로 걸어갔어. 거기서 젊은 남녀가 모여 아침까지 춤을 추고 투렌 지방의 맛난 포도주를 마시며 놀다가 커다란 은방울꽃 다발을 가지고 돌아왔지. 길이란 길은 죄다 서로 팔짱을 끼고 노래하며 즐거워하는 청년들로 가득 찼어. 아, 아득하게 먼 옛날이지! 내가 처음으로 프랑스 땅을 밟은 지 14년이 되었어. 그날 나에게 자유가 얼마나 감미롭게 느껴지던지. 그 뒤로 14년 동안 나는 프랑스에서, 그리고 프랑스를 위해 살고 사랑하고 싸우고 고통받았어. 프랑스 땅이 내 소중한 일부가 되었고, 그 문화가 내 문화가 되었고, 나는 프랑스의 모든 것을 진심으로 사랑해. 그렇지만 난 아직 프랑스인이 아니야……

자기가 언제 왔으면 좋겠느냐고…… 7월 14일,* 제일 좋은 계절이야…….

1947년 5월 5일 브뤼셀에서

사랑하는 재키,

'빨리…… 빨리', 하지만 재키, 자기는 나를 오해하고 있어. 내가 그렇게 쓰는 건 계속 조심하고 무리하지 말고 현명하게

* 7월 14일은 프랑스혁명 기념일로, 프랑스 사람들이 가장 자랑스럽게 여기는 날이다.

지내라고 자기한테 일러 주기 위해서야. 내가 자기한테 빨리 회복하라고 쓰는 건, 최대한 빨리, 매일, 매 시간, 매 초마다 내게는 자기가 필요하다는 사실을 자기한테 일깨워 주기 위해서라고.

자기가 5월 1일을 추억한 글이, 내가 오랫동안 캠핑과 히치하이크와 농부들 집에서 묵기를 좋아했던 기억을 떠올리게 해 주었어. 하지만 히틀러가 1933년에 권력을 잡았고, 그 후 샤를루아가 있었지. 친구도 없고 말도 할 수 없었던 '검은 도시'…… 우리는 자동차로 여기저기 여행 다니며 그 모든 걸 만회해야 할 거야. **난 자기를 유럽 곳곳으로 데려갈 거야.**

자기는 프랑스에 대해 말했지, 그게 내가 자기를 처음으로 보았던 일요일을 떠올리게 했어. 침대에 묶여 있던 커다란 삼색 리본도. 내 눈에는 자기가 대단한 애국자 같았어…….

나는 수용소를 다룬 기록영화 한 편을 보았어. 살해된 사람들이 언젠가 그 원한을 갚게 될까? 나치스는 법정에서 자기들이 저지른 범죄에 책임을 지게 될까? 누가 우리에게 아빠를, 엄마를, 형을, 누나를 돌려주지? 대체 누가?

1947년 5월 5일 레쟁에서

사랑하는 귀여운 보리스,

만일 내가 지금으로부터 40년이나 60년쯤 뒤에(!?) 죽었을 때 과연 누군가 나를 기억하고 가끔 내 무덤을 찾아 줄지, 지금 내가 살아 있을 때 그걸 몹시 알고 싶어. 세상에, 이 전쟁이 수백만 명의 희생자를 만들었고 사람들이 결코 그들의 묘지를 알 수 없을 거라는 사실을 나도 알아. 그게 뭔가를 생각하게 만들어. 이름 없이 죽어 간 그 모든 사람을 특별히 추모하는 날을 제창할 순 없을까…… 인간의 힘과 아름다움을 만드는 것, 그건 인간이 창조할 힘을 가졌기 때문이야. 아아, 난 뭔가를 만들어 내기 전에는 이 땅을 떠나고 싶지 않아…… 그건 이 세상에 나에 대한 기억을, 내가 이 땅을 잠시 다녀갔던 흔적을 남기는 일이야. 난 그게 오만한 감정이라고 믿어. 하지만 수용소에서, 그리고 무엇보다 철수하는 길 위에서, 내가 버틸 수 있었던 건 아마 많은 부분, 이 오만한 감정 덕분이었을 거야. 혼자서, 아무 데서나, 모르는 사람들 속에서 죽고 싶지 않아서. 어느 누구도 나에 대해 결코 아무것도 알지 못하는 일은 없게 만들기 위해서.

1947년 5월 11일 브뤼셀에서

내 귀여운 사랑,

체중이 늘었다니 정말 근사해. 난 기쁨으로 가득 찼어. 내가 벌써 자기 곁에 가 있다면 얼마나 좋을까. 난 한 달 뒤에 스위스 공사관으로 가서 신청 서류 세 통을 작성할 테고, 그 후 일주일, 이 주일, 삼 주일이 지나면 난 거기 있을 거야. 잘 있어, 브뤼셀! 브뤼셀-룩셈부르크-스트라스부르-바젤-로잔-몽트뢰-레쟁. 나 도착했어! 도착하면 뺨이 통통해진 귀여운 재키를 볼 수 있겠지!

난, 나도 마찬가지로, 누군가 내 무덤에 꽃 한 송이 놓아 주었으면 좋겠어. 어머니날에 난 엄마를 생각했어. 엄마가 자기를 만났다면, 당신 아들이 행복하단 걸 알았다면, 정말 좋아하셨을 거야. 난 자기를 생각하면서 날짜를 세고 있어.

그대의 보리스.

1947년 5월 12일 레쟁에서

나의 귀여운 사랑 보리스,

내 행복을 자기와 함께 나누고 싶어…… 어제 작은 언덕을 올라갔거든. 몇 달 동안 계속 침대에 누워 있던 내가 사십오 도로 기울어진 언덕을 올라갔다는 게 어떤 의미인지 자기가 이해할지 모르겠네. 최고로 즐거웠던 그 순간을 자기한테 전해 줄 수 있다면 좋겠어. 모든 사람이 할 수 있지만 나는 할 수 없을 거라고 믿었던 일들, 내가 그런 일을 할 만큼 충분히 힘을 되찾은 거야.

자기를 한없이 사랑하는,
자기의 귀여운 재키.

보리스는 7월에 둘이 만나면 자클린의 방에서 다른 누구 없이 단둘만 있을 수 있을지 알고 싶어 조바심을 친다. 그녀는 요양원에 강연하러 왔던 베르코르*의 책을 읽으면서 날짜가 지나가기만을 손꼽아 기다린다. 그는 라디오로 스트라빈스키를 듣고, 네덜란드에서 찍은 자기 어머니의 아름다운 대형 사진을 가져온다. 그가 유일하게 가진 엄마 사진이다. "우리가, 자기와 내가 차곡차곡 접혀서 봉투에 들어가 마치 편지처럼 상대방을 만날 수 없다는 게 정말 유감스런 일이야"라고 그는 쓴다. 자클린은 처음으로 다시 드레스를 입었다. "다시 살짝 여자로 돌아갔다고 느끼고, 거울에 비친 모습을 바라보며 치마가 펄럭이도록 빙빙 도는 게 얼마나 근사한지……." 그녀는 해럴드 로이드

* 베르코르(Vercors, 1902~1991): 프랑스의 소설가. 본명은 장 마르셀 브륄레르(Jean Marcel Bruller).

의 영화를 보았다. 보리스가 일곱 살 때 처음으로 영화관에 가서 본 영화다. 그는 〈천국의 아이들〉을 볼 것이다. 7월 13일에 그가 그녀에게 쓴다. "나 금방 갈게, 그래, 곧 도착할 거야! 목요일이면 자기는 한 달 동안 내 품에 몸을 던질 수 있을 거야."

1947년 7월 17일, 전보

'두 시 도착 예정 보리스'

보리스는 1947년 7월 17일에서 8월 17일까지 레쟁에 머문다.

엄마의 몸

가녀린 몸으로, 치마가 커다란 꽃부리처럼 주변으로 펼쳐지는 모양을 바라보려고 빙빙 돌면서 즐거워하는 어머니를 상상해 보았다. 황홀함의 이미지.

내가 기억하는 한, 그녀의 몸이 경쾌함이나 편안함, 삶의 기쁨과 연결된 적은 별로 없다. 그녀는 늘 약하고 고통받고 쇠약해진 몸으로 느껴졌다. 내가 아홉 살이 되기 전에, 그녀의 다리가 뻣뻣해지고 그녀가 3년 동안 간헐적으로 떠나 있기 전에, 나는 그녀의 품에 안기거나 무릎 위에 앉을 때마다 그녀에게 열이 있고, 숨이 가쁘고, 다른 데 정신이 팔려 있다는 느낌을 받았다. 가끔은 그녀가 나와 함께 웃었던가, 아니면 그녀는 늘 진지했던가? 그녀는 즐겁게 놀기보다는 나에게 이야기를 읽어 주고 뭔가 가르쳐 주기를 좋아했다. 그녀를 긴장하게 만들고, 엄격하게 느껴질 정도로 자신이 해야 할 일을 끊임없이 생각하게 만든 것은 고통이었을까? 쾌락을 누리기 전에 항상 의무가 먼저였다. 하지만 쾌락의 시간이 정말 오기는 올까, 아니면 항상 의무만 앞서는 것일까?

어머니의 다정함, 그것은 상냥한 목소리에서도 느끼지만 부드러운 몸짓과 입맞춤, 애무와 포옹에서도 느낀다. 어머니의 다정함, 그것은 그녀의 정다운 몸이다. 그런데 내 어머니의 몸은 잠시 떠나 버리곤 했다. 마치 병마에, 그곳에서 겪은 학대 행위들에 그녀가 감금되어 버린 것 같았다. 언젠가 그녀는 게슈타포에게 맞아서 머리가 부서진 적도 있다고 들려줬다. 사고도 여러 번 겪었다. 발 한쪽이, 그다음에는 다리 한쪽이 스키를 타다 부러졌다. 더 뒤에, 내가 아홉 살이던 여름에는 자동차 사고도 있었다.

그녀는 흰색 소형 피아트600을 운전하고 있었다. 겨우 몇 달 전부터였다. 신호등이 초록색으로 바뀌자 그녀는 차를 출발시

켰고 교차로에 진입했다. 그때 메르세데스 스포츠카를 운전하던 여자가 왼쪽에서 달려오면서 빨간 신호등을 무시하고 그냥 지나쳐 어머니의 가벼운 차를 난폭하게 들이받았다. 차가 여러 차례 뒤집혔고, 어머니는 벽 쪽으로 튕겨 나갔다. 내가 병원에서 그녀를 다시 보았을 때 그녀의 다리는 완전히 망가져 있었다. 나는 그녀를 건드릴 수도 없었다. 아주 작은 몸짓도 그녀를 고통스럽게 만들었다. 나는 무척이나 그녀에게 뽀뽀하고 꼭 끌어안고서 그녀에게 힘을 주고, 또 힘을 얻고 싶었다.

골치 아픈 개방골절이었다. 외과 의사들이 그녀의 무릎을 구해 보려 했으나 허사였다. 끊임없이 새로운 합병증이 생겼고, 운 나쁘게도 그녀의 발목 안에 있는 신경 하나를 잘못 꿰매는 사고까지 있었다. 고통이 그녀를 떠나지 않았다. 내가 학교 가는 길이면 길에서 마주친 이웃들이 나를 멈춰 세우고 엄마 소식을 물었다. 나는 그들에게 엄마 소식을 전해 주었다. 왜 누구도 나에 대해서는 묻지 않았을까? 어머니가 없어서 나도 힘들었는데, 그걸 신경 쓴 사람이 한 명이라도 있었던가? 나는 이제 아홉 살이니까 울면 안 된다고 생각했다. 그녀가 집에 돌아오기만을 기다렸다. 하지만 그녀는 집에 돌아온 뒤에도 아직 완치되지 않아서 다시 병원으로 돌아가곤 했다. 그녀는 더 나은 치료를 위해 의사들을 찾아다녔다. 내가 열두 살이던 해 여를 함부르크에서, 독일 외과 의사가—역사의 아이러니다—그녀의 다리를 약간 절개해서 다리 전체를 관통하는 긴 강철봉을 집어넣었다. 여드레 뒤, 그녀는 마침내 걸을 수 있게 되었다.

어머니는 여전히 젊고 예쁜 여자였다. 폐 한쪽을 잃은 그녀는 이제 오른쪽 무릎까지 쓸 수 없게 되었다. 그녀는 앉을 때 한쪽 다리를 앞으로 쭉 뻗었다. 그 다리가 더 짧아서 보정 신발을 신어야 했다. 사람들은 그녀에게 혹시 전쟁 후유증이냐고 묻곤 했다. 그녀는 어떻게 그런 끔찍한 운명을 견뎠을까? 그 마지막 외과 수술을 받은 지 몇 달 뒤 그녀는 체중이 조금 불었다. 전쟁 이후로 그렇게 몸 상태가 좋았던 적은 한 번도 없었다고 그녀가 고백했던 것이 지금도 기억난다.

요양원에 있어야 할 기간이 두 배로 늘어났지만, 그녀는 자동차 사고 이후의 3년을 똑같은 용기로, 거기서 벗어나고자 하는 한결같은 의지로 헤치고 나아갔다. 의사들과 간병인에게는 찬탄의 대상이 되었다. 그녀는 언제나 미소를 잃지 않았다. 그녀는 이번에도 자신이 자신의 몸보다 더 강할 거라고 믿어 의심치 않았다. 나도 물론 그녀에게 감탄했다. 하지만 그토록 강인한 그녀의 정신력이 나를 짓누른 것도 사실이다. 그렇게 멋진 여주인공 같은 수준에 이르기는 쉽지 않았다. 나는 내가 건강한 것에, 즐겁게 지내고 싶어하는 것에, 어디도 아프지 않은 것에 죄책감을 느꼈다. 어머니는 내게 얌전하고 온순해야 한다고 말했다. 그녀를 기쁘게 해 주고 싶었다. 나는 학교에서 좋은 성적을 받았고, 아버지와 외할머니에게도 착하게 굴었다. 나는 자리를 많이 차지하지 않았고, 남들이 나를 걱정할 필요가 없게 행동했다.

함부르크에서 돌아왔을 때 어머니는 몸이 회복되었지만, 나는 더는 그녀의 무릎 위에 앉을 수 없었다. 이젠 그럴 나이가 지났다고 생각했다. 나는 사춘기가 되었고, 내 몸이 변하고 있었다. 동일시해야 할 사람이 상처투성이의 몸을 가졌는데 어떻게 젊은 처녀가 될 수 있었겠는가? 어머니가 그토록 큰 고통을 겪었는데, 온통 상처뿐인 육체적 정체성을 가졌는데, 내가 쾌락을 추구할 수 있었겠는가? 오히려 쾌락과 고통을 혼동하지 않았을까?

부끄러운 기억 하나가 지금까지 남아 있다. 내가 열 살쯤이었을 때, 어머니가 나를 데리고 짧은 산책을 나섰다. 그녀는 목발에 의지하면서도 내게 팔을 내주었다. 지금도, 우리가 잠시 멈춰 섰을 때 장난으로 목발을 슬쩍 가로채는 내 모습이 눈에 선하다. 그 순간 내가 그녀에게 힘을 행사할 수 있다는 사실을 깨달았다. 목발을 그녀에게 돌려주고 싶지 않다는 마음이 들었다. 몇 초 동안 나는 절대적 힘을 가진 존재가 되었고, 어머니는 내 손에 매달려 있었다. 나는 그녀를 볼모로 붙잡았다. 그것은 내가 승리감과 수치심이 뒤섞인 속에서 발견한 잔인한 즐거움이었다. 단 몇 초 동안의 일이었지만, 그 기억은 오랫동안 나를 쫓아다녔다. 나는 나 자신의 무력함을 덧없는 승리로 바꾸었다. 나는 곧 그녀에게 목발을 돌려주었고, 우리는 산책을 계속했다. 그녀는 길게 화내지 않았다. 그녀는 그것을 심술로, 도가 지나친 장난으로 받아들였고, 나를 용서했다. 후회스러웠다. 내 안에 나도 미처 몰랐던 공격성이, 고통을 주고 싶은 욕망이, 지배하는 쾌감이 있음을 느꼈다. 그녀는 그 교통사고의 희생자였지 가해자가 아니었다. 그럼에도 나는 그녀에게 적개심을 품었던 것이다. 그녀가 당한 일에 나도 영향을 받았기 때문이다. 그녀는 그 사실을 알고 있었을까? 60년대에도 사람들이 아이들의 마음에 신경을 썼던가?

나는 항상 헷갈렸다. 어머니의 '아픈 다리'가 어느 쪽이더라? 왼쪽이었나, 오른쪽이었나? 균형을 잃은 그녀의 몸을 내 안에 새길 수 없었던 것 같다. 나는 거기서 내 자리를 찾을 수 없었다. 그녀의 몸이 흐릿해졌다. 그녀의 몸 안에 내가 피해야 하고 거리를 유지해야 하는 위험 구역이, 맹점들이 들어 있는 것 같았다. 그 영향이었을까, 나 자신의 몸도 신뢰할 수 없어 보였다. 내가 내 몸을 믿고 거기 의지할 수 있을까? 그 몸도 망가지고 부서지고 고갈되지 않을까? 내게 쾌락을 추구할 권리가 있을까, 아니면 오직 고통만 가져야 하는 걸까? 내 운명은 어머니의 운명을 반복하는 것일까, 아니면 나는 다른 길을 걸을 수 있을까? 어떻게 하면 엄마처럼 되지 않으면서 **엄마 같은 여자**가 될 수 있을까? 그녀가 걸을 수 없게 되었는데 감히 내가 걸어도 될까, 그녀가 호흡이 가빠졌는데 감히 내가 숨을 쉬어도 되는 걸까? 온전한 몸, 자유로운 몸을 갖는 것이 어머니를 배반하는 일일까? 나는 경구피임약의 시대, 페미니즘의 시대, 베유법*의 시대에 섹슈얼리티를 발견했다. 내 몸은 내 것이었다. 유인물 속에서, 거리에서, 사람들이 그렇게 외쳤다. 그러나 은밀한 협약이 딸들을 그들의 어머니와 결합시키고 있어서 거기서 벗어나기가 어렵다. 어떻게 엄마보다 더 잘할 것인가? 어떻게 엄마를 닮으면서 엄마를 능가할 것인가? 어떻게 영원히 장애를 짊어지고 살 엄마, 늘 숨이 가쁘고 몸이 아프고 다리를 저는 그녀 앞에서 감히 나의 여성성을 주장할 수 있을까? 으스러진 몸임에도 너무나 강인한 어머니의 이미지를 어떻게 수치심도 죄책감도 없이 벗어던질 수 있을까?

닮았으면서도 다르다는 것, 그것이 모녀 관계의 핵심 관건이다. 암묵적인 공모 관계는 유지하되 유사성에 사로잡히지 말 것. 연통관 게임이나 혼란스럽고 유혹적인 거울 게임에 저항할

* 프랑스 최초로, 구체적으로 명시된 몇몇 조건에 부합하는 경우의 낙태를 합법화한 법. 1975년 이 법이 통과될 당시 보건 장관으로 이 법안을 발의했던 시몬 베유의 이름을 붙였다.

것. 모녀간의 사랑은 미궁과도 같아서 위로 올라가지 않는 이상 결코 무사히 빠져나올 수 없을지도 모른다. 다이달로스도 어깨에 만들어 붙인 밀랍 날개로 훨훨 날아올라 그 자신의 발명품인 미궁으로부터 도망칠 수 있었던 것처럼.

날아오를 것, 멀리 떠날 것, 자기 삶을 향해 나아갈 것.

피엡스와 팝스

의사 선생님, 제가 결혼할 수 있을까요?

그들은 1947년 8월 17일에 다시 편지 교환을 시작하면서 더 다정하고 은근한 말투를 쓰게 된다. 서로 별칭도 만들어 불렀는데, 마지막 순간까지 간직하게 될 그 별칭은, 나뭇가지에 앉아 지저귀는 참새들을 떠올리게 하는 피엡스와 팝스였다.

그들은 함께 살기를, 결혼하기를, 자기 집 꾸리기를 꿈꾼다. 자클린은 인테리어 잡지들을 뒤적이며 포근한 미래의 보금자리를 꿈꾼다. 보리스는 상점 진열창으로 가구들을 눈여겨본다.

그는 몇 달 뒤에 사촌들의 아파트를 인수할 생각이다. 8월에는 두 사람이 서로 1000킬로미터나 떨어져 있으면서 똑같이 식중독에 걸렸다. 한 명은 홍합 때문이었고 다른 한 명은 버섯 때문이었는데, 그들은 벌써 한 가족이 된 듯이 느낀다. 9월 1일, 보리스는 스물네 살 생일을 맞았다. 그들은 책을 많이 읽고(토마스 만의 《부덴브로크 가의 사람들》, 사르트르의 《자유의 길》……), 프리츠 칸* 박사의 《우리의 성생활》《그의 문제들, 그의 해결책들》《모두를 위한 실용 입문서》를 교환한다. 보리스는 연주회장에 뻔질나게 드나들며 당대의 위대한 연주자들의 연주를 듣는다. 슈나벨, 시게티, 푸르니에, 하이페츠, 마갈로프, 리파티, 메뉴인…….** 한편 극장에서는 〈침묵은 금이다〉 〈바람과 함께 사라지다〉 〈토르티야 대지〉 〈천국의 아이들〉 〈미녀와 야수〉 등이 상영 중이다.

가끔은 마음이 흔들린다. 1947년 9월 21일, 자클린은 침대에 틀어박혀서 슈베르트를 듣는다. "경치가 아름다워도 난 모든 게 슬프게 느껴지고 울적해, 비참한 우울함이야. 어쩌면 나를 그토록 행복하게 해 주었던 이번 여름에 작별을 고해야 해서 그럴지도 모르고, 어쩌면 길고 우중충한 겨울에 대한 공포 때문일지도 몰라. 또 어쩌면 허약한 육체가 내 기분에 영향을 미쳐서 그럴 수도 있어. 잘 모르긴 해도, 자기가 멀리 떨어져 있고 내가 혼자서 혐오의 대상과 싸워야 하기 때문인 건 분명해.

* 프리츠 칸(Fritz Kahn): 산부인과 의사이자 대중 과학서 저자. 나치스의 탄압을 받다가 미국으로 건너가 집필 활동을 했다.
** 모두 당대의 저명한 연주자들.

난 어지러워. 내 무게중심이 빗나가고, 지구가 나를 끌어당기지 않는 것 같은 느낌이야. 자기는 여기 없고 나는 내 몸에서 나는 모든 소리를 불안하게 듣고 있어. 미쳐 버릴 것 같아, 내가 충분히 빨리 건강을 되찾지 못할까봐, 너무 오랫동안 자기랑 멀리 떨어져 있어야 할까봐 두려워."

10월에 그들은 두 사람이 알 게 된 지 벌써 1년이 되었다는 사실에 감탄한다. "이제 우리 앞에는, 완벽하고 행복하고 죽을 때까지 갈라놓을 수 없는 부부가 되어 함께 살아갈 일만 남았어."

1947년 12월 1일(그들이 결혼하기 2년 전), 자클린은 보리스에게 친구 커플의 결혼식과 관련해서 "자기도 그렇게 요란스럽게 결혼하고 싶어?"라고 묻는다.

1948년 1월 16일, 그녀는 담당 의사와 대화를 나눈다.

– 선생님, 제가 결혼할 수 있을까요?

– 결혼한다고요! 언제요?

– …….

– 아, 되도록이면 빨리겠지요. 물론이죠, 과로만 하지 않는다면, 또 당연하지만 임신만 피한다면 괜찮아요.

며칠 뒤에 보리스가 그녀에게 답장을 보낸다.

"나의 재키, 내 사랑, 나의 인형, 나의 피엡스, 하나뿐인 소중

한 사람,

자기 편지는 멋지고, 환상적이고, 근사하고, 눈부셔…… 자기가 니코드 박사님과 나눈 대화는 우리에게 행복을 가져다줄 거야. 자기한테는 1년간의 회복기가 남아 있고, 그다음에는 우리의 독신 생활에 작별 인사를 해야지. 우리는 '피엡스와 팝스'가 함께하는 생활을 시작하는 거야. 난 어서 한 살 더 먹었으면 좋겠어. 49년 봄에는 어쩌면 우리가 베네치아에 있을지도 몰라!

항상 그대의 것."

누구에게나 주어진 자기 자리

임신은 피할 것, 호흡기 전문의가 자기 환자를 보호하려고 그렇게 처방했다. 그런 글을 읽으니 기분이 어찌나 묘하던지. 그렇다면 나는 태어나지 말았어야 했다. 아버지가 당신 아내의 건강(과 생명)을 지키기 위해 자식을 더 원하지 않았다는 사실은 알고 있었다. 하지만 원래 임신 자체를 배제했었다는 것까지는 몰랐다. 나를 임신한 것은 당연한 일이 아니었다. 나는 단순히 수백만 명이 – 유대인으로 태어난 아이들은 거의 150만 명이나

—학살된 후에 태어났을 뿐만 아니라, 내 어머니의 생명을 위협하면서 태어났다. 어머니는 저명한 산과 교수님에게 상담하러 갔던 이야기를 곧잘 들려주었다. 교수는 그녀를 안심시켜 주었고, 그녀의 결심이 확고하다면 무사히 임신 기간을 보낼 수 있도록 도와주겠다고 약속했다. "이 아이를 원하시는 거지요, 아무 걱정하지 마십시오, 제가 보살펴 드리겠습니다. 다 잘될 겁니다."

나는 남동생이나 여동생이 없어서 아쉬운 적이 많았다. 하지만 내가 그들이 기다리던 아이였다는 사실을 알고는 자부심을 느꼈다. 어린 시절에 받은 사랑은 사라지지 않고 우리 안에 남아 힘을 주며, 그 힘은 어느 누구도 빼앗아갈 수 없다. 내가 부모님들께 가질 수 있었던, 그리고 가질 수도 있었을 온갖 원망들에도 불구하고, 나는 두 분 모두에게 사랑받았다는 점에서 그들에게 감사해야 한다. 너무 강할 때도 있고 너무 서툴 때도 있었지만, 그래도 사랑받았다. 우리 부모가 가진 무의식의 이상한 굴곡은 우리의 이야기가 따로 분할되어도 거기서 지워지지 않는다. 우리는 그들이 우리에게 전하고 싶어한 것만이 아니라 그들이 자기도 모르게 전한 것들에서도 영향을 받는다. 여러 세대에 걸친 무의식의 계보가 우리를 관통한다. 우리는 선조들에게서 물려받은 상처들, 오랜 임무들, 무거운 비밀들을 대개 아무 의심 없이 지니고 있다. 항상 그 그늘을 밝게 비추고 굴레에서 벗어나지는 못한다. 우리는 힘들게 우리 삶을 꾸리면서, 우리 부모의 이야기, 우리 선조들의 이야기를 깊이 생각하여 간혹 그들의 운명을 반복하지 않는 데 성공한다. 그러나 부분적으로만 벗어날 뿐이다. 한 발자국 옆으로 물러선 것일 뿐.

내가 태어나자 어머니는 아이의 성별이 무엇인지 물었다. "아아, 딸이라고요!" 그녀는 실망하고 낙담한 어조로 대꾸했다. "하지만 아주 예쁘다오." 아버지가 대답했다. 기대가 어긋난 어머니는 곧 실망을 극복했지만, 나는 늘 내가 결코 그녀를 만족시킬 수 없을 거라고 느꼈다. 부모님의 집을 비울 때 나는 작은 수첩 하나를 발견했다. 대부분 텅 빈 페이지들 속에서 문장 하나가 눈에 들어왔다. "남편은 내가 도저히 만족시킬 수 없는 여자라며 비난한다." 60년대에 쓴 글이었다. 내가 지독하게 무례한 사람이 된 것 같았다. 야비한 짓을 저지르다 현행범으로 붙잡힌 듯 거북해서 바로 그 노란 가죽 수첩을 던져 버렸다. 그 문장은 계속 내 마음에 남았다. 나는 놀라지 않았다. 그 문장에서 아버지가 당신의 아내는 결코 만족하지 않고 항상 더 많은 것을 원한다고 느꼈다는 사실을 어렴풋이 느낄 수 있었다. 그렇지만 나는 아버지가 어머니에게 아낌없이 베풀었던 수천수만의 관심을 지켜본 증인이다. 어떤 때는 어머니의 그런 모습이 황금빛 새장 안에 갇혀 조금씩 자율성을 잃어 가는 것처럼 보였다. 하지만 그건 분명 그들의 말년에만 해당하는 일이다. 어머니가 남편에게 자신의 열정을 조절해 주고 과도함을 진정시켜 주기를 기대했다 할지라도, 사실 어머니는 그리 쉽게 자신을 지배하게 내버려두지 않는 강한 여자—그녀에게는 허약함이라는 힘이 있었다—였기 때문이다. 그들은 역할을 나누어 맡은 진정한 한 쌍이었다. 한쪽은 침착하게 굴 의무를, 다른 쪽은 자극할 의무를 맡았다.

외동이고 주변에 다른 친척도 별로 없어서 우리는 교제의 폭이 좁았다. 그들과 나밖에 없었다. 세 사람만의 세상. 나는 갇혀 있었다. 나는 친구들과 함께, 혹은 혼자서 롤러스케이트를 타면서 그 세계에서 도망쳤고, 혼자 수천 가지 이야기를 꾸며냈다. 나는 파리 오페라 극장이나 볼쇼이 극장의 무대에서 춤추는 프리마 돈나였다. 내 이름은 갈리나 울라노바였다. 나는 매혹과 감사의 마음으로 책의 세상을 발견했다. 구원의 땅을, 믿을 수 있는 친구를, 그것도 언제든 만날 수 있는 친구들을 찾아낸 것이다. 일곱 살인가 여덟 살이던 해의 여름에 나는 아메리카에서 온 친척 아주머니께 5달러나 되는 거금을 받았다. 나는 어머니에게 서점에 가겠다고 청했다. 그녀는 내 독서 체험이 아직 부족하다고 생각했기에 책을 한 권만 고르라고 제안했다. 그러나 나는 나 자신을 믿었고, 확고했다. 책을 읽고 싶었고, 책을 많이 갖고 싶었다. 5달러면 적어도 다섯 권을 살 수 있다는 것을 알고 있었고, 그걸 포기해야 한다는 생각은 하기도 싫었다. 어머니는 내 확고한 태도에 놀라서 물러났다. 처음으로 내 책 다섯 권을 받았다. 세귀르 백작 부인이 쓴 《착한 소녀들》《바캉스》《말썽꾸러기 소피》《수호천사의 여인숙》《친절한 작은 악마》였다. 세귀르 백작 부인은 러시아에서 태어난 프랑스 여성 작가인데, 이런 점이 그녀를 더 매력적으로 보이게 했다.

나는 그 해 여름에 책을 읽기 시작한 뒤로 한 번도 책 읽기를 중단하지 않았다. 나는 기분 좋게 침대로 몸을 던지고는 하루 종일 책을 읽곤 했다. 어떤 때는 밤늦게까지 이불 밑에서 손전등 불빛을 비춰 가며 읽기도 했다. 아홉 살이던 여름의 어느 날 아침, 나는 어머니를 따라 화분 씌우개를 사러 시내로 나가기보다 침대에서 책을 읽는 쪽을 택했다. 그녀가 심각한 교통사고를 당했던 것이 바로 8월의 그날이었다. 나는 만일 내가 함께 있었다면 일이 어떻게 되었을지 줄곧 스스로에게 되물었다. 내가 죽었을까? 엄마가 덜 다쳤을까? 나는 오랫동안 그녀를 혼자 가게 했다는 죄책감에 시달렸다. 내가 있었다면 그녀가 사고를 피할 수 있었을 것처럼 말이다. 그다음으로는, 나도 그녀와 같은 나이가 되면 똑같이 심각한 사고를 당할 수도 있다는 생각이 뇌리를 떠나지 않았다. 나는 긴 시간을 고민한 끝에 운전하기로 결심했다. 아버지도 주차할 자리를 찾기가 어렵다는 말도 안 되는 이유를 들면서 되도록이면 내가 운전하는 것을 막으려 했다. 다행히도, 내가 스무 살이 되었을 때 한 남자 친구에게 그 이야기를 들려주자 그는 나에게 상징적인 의미로 열쇠고리를 선물했다. 그는 나에게 그걸 내밀면서 누구나 이 세상에 자기 자리를 갖고 있기에 우리는 항상 주차할 자리를 찾을 수 있다고 말해 주었다.

알베르 카뮈

1948년 2월 4일, 오후 네 시 삼십 분, 그랜드 호텔 요양원에 머물고 있던 미셸 갈리마르를 찾아온 알베르 카뮈가 의사의 부탁으로 환자들을 위해 작은 강연회를 열었다. 자클린은 이튿날 그때 일을 들려주는 편지를 쓴다.

"카뮈는 아주 솔직한 태도를 보이고 상당히 호감을 주는, 서른두세 살 정도의 남자야. 그는 과장 없이, 친구처럼 대등하게 말해. 누구도 그에게 질문을 하거나 반론을 제기할 때 위축되지 않았어. 겉모습부터 무척 소박해서, 회색 스키 바지와 카키색 군복 셔츠 위에 스웨터를 입고 있었어. 셔츠 칼라가 열려 있어서 노란색 양모 스카프가 보였어. 우리는 휴게실인 115호에 모였는데, 스무 명 정도였어. 몇 명이 돌아가며 카뮈에게 질문을 했고 그는 매번 호의적으로 길게 대답해 주었어. 그는 자신이 알제리에서 자란 이야기를 들려주었어. 작가가 되기 전에는 배우로도 일해서, 북아프리카의 여러 소도시를 돌면서 하루에 80프랑씩 받고 고전 작품을 연기했대. 더 뒤에는 저널리즘에 뛰어들어서 범죄 보도 기사를 쓰는 일에 종사했어. 그는 우리에게 그때 있었던 작은 일화를 들려주었어. 그는 독일에 협력했다는 이유로 고발당한 어떤 사람의 재판에 참석했는데, 두 번째 공판이 끝난 뒤에 도망쳐 버렸대. 피고인에게 공감하기 시작했기 때문이었어. 그는 원칙적으로 모든 폭력에 반대했고, 가능한 한 고통을 최소화하려고 애써. 그는 단호하게 사형 제도에 반대하는데, 그 문제와 관련해서 웃으면서 우리에게 이렇게 말했어. '뉘른베르크 재판이 열리기 전이었다면 제가 감히 그런 주장을 내세우지 않았을 겁니다!' 그는 마르크스주의자도 가톨릭 신자도 아니야. 강연 때 나눈 이야기들을 여기에 다 쓰기는 힘들어. 친구들끼리 주고받는 우호적인 토론 쪽에 가까웠거든. 그런데 마지막에 그가 자기는 강의하는 것을 무서워한다는 말을 하더군. 그가 우리와 이야기를 나누러 오겠다고 수락한 것은 스위스 기금*의 환자들이 어디서 왔는지 알고 있었기 때문이라고, 그는 친구 대 친구로서 의견을 나누기 위해 왔다고 했어. 또 선거에 대해서는 이렇게 말했어. '전 사회당에 투표했어요. 그 사람들도 다른 정당 후보들처럼 어리석지만 덜 악독하거든요!'

사람들이 어떤 책을 좋아하느냐고 질문했더니 이렇게 대답했어. '다음 책이요!' J.-L. 바로는 자기가 구상한 연극 작품이 있다면서 카뮈에게 그 대본을 써 달라고 요청했어. 하지만 카뮈는 연극 대본 쓰기보다 더 힘든 일은 없다면서 자기가 그 일을 하기는 어렵겠다고 말했어. 자신의 꿈은 바닷가에 작은 집을 마련해서 매일 아침 수영하는 거라는 말도 했어. 또 갈리마르 출판사를 위해 원고 읽는 일을 하고 있다고 우리에게 털어놓았어. 난 그에게 줄 원고가 한 장도 없는 게 아쉬웠어.

결론을 말하자면, 난 카뮈가 아주 호감 가는 사람이고 좋은 작가라고 생각해. 하지만 그는 젖을까봐 두려워서 우산을 쓰고 인생을 건너가려고 하는 남자야……."

* Don suisse, 1944년 스위스에서 2차 대전 피해자들을 돕기 위해 설립된 구호 단체. 오늘날의 스위스에이드(Swissaid)의 전신이다.

일치의 욕구

청소년기에 나는 카뮈를, 그의 소설과 수필과 희곡 들을 숭배했다. 나는 그와 더불어 보낸 열정적인 독서의 시간들을, 그의 책들이 열어 놓았던 질문들을 기억한다. 악, 억압, 다름에 대한 질문들……. 어머니가 그와 만난 적 있다는 사실이 자랑스러웠다. 하지만 그 일을 묘사한 그녀의 편지를 읽기 전에는, 그녀가 그를 그리 용감한 남자는 아니라고 생각하는 줄 몰랐다. 작가는 그의 작품 속 인물의 이미지와 닮아야 할까?

어머니는 갈리마르 출판사의 원고 심사를 맡은 카뮈에게 제출할 원고가 있었다면 기뻤을 거라고 했다. 그녀는 글을 쓰고 싶었다고 내게 자주 고백했다. 그녀는 인생을 마감하는 시기에 그 소원을 이루었다. 당신의 어린 시절을 들려주기 위해 약 백 장가량의 글을 써서 손녀에게 헌정했다. 만일 그녀가 그르노블에서 체포되기 전까지 누리던 지적 환경에 그대로 머물렀더라면 글을 썼을까? 그녀는 전후에 법학을 공부하고 싶어했다. 그러나 그녀의 인생은 다른 방향으로 흘러갔다. 그녀는 글을 쓰고자 하는 자신의 욕망을 내게 넘겨주었음이 분명하다. 나는 그녀가 소설가가 되기를 바랐다고는 생각하지 않는다. 그녀는 역사, 종교사, 정치에 관심이 있었다. 아마도 그녀는 에세이나 인문서를 썼을 것이다. 강제 수용소에서 돌아온 사람들이 많이들 그랬듯이, 증언하는 책을 쓸 수도 있었다. 그러나 그녀는 내가 읽고 싶었던 책을 결코 쓰지 않았다. 아버지가 반대했을 것이다. 아버지가 돌아가신 뒤에 어머니는 다시 그럴 계획이 있는 듯이 이야기했었다. 하지만 남편에게 충실하고 싶었던 걸까, 그녀는 그 계획을 결코 실행에 옮기지 않았다.

다른 편지에서 나는 어머니가 네미롭스키의 《데이비드 골더》를 읽었다는 사실을 알게 되었다. 그런데 나는 그 책에 감명을 받았던 반면에 그녀는 그 책을 싫어했다. 그런 식으로 우리 사이에 불일치하는 점이나 다른 점, 때로는 대립하는 감성을 발견하면 그녀에게 서운한 마음이 들었다. 반대로 아버지의 편지를 읽다가 우리 부녀 사이의 대립을 발견할 때는 신경이 덜 쓰였다. 차이점이 있어도 용납할 만했다. 어머니와는 비슷하고 일치하고 닮고 싶었다. 자신을 낳아 준 여성과 결합되고, 그녀의 기사가 되고, 그녀와 혼연일체가 되고, 절대적인 사랑의 협약을 맺고 싶어하는 딸의 낡은 환상. 불가능하고 치명적이지만 그럼에도 단념하기가 너무도 어려운, 일치의 꿈.

하얀 종이에 검은 글씨로 어머니는 더 좋게도 더 나쁘게도 꾸미지 않고 있는 그대로, 진실한 마음으로 편지를 썼다. 그녀는 다음과 같이 시작하는 프레베르의 시를 나에게 즐겨 암송해 주었다.

난 본래 이런걸 뭐
난 본래 이렇게 생긴걸 뭐

자유

1948년 2월 11일, 의사가 자클린의 엑스선 사진을 검토한 뒤에 그녀와 어떤 기계 장치를 계속 이어 주던 관을 제거하기로 결정했다.

"상상할 수 있겠어, 내가 꼼짝없이 묶여 있은 지 2년이 넘었어. 관이 없으니까 정말 묘한 느낌이야. 계속 그게 어디 있나 찾고 있다니까. 물이 내려가는 소리가 들리지 않는 것도 이상하고. 내 방이 이상할 정도로 고요해. 하지만 불행히도 관을 떼어 내는 걸로는 충분하지 않아. 여전히 상처가 아물어야 하고 체액도 말라야 하니까. 어제 밤부터 나는 거의 벙어리가 되었어. 말을 하면 안 되거든. 폐에 최소한의 부담도 주지 않아야 한대. 내가 미케트, D양과 서로 꿀 먹은 벙어리처럼 대화를 나누는 모습을 본다면 자기는 배꼽을 잡고 웃을 거야. 난 검사실로 내려갔고, 니코드 선생님이 나를 살펴본 뒤에 갈비뼈 사이 폐에 바늘을 꽂아서 공기와 체액을 약간 뽑아냈어. 그게 결코 기분 좋은 일은 아니란 걸 자기한테 말해 주고 싶어. 얼마 동안은 매일같이 그에게 다시 수술 받는 것 같았어. 그러다 이틀에 한 번 꼴이 되었고, 마찬가지로 조금씩 더 간격을 늘리게 되었지. 선생님은 너무 고통스러우면 시술 때마다 마취를 해 주겠다고 했어. 그는 천개술을 열다섯 번만 받고 나면 문제가 다 해결될 거라고 생각해. '4월이면 회복해서 퇴원할 수 있을 겁니다!' 그가 끝으로 한 말이었어. 자기야, 매일 저녁 여섯 시경에 나를 아주 많이 생각해 줘.

난 막 모파상의 단편 소설집을 읽었는데, 아주 재미있고 기지가 넘치는 작품이었어. 이제는 《한여름 밤의 꿈》을 읽기 시작했어.

우리가 매일 서로의 품속에서 잠들 수 있다면 얼마나 근사할까!

우선은 니코드 박사님의 천개술*을 감당할 용기가 있어야 해. 난 게슈타포의 고문도 잘 견뎌 냈어. 그곳에서의 고통은 전혀 이유가 없었지.(만일 니코드 박사님이 내가 당신을 게슈타포랑 비교한 걸 아신다면……)"

자클린과 보리스는 부활절 주일에 사흘간 제네바에서 만나기를 원한다. 보리스는 프랑스 환승 비자를 얻지 못했고 그들의 실망은 엄청났다. 1948년 3월 27일 자클린이 쓴다.

"우리가 그 따위 종이 나부랭이에 좌지우지되어야 하다니, 화가 나. 그래, 자기야, 우리는 이류 인간이란 거지. 법의 보호를 받지 못하는 사람들! 내가 지상에서 가장 소중한 선(善)이라 믿고 몸과 마음을 바쳐 싸웠던 자유가 기껏 이런 거였단 말이야!"

* 속이 빈 바늘을 장기 속으로 찔러 넣어 속에 고인 내용물을 빼내는 시술.

복화술사

오른쪽인지 왼쪽인지 정확하게 기억나진 않지만, 어머니의 옆구리에 배꼽과 좀 비슷하게 생긴 나선형의 작은 흉터가 있었던 것을 기억한다. 그녀가 2년 동안 몸에 꽂고 지냈던 관이 통과한 자국이다. 전쟁과 질병과 사고로 망가진 그녀의 몸에 또 하나 추가된 이상한 낙인.

어머니의 몸, 그것은 최초의 지도이고 우리가 태어난 나라다. 내가 젖먹이였을 때는 부재했던 나라. 결핵에 걸렸던 여성은 갓 낳은 자기 아기 옆에 머물 수 없었다. 의사들은 임신이 어머니의 몸에 결핵균을 다시 활성화할까봐 두려워했다. 일단 그럴 위험에서 벗어나면, 그들은 아기의 건강을 걱정해서 혹시라도 아기가 결핵균에 감염되지 않도록 40일가량을 병원에 붙잡아 두었다. 그게 내 운명이었다. 나를 세상에 내놓은 어머니는 산과 병원에 나를 맡겨 두고 7월 15일부터 9월 5일까지 휴양하러 떠났다.

어머니가 나를 품에 안은 모습을 볼 수 있는 초기의 사진들은 항상 나를 불편하고 혼란스럽게 만들었다. 사진 속의 어머니가 하얀 간호사복을 입고 있었기 때문이다. 사람들이 그녀에게 그렇게 하라고 권했을까? 그녀가 자진해서 그 옷을 입었을까? 그럴 근거가 있었을까? 우리를 세균들로부터 보호하기 위해 그녀는 '살균'되고 싶었을까? 그녀는 의료 기관에서 너무 오래 지낸 것일까? 그녀는 젖먹이를 품에 안고 있는 데 겁을 먹은 듯, 몸을 꼿꼿하게 세우고 상반신은 뻣뻣하게 경직되어 뒤로 물러나 있었다. 그녀에게는 너무 큰 책임이라고, 자신의 힘을 넘어서는 부담이라고 생각하는 듯한 표정이다. 같은 시기에 아버지와 찍은 사진들은 느긋하고, 즐겁고, 둘만의 비밀을 공유한 듯한 분위기다. 그는 완벽하게 편안해 보인다. 마치 자신이 아버지가 되었음을 받아들이면서 감정이입을 통해 그 자신도 아기로 되돌아간 것처럼 보인다. 그런 능력이 없었던 어머니는 자신의 역할을 아주 진지하게, 어쩌면 너무 진지하게 받아들였다. 사뭇 엄숙한 표정이다……. 나중에는 그녀도 더 여유를 갖게 되었지만, 오랫동안 어색한 태도를 유지했다. 어쩌면 그건 그냥 그녀가 사진 찍을 때 습관적으로 취하는 태도일지도 모른다…….

내게는 어머니가 걱정하지 않도록 내가 통통한 뺨과 생기 있는 눈초리를 가진 튼튼한 아기라는 사실을 보여 주고 그녀를 안심시켜야 할 의무가 있었다. 아무리 어린 아기도 부모의 욕망에 어떻게 대응해야 할지 아주 일찍부터 느낀다. 다른 사람의 욕구를 더 예리하게 지각하고 타인의 고뇌에 특별히 예민하게 반응하는, 조숙한 상호 영향. 자기를 낳아 준 여인을 어머니로 만드는 것은 아이다. 그녀를 위해 나는 최대한 빨리 자라야 했고, 놀거나 노래하기보다는 말하고 일찍부터 글을 읽고 그녀와 철학, 정치, 종교에 대해 토론해야 했다. 그녀에게 시를 암송해 주기. 어머니는 전쟁 전에 친구가 하나 있었는데 그 친구가 어머니에게 보들레르나 아폴리네르를 낭송해 주는 동안 어머니는 그녀의 머리카락을 땋아 주었다는 이야기를 나에게 들려주었다. 그녀는 나를 특별히 기쁘게 해 주고 싶을 때면 가장자리가 톱니 모양으로 들쭉날쭉한 얇은 황금빛 크레페, 세상에서 가장 맛있는 크레페를 구워 주었다. 그녀의 초콜릿 무스나 딸기 케이크도 어느 누구도 대적할 수 없는 맛이었다.

그녀는 나와 비밀을 공유하려 했고 나도 그녀와 비밀을 공유하려 했다. 그녀는 세대 간의 질서를 뒤집어서 우리가 친구가 되기를 원했다. 그녀는 자신이 발견한 것들을 나에게 알려 주고 싶어했고, 파스칼의 《팡세》나 르낭*의 《예수의 생애》를 발췌하여 읽어 주었다. 열둘인가 열세 살일 때 우리 둘이서 로카르노의 호숫가에서 휴가를 보낸 적이 있는데, 그때 그녀가 매일 저녁 버트런드 러셀의 《서양 철학사》를 몇 장씩 읽어 주던 기억이 난다. 그 책들은 이제 내 책장에 꽂혀 있다.

어머니는 서로 자극을 주던 젊은 시절의 교우 관계를 잃었고, 결혼 후 새로운 관계를 만들지도 않았다. 그녀는 새로운 조국에서 고립된 채 지냈다. 남편 친구들의 부인들은 그녀의 친구가 될 수 없었다. 그녀는 자기 이야기를 들려주고 이런저런 일로 수다를 떨 사람, 의견이나 험담을 주고받을 절친한 친구가 없었다. 그녀는 늘 홀로 지내면서 자신의 내면에 전념하고, 장을 보고, 책을 읽고, 몇 시간씩 라디오를 들으며 바느질을 했다. 그녀는 자족적인 세계에서 살았고, 그 생활에 만족했다. 남편과 어머니와 딸 사이에서 그녀는 단조롭게 자신의 생활을 이어 갔다. 나중에 내가 대학 친구들을 집으로 데려가자 그녀는,

* 조제프 에르네스트 르낭(Joseph Ernest Renan, 1823~1892): 프랑스의 철학자이자 종교사학자.

과거에 그녀의 것이었지만 내게 한 번도 보인 적 없던 열정에 사로잡혀 그들과 논쟁을 벌였다.

나는 그녀를 대신해서 책과 사상의 세계로 들어갔던 걸까? 나는 그녀를 위해 글을 썼을까? 그녀는 나의 인생에서 대리 만족을 얻었을까? 나는 그녀의 복화술사였을까? 그녀의 꼭두각시였을까?

물론 우리의 선택은 인생의 우연한 사건들과 우리가 맺는 여러 인연에서 비롯되기도 하지만, 우리의 무의식에서 비롯되기도 한다. 내 인생은 나 자신의 욕망만이 아니라 내 부모의 기대도 함께 곁들여서 짜 나가는 것이다. 그런데 그 나의 욕망들이란 것은 어디서 오는 걸까? 온전히 우리에게만 속하는 것은 대체 뭘까? 우리는 우리 자신으로부터 자유로울까, 아니면 우리에게 주어진 것은 약간의 유희, 약간의 바닥짐밖에 없는 걸까?

사라진 편지들

백오십 번째 편지

보리스의 백오십 번째 편지는 1948년 5월 1일에 쓴 것이다. 그 다음부터 1949년 10월 2일까지 계속된 편지의 흔적은 남아 있지 않다. 그 편지들은 어디로 사라졌을까? 어머니가 이사하면서 잃어버렸을까? 아버지의 편지들 중 151번부터 299번까지는 남아 있지 않다. 큰 공백이다. 아무것도 없었다. 나는 아버지가 그리운 만큼이나 아버지가 쓴 그 편지들이 보고 싶다. 나는 편지를 통해 그와 함께하는 데 익숙해졌고, 그것이 내 마음을 달래 주었다. 예쁘게 우표를 붙여서 우편으로 부친 그 편지들을 하나씩 열어 보는 것이 참 좋았다. 편지지를 펼쳐서 아버지 특유의 글씨와 매우 활기차고 유머가 넘치는 작은 그림들을 알아보는 일이 좋았다. 봉투 하나하나가 제각각 작은 여행 가방과도 같아서, 그 속에는 오려낸 신문 기사, 연주회 프로그램, 사진, 추가로 덧붙인 짧은 메모, 헝겊 견본 들이 들어 있었다. 아버지의 편지는 (3년 넘게 어머니를 행복하게 해 주었던 것과는 다른 방식으로) 나를 기쁘게 했다. 그 편지들은 내 마음을 위로해 주었고, 아버지를 다시 만나고 그의 유머, 특유의 말투와 표현 방식, 문장 구성이나 문법의 실수…… 들을 다시 접하게 해 주었다. 그 모든 것이 나에게 그 글을 읽는 즐거움을 더해 주었다. 나는 그의 허점들도 사랑했다.

보리스의 편지를 상상하면서 남아 있는 자클린의 편지를 읽기 시작했다. 그건 달랐다. 나는 그렇게 소중한 편지를 잃어버린 어머니가 원망스러웠다. 그렇지만 어머니답지 않은 일이다. 무슨 일이 있었을까? 나는 결코 알 수 없을 것이다. 아마 그녀도 그 편지들을 다시 볼 수 없어서 속상해하지 않았을까. 이별과 먼 거리, 그리움을 이기기 위해 그 편지들을 얼마나 자주 읽었겠는가?

편지는 허공에 던져진 메시지다. 편지는 그것을 기다리는 이의 열에 들뜬 손에 이르기 위해 기차로, 버스로, 비행기로, 그리고 우편배달부의 가방 안에서 긴 여행을 시작한다. 모르는 사람들에게, 길게 이어지는 우체국 직원들에게 사랑을 담은 편지를 맡길 수 있다는 점이, 그래서 편지가 수취인을 만날 수 있다는 것이 근사하지 않은가? 그것은 신뢰를 보여 주는 아름다운 이야기다. 60년 뒤에도 그 편지들은 발송 일자를 알려 주는 우체국 소인을 간직하고서 거기 놓여 있다. 발송지도 알려 준다. 레쟁, 다보스, 브뤼셀.

편지 쓰기는 그곳에 없는 다른 이에게 마음을 털어놓는 일이다. 편지의 공간은 내면의 공간을, 성찰과 사색의 순간을, 자신의 낯선 모습을 향한 통로를 열어 놓는다. 편지를 쓰는 데는 거대한 자유가 주어진다. 우리가 편지를 쓸 때는 다른 이를 생각하면서 혼자 있다. 우리가 편지를 받을 때는 혼자 있으면서도 다른 이와 함께이다. 시간차를 둔 교환. 지금 이 순간에 ― 순간적인 충동으로, 예를 들면 막 편지를 받아서 읽자마자 ― 쓴 편지를 상대가 읽는 것은 며칠 뒤다. 때론 우편물이 늦어져서 일주일 뒤에 읽기도 하고, 또 때론 우체국의 열성과 운 좋은 상황이 겹쳐져 밤기차를 타고 달려온 편지가 이른 아침 우편함에 도착하여 단 몇 시간이나 하룻밤 만에 읽을 수도 있다.

편지 내용의 많은 부분이 오직 편지를 기다렸다는 사실만 들려준다. "난 이틀 동안 자기 편지를 기다렸는데 마침내 편지가 도착했어. 너무 초조해서 계속 우편함을 열어 보러 갔는데 계속 텅 비어 있었지……."

편지 외에 우편엽서의 세계도 있다. 명화를 복제한 엽서들(렘브란트, 반 고흐), 도시 정경을 담은 엽서들(제네바, 바젤, 취리히, 투르, 파리……), 그리고 영국 삽화가 메이블 루시 애트웰의 익살스럽고 사랑스런 그림을 담은 카드 몇 장.

우편배달부가 토요일까지 포함해 하루에 적어도 두 번, 세 번씩 우편물을 배달하러 찾아오던 — 오늘날에는 상상할 수도 없는 — 시대였다. 첫 번째 배달에서 아무것도 받지 못해도, 두 번째 배달 때 기다리던 편지를 받으리라 기대할 수 있었다. 편지가 목적지까지 오는 데 이틀밖에 걸리지 않을 때도 많았다. 사람들은 대체로 그 정도 걸릴 거라고 기대했다. 그러니 우편함에 아무것도 와 있지 않으면 근심이 찾아왔다. 무슨 일이 있나? 아픈가? 사고라도 당했나? 전화는 비싸서 모든 사람이 집에 전화를 놓을 수는 없었다. 게다가 해외 통화는 교환원을 통해야 걸 수 있었고 크게 말해야 해서 은밀함 따위는 다 무너졌다. 소리 지르면서 사랑을 이야기하기는 어렵다. 그러니 우편배달부를 기다릴 수밖에.

베르바니아

1948년 7월 자클린은 레쟁의 그랜드 호텔 요양원을 떠나 다보스의 몽르포 요양원으로 옮겨 간다. 그녀는 "난 평생 레쟁의 의사들에게 깊은 감사와 존경의 마음을 간직할 거야"라고 쓴다.

요양원 이전을 기회로 두 연인은 짧게 스위스 여행을 한다. 그들은 마조레 호숫가를 산책한다. 그들이 다시 헤어진 7월 22일의 편지에, 대문자로 '베르바니아(VERBANIA)'라고 쓴 단어가 마치 비밀암호처럼 등장한다. 마조레 호숫가의 휴양지 이름일까, 아니면 호텔 이름일까? 얼마 뒤 주고받은 편지 중 하나에 로카르노의 베르바니아 호텔에서 찍은 사진이 들어 있었다. 그들이 처음으로 서로에게 몸을 맡긴 곳일까? 나는 그 문제와 관련해서 전혀 알 수 없을 것이고, 알고 싶지도 않다. 그건 그들만의 비밀이다.

자클린은 야외에 있는 온천 요법 침대에 담요를 몇 겹이나 뒤집어쓰고 드러누워 새로운 환경이 어떤지 들려준다. 그녀는 사인실에서 묵으며, 자기 자리를 둘러싼 공간을 반 고흐와 모딜리아니 엽서들, 갖가지 자잘한 개인 물건들로 꾸민다. 조금이라도 마음을 편안히 하기 위해서다. 한 여자 친구가 그녀와 함께 지내게 된다. 폴란드계 베를린 여성 바시아인데, 그녀는 이디시어를 구사할 줄 안다. 몇 달이 지나면 그들은 친구가 된다. "그렇게 마음씨 고운 애도 없어." 하지만 처음에는 그녀에게 전혀 친밀감을 느끼지 못했다. 자클린은 보리스에게 털어놓는다. "난 이 사람들과 아무런 공통점도 없어. 언어도 문화도 정신세계도 다 달라. 딱 하나 나를 그들과 이어 주는 것이 있는데, 그건 바로 고통이야. 우리가 똑같이 겪어야 했던 박해에서 비롯된 고통."

나는 독일의 유대인들이 유럽 문화에 많이 동화되어 일반적으로 자신을 유대인이라기보다는 독일인으로 생각하는 경우가 많고, 전통적인 유대 문화에 깊이 젖어 있는 폴란드 유대인들을 은근히 경멸하고 잘 이해하지 못한다는 사실을 알고 있었다. 자클린은 〈출애굽기〉에 의지하여 영국령 팔레스타인을 되찾으러 떠나는 것도, 폐쇄적인 공동체 안에서 사는 것도 꿈꾸지 않았다. 유대인들을 위해 하나의 국가를 세우려는 시온주의의 희망은 그녀의 희망과 무관했다. 심지어 그런 생각은 그녀를 격분하게 만들기까지 했다. 그녀가 유대인으로서 강제 수용소에서 겪은 고통은 사람들 속에 섞여서 살고 싶다는 욕망을 그 어느 때보다 강하게 키워 놓았다. 그녀는 따로 분리되지 않고 동화되고 싶어했다. 물론 그럼에도 그녀는 유대인들에게 확고한 연대 의식을 갖고 있었다. 단지 그 사실을 쉽게 인정하지 않았을 뿐이다. 그녀의 생각과 감정은 이중적이었다. 그녀는 자신이 지닌 유대인의 특성을 받아들이면서도 거부했다. 그녀는 동화되기를 바랐지만, 자신의 혈통이 완전히 잊히는 것도 꺼렸다. 말년에 그녀는 손녀를 위해 쾰른과 라인 강 주변 지방의 평화로운 농촌에서 보낸 어린 시절 추억들을 글로 썼다. 나는 그 글을 통해 그녀의 조부모가 그녀에게 따뜻한 가정생활을 제공해 주었음을 알게 되었다. 그 집에서는 금요일 저녁마다, 그리고 모든 유대 축일 때마다 전통대로 촛불을 켰다. 그녀의 어린 시절은 그런 분위기 속에서 지나갔다. 그녀는 자신을 많이 돌봐 주신 할머니께 크나큰 감사와 사랑의 마음을 간직했다. 할머니는 평생 여성용 모자를 만들면서 아주 노련하게 자신의 모자 가게를 운영하셨다. 어머니는 그런 할머니를 기억할 때면 지적이고 감수성이 예민하고 강인한 여성으로 그렸다. 할머니는 "누군가가 만들어 냈다면, 다른 사람도 그걸 만들 수 있다"라는 말을 평생 좌우명으로 간직했고, 그것을 내 어머니에게 물려주었다.

임신 중절

1948년 8월 말부터 9월 중반까지 편지에 프랑스 우표가 붙어 있고 우체국 소인에는 앵드르에루아르 지방의 투르라고 찍혀 있다. 보리스와 자클린은 브뤼셀과 파리 사이 어딘가, 아마도 국경 지역에서 만난 듯하다. 자클린이 벨기에 비자를 받지 못했기 때문이다. 편지에서는 그 일에 대해 그리 분명하게 언급하지 않는다.

그녀의 우편물은 열에 들떠 있고, 그녀는 신경이 예민해지고 피곤하고 현기증과 두통을 느낀다. 그녀가 전쟁 초반까지 살았던 아파트를 처음으로 찾아간 것이다. 돌아가신 아버지의 추억이 곳곳에 스며 있어서 그녀는 마음이 아주 혼란스럽다. 수용소에서 돌아온 뒤로 결핵 때문에 병원이나 요양원에 있지 않고 "진짜 삶 속에" 있는 것도 처음이었다. 그녀는 자신이 아직 그럴 준비가 되어 있지 않다고 느꼈다.

9월 27일 다보스의 자기 침대로 돌아간 그녀는 B에서 보리스와 만났음을 비추는 내용을 쓴 후 그녀를 무스크롱까지 데려다 준 버스에 대해 넌지시 언급한다. 무스크롱에서는 쥘리앙이라는 남자가 그녀가 프랑스와 벨기에 사이 국경을 몰래 넘어가도록 도와주었다. 그런데 그 남자가 차 안에서 그녀에게 그 전날과 전전날 경찰이 세관에서 벌인 대대적인 색출 작전을 다룬 신문 기사를 보여 주면서 겁을 주어 보수를 올리려 한다. 겁에 질린 그녀는 별 문제 없이 프랑스에 도착한 데 안도하면서 군말 없이 돈을 지불한다. 관련 사건을 다룬 신문 기사가 그 봉투 안에 들어 있었다.

10월 6일의 편지, 이백열 번째 편지에는 립스틱을 바른 자클린의 입술 자국이 찍혀 있다. 편지로 실어 보낸 키스의 감동적인 흔적. 보리스도 그 위에 자신의 입술을 갖다 댔을까?

10월 16일, 몇몇 문장에서 그들의 비밀을 짐작하게 된다. "나는 정신적으로 좀 의기소침해진 것 같아. 누구에게도 나의 두려움을 털어놓을 수 없다는 사실이 내 마음을 은밀하게 갉아대고 있어. 내 소중한 사람, 내 사랑, 세상에서 제일 소중한 사람, 자기한테 어떤 슬픔도 주고 싶지 않았는데. 난 벌써부터 자기한테 모든 걸 말한 게 후회돼." 18일에는 이렇게 쓴다. "우리가 다시 만나려면 아직 두 달 이상 남았어. 그때까지 다른 모든 문제가 해결된다면." 20일에는 또 이렇게 쓴다. "모든 게 **상황**이 어떻게 진행되느냐에 달려 있어. 자기야, 나한테 자기를 원망하냐고 묻다니, 자기는 정말 바보야. 그걸 몰라! 당연히 아니지, 우리 두 사람 다 똑같이 책임이 있어. 단지 여자 쪽이 더 쉽지 않다는 사실은 나도 인정해…… 그렇다고 자기가 골머리를 앓을 이유는 없어. 살면서 다 해결될 거야. 가장 중요한 건 내 건강을 가장 덜 해치는 방법을 찾는 거야. 지금으로선 자기가 날 위해 할 수 있는 게 전혀 없어. 아니, 딱 하나 있다. 그건 나한테 아주 다정하고 위로가 담긴 편지를 쓰는 거야. 자기 편지가 없다면 나는 살 수 없을 테니까. 내가 지금 상황을 낙천적으로 바라보는 데 필요한 용기를 주는 건 바로 편지야. 내 계획은 이래. 지금부터 한 열흘 정도 지나서 난 외부 의사를 만나러 갈 거야. 그때는 일을 분명하게 확인할 수 있을 것 같아. 난 그에게 내 건강 상태를 설명하고 조언을 구하려 해. 어쨌든 12월 말에 그걸 할 때까지는 아직 시간이 있는 거고, 난 솔직히 자기가 내 옆에 있어 주면 더 좋을 것 같아. 어쨌든 그때까지는 너무 걱정하지 마, 내 사랑. 그건 누구한테나 닥치는 일이고, 사정이 그렇게 된 것일 뿐, 다른 문제는 없다고 생각해야 해. 내가 자기를 얼마나 사랑하는지 자기도 알 거야. 나도 자기가 나를 많이 사랑하고 있다는 걸 알고 있기에 이 모든 것을 초연하게 받아들여. 그러니 우리 행복을 함께하듯이 고통도 둘이 같이 나눠 가지기로 해."

10월 27일, 자클린은 보리스에게 고백한다. "난 미칠 듯이 초조하게 (그 의사를) 방문한 결과를 기다리고 있어. 자기는 쉽게 상상할 수 있을 거야. 우리의 작은 별이 오늘이라도 선명하게 빛나 준다면! 나는 이 편지가 꼭 제때 자기한테 도착해서 자기가 절절하게 나를 생각하면 우리에게 행운을 가져다줄 거라고 생각해. 그건 미신이 아니야. 단지 자기가 마음으로라도 나와 함께 있다는 걸 알면 내가 더 안심하고 용기를 낼 것 같아서. 내게 입 맞춰 줘, 자기야……."

1948년 10월 30일 다보스에서

내 사랑 팝스, 나의 보리스,

토요일 오후 두 시. 안녕, 자기야! 날 아주아주 꼭 안아 줘, 그럼…… 자기 귀에 좋은 소식을 속삭여 줄게. 하지만 처음부터 시작해야겠지. 어제 저녁에 의사에게 전화하려고 우체국으로 갔어. 그는 오늘 아침 아홉 시 삼십 분으로 약속을 잡아 주었어. 어제 저녁에 잠들기 전에 난 생각했어. 부디 우리의 작은 별이 오늘 밤 나를 위해 선명하게 빛나서 내일 아침에 의사를 만나러 갈 필요가 없게 해 달라고. 그런데, 오오 기적이야, 내 소원이 현실이 되었어. 그래, 완벽하게! 난 오늘 아침 정말로 행복했어. 얼마나 행복했는지 자기는 아마 상상할 수도 없을 거야. 자기 품에 뛰어들어서 자기를 얼마나 사랑하는지 말해 주고 싶어…… 아! 무척, 자기야, 무척 많이! 인생 만세, 기쁨과 사랑 만세!

비행기 편으로 보낸 이 이백스무 번째 편지의 봉투는 보리스의 초조한 손길에 성급하게 찢어져 있었다.

자클린은 임신을 걱정하고 있었다. 물론 그녀도 결핵에 걸린 젊은 여성은 치료를 위해 합법적으로 임신 중절이 가능함을 알고 있었다. 그 가능성이 그녀 마음에 들지는 않았지만, 그녀는 건강을 지키기 위해 그렇게 할 마음이었다.

나는 이런저런 상상을 해 본다. 그렇다면 나는 예정보다 일찍 태어날 수도 있었다. 그랬다면 내 인생은 어떻게 달라졌을까? 누구도 알 수 없는 일이다. 게다가, 그렇게 태어난 아이가 과연 '나'일까? 이상한 생각이다. 남자애가 태어날 수도 있었다. 내가 남자였다면 어땠을까? 내가 '다른 여자'나 '다른 남자'일 수 있었다고 상상하자 현기증이 났다. 아니면 나는 그 첫째가 태어난 뒤에 태어났을까? 정자와 난자의 만남이 그날은 이루어지지 않았다. 염려할 거리가 없었다. 나의 출생은 아직 때가 되기만 기다리고 있었다.

종이 위의 키스

1948년 11월 2일, 자클린은 자신의 편지가 이백스물한 번째 편지이며 보리스가 마지막으로 보낸 편지가 백구십구 번째 편지라고 쓴다! 2년 동안 각자 200통씩의 편지를 교환한 것이다. "우린 벌써 오래된 커플이야. 하지만 우린 매일 서로를 더 많이 사랑하지."

결혼 생각이 그들의 뇌리를 떠나지 않는다. 자클린은 보리스와 둘이서 그들만의 작은 보금자리를 꾸리며 함께 연주회장에 가거나 외국어를 배우러 야간 학교에 다니는 생활을 꿈꾼다.

"어쩌면 내가 환상에 사로잡혀 있을 뿐, 결혼은 또 다른 근심거리들을 가져다줄지도 몰라. 하지만 지금은 좀 꿈같은 삶, 자기들 마음에 드는 건 부모나 의사나 그 누구에게도 의견을 물어 볼 필요 없이 뭐든지 다 할 수 있는 삶, 오직 둘 사이의 행복만을 추구하는 응석꾸러기들의 삶을 상상하는 것이 마음에 들어." 그녀는 "인생이라는 큰 게임"에 뛰어들 준비가 되었다고 느낀다. 그때를 기다리면서, 그들은 크리스마스에 맞춰 어디선가 다시 만날 계획을 세운다. 하지만 "우리가 결혼하지 않았기 때문에"(1948년 11월 13일) 방을 빌리기가 쉽지 않다.

11월, 12월. 몇 주가 천천히 지나가고, 한 편지에서 다음 편지까지 인생이 유보된다. 건강 상태와 관련해서는, 의사들이 그녀의 아픈 쪽 폐에 천개술을 시행하고 아미나실(Aminacyl)을 주입한다. 그녀는 살이 붙는 속도가 너무 느리다. 그녀는 대구의 간과 생크림을 처방받는다.

자클린의 건강이 좋아진다. 그녀는 꼬박꼬박 요양원의 생활을 들려준다. 은근한 약속들, 같은 방 친구들 사이의 긴장, 의료진의 외출 허가나 금지령, 영화관에서의 기분 전환, 쇼핑, 안달하며 기다리는 우편물 배달, 식사 메뉴, 누군가의 생일을 기회로 열리는 소소한 파티들, 건강을 회복한 환자들의 퇴원…….

1949년 3월 12일, 자클린은 그녀의 스물여덟 번째 생일을 맞았고, 다음번 생일 때는 그녀의 '다정한 남편'과 함께 생일을 축하할 수 있기를 기원한다. 날이 지나가고, 보리스는 스위스에서 한 번 더 그녀를 만나기 위해 비자를 기다린다.

6월 22일, 자클린은 보리스의 새 주소로 편지를 보낸다. 나중에 그들이 신혼 초반을 보낸 집이다. 7월 2일, 그녀는 아직 원장 의사에게 닷새 뒤에 여행을 떠나도 될지 물어 볼 용기를 내지 못했다고 보리스에게 털어놓는다. 그녀는 원장이 거절할 수 없을 거라고 확신하면서 마지막 순간을 기다린다. "화요일 저녁 통화로 마지막 지령을."

7월에 두 연인은 로카르노에서 20일 정도를 함께 지낸다. 돌아오자마자 자클린은 벌써 자신이 브뤼셀에 가 있기를, 두 사람의 아침 식사를 위해 빵을 사러 가기를 꿈꾼다…….

삼백 번째 편지(1949년 8월 6일)는 이렇게 시작한다. "보리스, 내 사랑, 나의 욕망, 나의 믿음, 나의 빛." 8월 24일에 그녀는 걱정한다. "내가 웨딩드레스를 입어야 할까……? 자기는 턱시도를 입고?" "그래도 이제 우리 할머니들이 살던 시대와는 똑같지 않아. 사람들이 평생을 혼수 준비에 바치던 시대는 지났잖아. 물론 주변 사람들에게 몇 가지는 양보해야 할 거라는 걸 나도 아주 잘 알고 있어……." 9월 10일. "파란 옷을 입고 결혼하는 데 찬성이야. 난 그게 아주 근사하다고 생각해."

9월에 두 연인이 다시 만났을 가능성도 있다. 그들이 이별하자마자 자클린은 다시 "종이 키스 요법"에 들어간다고 쓴다. 하지만 이제는 목적지가 멀지 않다는 걸 그녀도 안다. 그녀는 다보스의 요양원을 떠나 투르로 갈 채비를 한다. 결혼식은 그 해 말, 11월이나 12월로 예정되어 있다. 3년 반 동안 모은 여러 가지 물건들을 나르기 위해 그녀는 경첩과 자물통, 맹꽁이자물쇠가 달린 커다란 상자를 주문한다.

'다락방의' 문학

거의 열 달 동안 나는 부모님의 연애편지를 읽고 또 읽으면서 나의 글을 보태고, 그들의 편지에 대한 나의 분석과 성찰, 추억들을 늘어놓았다. 처음에는 조심스럽게, 그러다 조금씩 대담하게. 연상이 계속 잇달았다. 즐거웠던 순간들이 기억에 떠올랐고, 더 어두운 화성들도 들려왔다. 나는 끊임없이 이중적인 감정의 움직임에 사로잡힌다. 한쪽은 상냥함과 우울함이, 다른 쪽은 고통과 슬픔이 버티고 있다. 나는 흔들린다. 여러 달이 지나자, 그들이 내 꿈속으로 찾아온다. 어느 날 꿈속에서 나는 마음을 졸이면서 그들에게 내 책 《부모님 집을 비우며》를 보여 준다. 그들은 승낙의 표시로 가볍게 고개를 끄덕인다. 언젠가는 그들이 이 책을 보는 꿈도 꾸게 될까? 그들은 너그러울까, 못마땅해할까? 나는 그들의 암묵적 지지가 필요한가? 나는 그들의 지배에서 벗어났는가? 펜을 잡는 일 – 설령 그 펜이 전자 기기라 할지라도 – 은 항상 자유의 이미지가 아니던가?

얼마나 많은 서랍과 상자, 옷장, 다락방 깊숙한 곳에 놓여 있는 여행 가방 안에서 분홍색, 파란색, 빨간색의 부드러운 리본에 묶인 채 오랫동안 망각 속에 누렇게 바랜 편지들이 넘쳐날까? 정성스럽게 봉해서 묶어 놓은 그 편지들은 존중으로, 신중함으로, 혹은 숨겨진 비밀이 드러날까 두려워하는 마음으로 읽지 않고 보관해 온 것이리라. 모든 가족이 저마다 선조가 미처 불태워 없애지 않은 낡은 일기장을 보관하고 있을까? 전쟁터로 떠난 할아버지들, 증조할아버지들의 편지를? 약혼자 혹은 약혼녀의 비밀 연애편지도? 얼마나 많은 아들딸이 자기 부모의 집을 비우면서 부모의 연애편지를 다시 찾아냈을까? 그걸로 뭘 할까? 던져 버릴까? 읽지 않고 간직할까? 열어 볼까? 제각기 자기 감성대로 반응한다. 모든 이야기가 다 다르다.

이 편지들은 개인적인 삶에 속한다. 그렇지만 그것들은 또한 어떤 장소, 어떤 시대에 대한 증언이다. 편지들은 사생활을 이야기하면서, 동시에 특정한 역사적 시기나 사회 집단의 쟁점들, 일상적이거나 정치적이거나 경제적인 관심사들을 들려주기도 한다. 편지는 문학적 의도가 거의 없는 글이지만, 그렇다고 말하듯이 쓴 글도 아니다. 연인들은 대부분 독창적이어서 자기들의 감정을 표현하기 위해 특이한 어투나 개인적인 표현들을 생각해 낸다. 사랑의 경험은 아주 흔한 것이면서도 매번 하나밖에 없는 것이 된다. 인생 전체가 종잇조각에 적힌 단어 몇 개에 달려 있는 것 같다. 다락방에서 잠자던 연애편지들은 사랑을 이야기하면서 동시에 전쟁을, 인생을, 죽음을, 육체를, 에로티시즘을, 종교를, 미래에 대한 꿈을 이야기한다. 그 편지들은 예술 작품은 아니지만, 누군가의 인생 여정의 증거이자 희망의 증거다. 존재의 한 순간. 사람들은 제각기 그 속에서 자기 모습을 볼 수 있기에 그 편지들로부터 감동을 받고 가슴 뭉클함을 느낀다. 하지만 이보다 더 진부한 게 또 어디 있겠는가? 과연 누가 과거에 아무도 쓰지 않은 내용을 쓸 수 있겠는가? 이런 진부함에도 불구하고, 그것은 유일하고 다른 무엇으로도 대체할 수 없는 순간이다. 사랑에 빠진 사람이 바로 당신일 때, 그 사랑은 이미 알려진 그 무엇과도 닮지 않은 것이 된다. 연인들은 다들 누구도 자기들 같은 경험을 결코 하지 못했을 거라고 확신한다. 그의 사랑, 그녀의 사랑은 다른 사람이 이미 경험한 사랑과 비교할 수 없다. 그건 천년, 만년이 흘러도 딱 한 번밖에 볼 수 없는 사랑이다.

왜 누구도 자기 부모의 연애편지에 대해 말하지 않는가? 우리의 부모가 인생을 시작할 때는 그냥 한 남자와 한 여자, 젊은 청년과 젊은 처녀였을 뿐임을 인정하고 싶지 않아서? 만일 우리가 그들의 편지를 보는 것을 그들이 원하지 않았다면, 미리 없애 버리지 않았겠는가? 그 편지들이 집 어딘가에 남아 있다는 건 그것이 우리의 유산에 속한다는 의미 아니겠는가?

오랫동안 나는 그들의 편지가 들어 있는 세 개의 상자 주변을 배회하면서 살펴보지 않고 차일피일 미루었다. 그 후, 내가 그 편지들을 읽으며 떠오르는 생각들을 쓰기 시작했을 때는, 편지를 그대로 옮기는 일이 망설여졌다. 나는 편지 내용을 길게 설명하기보다는 발췌하여 인용하는 쪽을 택했다. 부모님의 편지를 내가 읽은 그대로 옮겨 놓은 것이다. 나의 시선은 사생활을 연구하는 역사학자의 시선이 아니라 애도 작업을 이어 가는 딸의 시선이다.

편지를 읽으면서 나는 그들과 함께 시간을 보낼 수 있었다. 그것은 나의 유년기와 그 이전의 시기로 떠나는, 고통스러우면서도 감탄을 자아내는 긴 여행이었다. 누구나 자기 부모의 집을 비울 때 발견하기를 바랄 수도 있는 이 **러브레터**들을 물려받은 것을 나는 큰 행운으로 여긴다. 이 '다락방의' 문학 덕분에 나는 상상력을 약간 보태서 내가 태어나기 전의 일, 나의 탄생을 예비했던 일에 참여할 수 있었다. 그것은 독특하고 소박하고 값진 경험이다.

청첩장

내게 국경이 열렸어

1949년 10월 2일부터는 보리스의 편지가 재등장한다. 나는 다시 그들이 주고받은 편지를 양쪽 다 읽을 수 있다. 아버지의 글씨를 다시 보게 되어 마음이 뭉클하다.

결혼식 준비가 시작된다. 조 아저씨의 동의도 얻었다. 갖가지 성가신 행정적인 일들. 결혼 발표를 위한 출생증명서. 청첩장. 초대 손님들, 선물 목록. 사랑의 보금자리 꾸미기. 보리스는 세세한 일들을 꼼꼼히 살핀다. 그는 '약혼녀'가 계약한 집의 상태

보고서를 볼 수 있도록 사진을 보내 준다. 그는 매일같이 그곳을 더 멋지게 바꿔 놓는다. 그가 마지막으로 구입한 물건들은 "근사한 램프", "아주 터리픽하고(terrific)"(편지에 영어로 적혀 있었다) "가볍고, 강력하고, 다루기 쉽고, 모양이 예쁜", 할부로 구입한 진공청소기, 그리고 베개 두 개다.

요양원을 떠나기 전에 자클린은 색색의 예쁜 계란 그릇을 발견했다. 그녀는 미래의 아이들은 물론이고 "아직 애송이에 불과한" 자신들도 즐겁게 쓸 수 있을 거라고 생각하며 그 그릇들을 구입한다. 그 계란 그릇은 내 어린 시절을 유쾌하게 해 주었다. 나는 세월의 흐름으로 색이 바랜 그 그릇들을 다시 발견했다.

자클린은 1949년 10월 23일 다보스 요양원을 떠난다. 그녀는 120킬로의 짐을 가져갔다. 취리히와 바젤을 오가는 기차 안에서 그녀는 쓴다. "아직도 내가 파리를 향해, 자유와 행복을 향해 가고 있다는 사실을 실감할 수가 없어." 그녀는 파리에 사는 친구 집에서 며칠 지낸 후 투르의 어머니 집으로 돌아간다. "오늘 오후에 벨기에 영사관에 갔는데, 세상에 놀랍게도, 내가 두 달 여행 비자를 받았어. 근사하지 않아, 자기야? 이제 나는 자기랑 기차로 네 시간밖에 안 걸리는 거리에 있어. 내게 국경이 열렸어." 10월 31일, 투르에서 그녀는 조바심으로 몸을 떤다. "내 귀여운 사랑 보리스, 세상에서 가장 소중한 사람, 이제 곧

현실이 될 거야. 우리가 그토록 오랫동안 꿈꿔 왔던 현실."

보리스는 그녀에게 감동해서 눈물이 고인다고, 기다림과 병마에 맞서 싸운 그 모든 시간 끝에 찾아온 행복을 아직 믿을 수가 없다고 답장을 보낸다. "몇 주만 지나면, 3년 전만 해도 불가능해 보이던 꿈이 현실이 될 거야. 그러면 그건 근사한 꿈이 되겠지."

투르에서 자클린은 드레스를 만들기 위해 재봉틀을 빌린다. 그녀는 곧 자신의 드레스를 갖게 된다는 생각에 기뻐한다. "난 피엡스와 팝스, 그리고 그들의 작은 피에팝시엔들을 위해 예쁜 걸 많이 만들 거야……!"

그들의 결혼 통지는 〈혼인 관보〉에 실렸지만, 보리스는 그의 이름이 '보리스 펠름'으로 잘못 기재되었다고 불평한다. 시청 결혼식을 위해 선택된 날짜는 12월 1일, "듣기 좋은 날짜다." 교회에서 올리는 결혼식은 사흘 뒤 안트베르펜에서 열릴 예정이다.

1949년 11월 22일, 자클린은 도착하기 전에 마지막으로 편지를 쓴다.

소중한 보리스, 팝스의 사랑, 내 인생의 광채,

그대는 내게 너무도 친절하고 다정해서 난 결코 그대에게 충분히 다 감사하지 못할 거야.

결혼 전에 보리스가 쓴 마지막 편지도 같은 날짜의 것이다.

소중하고 사랑스런 나의 귀여운 아내, 나의 파란 하늘, 나의 눈부신 태양, 나의 전부,

조의 부인인 트뤼델 아주머니가 최악의 충고를 하셨어. 만일 자기가 혼자 여기에 도착하면, 자기는 어머님이 도착하실 때까지 호텔에서 지내야 해. 그럼 난 호텔 일층에서 자기랑 작별 인사를 해야 하고, 자기 방까지 올라가면 안 돼! 만일 자기가 어머님과 함께 도착하면, 두 사람은 루이즈가의 아파트에서 묵고 나는 형이랑 친척집에 가서 자야 해. 12월 4일까지, 그러니까 일요일까지 그렇게 해야 한대. 무슨 바보 같은 생각이람! 아주머니는 시대를 앞서가는 분이라고 믿었는데. 피로연은 오페라 극장 맞은편에 있는 '콜리제'에서 열릴 거야……

나는 자기를 더 많이, 훨씬 더, 더, 더…… 무한히 사랑해.

영원히 그대의 것, 그대만의

보리스.

2주 뒤, 새 신부는 다시 스위스의 요양원으로 떠나 넉 달 동안 치료를 받았다.

무의식은 죽음을 모른다

그들의 편지를 모두 읽었다. 나는 편지에 깃든 그들의 존재가 좋았다. 그 존재는 여러 달 동안, 거의 2년 동안 나와 함께했다. 이 추억 여행을 계속하고 싶었지만, 그들을 떠날 때가 되었다. 봉투를 모두 다시 봉해서 원래대로 종이 상자에 넣었다. 더는 새로 발견할 거리가 없었다. 처음부터 끝까지 모두 훑어봤다. 그들의 **러브레터**를 다 읽었다.

그들의 젊을 때 모습이 그들의 말년 추억들과 뒤섞였다. 이제 그들은 단순히 부모로만 머물지 않는다. 그들에게도 나와 무관한 삶, 내가 함께하지 않았던 삶이 있었다. 우리의 부모가 우리 것이면서 동시에 우리 것이 아니라는 기묘한 느낌. 그들이 떠나고 나면 우리는 마음대로 그들을 다시 만들어 낸다. 물론 전적으로는 아니다. 어떤 사실들이 저항한다. 우리의 가족소설은 우리를 낳아 준 사람들이 경험했던 그대로의 이야기와 대립하고 뒤섞이면서 그 이야기를 덮어 버린다. 그런데 그들이 우리에게 내민 거울 안에서 우리 자신의 모습을 보게 되는 건 아닐까? 그들의 이야기와 우리의 이야기, 둘 중 어느 쪽이 진실일까? 그것은 알 수 없는 수수께끼, 우리가 계속해서 다시 돌아가야 할 초안, 짰다가 풀다가 하면서 끝없이 다듬어야 할 태피스트리로 남는다. 최종적인 진실은 없으며, 단지 움직이는 이미지들이 있을 뿐이다. 사진이 아니라 영화다. 간혹 화상을 정지시켜서 숨겨진 것을, 그게 핵심일 것 같아 무슨 일이 있어도 밝히고 싶은 미세한 한순간을 포착하려 애쓴다. 정신분석의의 카우치에 누워 있을 때처럼, 불분명한 사건, 소소한 말썽, 어조의 미세한 변화, 지각할 수 없을 정도로 올라간 눈썹, 이런 것들이 어떤 때는 몇 년씩 뇌리를 떠나지 않는다. 우리의 마음은 거기에서 상처를 받고, 일찌감치 가라앉혀 놓은 해묵은 고통을 되살린다.

태어나자마자 어머니와 이별했던 일을 얼마나 자주 떠올렸던가? 그와 관련해서 내가 새로 무슨 말을 더 할 수 있을까? 결핵에 걸린 적 있는 어머니들은 **모두** 갓 태어난 자식과 떨어져 지내야 했다는 사실을 알게 된 것이 내게 위안이 되었던가? 그 무엇으로도 채워지지 않을 빈자리가, 결핍감이, 단절이 내 안에 남아 있었다. 그것이 놀란 새처럼 내 안에서 파닥거리는 것이 느껴졌다. 나는 그것을 버리지 않았다. 나는 최초의 순간으로 돌아가듯 그 순간으로 되돌아가곤 했다. 그건 돌이킬 수 없는 일이었을까, 아니면 그냥 우발적 사고, 지나쳐야 할 일이었을까? 나는 산과 병원 유리창 너머로 나를 바라보던 아버지의 이미지로 나를 위로하려 했다. 그가 머리를 숙이고 눈을 빛내며 다정하게 미소 짓는 그 유리창 너머에, 생후 삼사 주 정도 된 아기였던 내가 젊은 간호사의 품에 안겨 있었다. 몇 년 동안이나 나는 내 인생 초반의 이 몇 주로 되돌아갔고, 거기서 내 고통의 뿌리를 찾았다. 내가 옳았을까, 아니면 틀렸을까? 모든 이야기는 재구성된 것이 아닐까? 모든 추억이 적어도 부분적으로는 변형이자 상상이고 정합성의 기대를 담고 있는 것 아닐까?

인생, 분석, 사랑, 우정, 흐르는 시간, 음악, 질병, 사랑하는 사람과의 이별, 고양이와 눈(雪)의 아름다움, 튤립 한 다발이 만들어 내는 우아한 곡선, 책의 보고, 홍차 향기…… 이 모든 것이 상처를 봉합했다. 조금씩 상처가 아물어 가고, 손가락 끝으로 흉터를 쓰다듬을 수 있게 된다. 어떤 순간에는, 도저히 자제할 수 없어 상처를 자극하게 된다. 옛날이야기를 다시 끄집어내고 그때의 감정이 생생하게 되살아나면 그것은 추억이 아니라 재생이 된다. 애도 기간이 그런 일을 하기에 안성맞춤이다. 모든 것이 거칠게 다시 도마 위에 오른다. 처음부터 다시 시작해야 한다. 모든 방향에서 기억을 돌이켜 보고, 잊었던 감정들, 감각들을 다시 경험해야 한다. 폭풍이 불어와 우리를 뒤흔들어 놓고, 우리는 예민해진다. 나는 내 어린 시절을 다시 쓰면서 내 마음대로 바꿔 놓고 싶었다. 내 부모를 변형시키고, 새로운 조합을, 다른 반응을, 다른 성격과 다른 환경을 시도해 보고 싶었다. 당치도 않은 것을. 바로 이 이야기를, 이 혈통을, 나의 결점을, 그들의 결점을, 나 자신의 한계를 그대로 받아들여야 하는 것을. 무의식은 정원과 같아서 정기적으로 땅을 파 엎어 공기가 통하게 해 주고, 잡초를 뽑아 주고, 양분을 더해 줘야 한다……. 프로이트는 볼테르가 《캉디드》에서 "이제는 우리의 정원을 가꿔야 한다"라고 했던 구절을 즐겨 인용했다. 계절이 바뀌고 해가 바뀔 때마다 정원을 가꿔야 한다. 눈에 띄지 않게 정원이 변한다. 대략적인 모습은 그대로지만 색이 달라지고, 어떤 식물은 피어나고 다른 식물은 시든다. 모르는 사이에 경치가 조금씩 다른 모습을 보이고 전망도 달라진다. 인생을 살아가는 과정에서 여러 가지 시련과 사건을 거치면서 우리는 다른 시선을 갖게 된다. 기억은 현재를 자양분 삼아 끊임없이 다시 만들어진다.

내 부모님은 돌아가셨고, 그건 내가 어떻게 할 수 있는 문제가 결코 아니다. 죽음은 본질적으로 상상이 불가능하다. 어쩔 수 없이 습관이 자리를 잡지만, 마음의 응어리는 풀리지 않는다. 우리가 언젠가 죽을 운명임을 아는 것이 우리 인간의 조건이라고 한다. 물론 그렇다. 하지만 다른 사람의 죽음, 우리 어머니의 죽음, 우리 아버지의 죽음, 우리에게 너무도 소중한 사람들의 죽음을 어떻게 전적으로 수긍한단 말인가? 우리가 그들과의 내면 독백을, 상상의 대화를 계속 이어 가면서 회상의 시간을, 추모의 시간을, 그런 몸짓들과 그런 의례들을 자꾸 만들어 내는 것은 그래서일까?

25년 전에 외할머니가 돌아가신 후, 나는 거의 5년 주기로 그녀와 함께 차를 마시는 꿈을 꾸었다. 꿈은 그녀에게 새로운 소식을 들려주고 최근의 내 생활을 알려 주는 시간이었고, 비밀을 털어놓고 옛날로 돌아가는 다정한 순간이었다. 나는 여전히 그녀와 만날 수 있었기에 그녀의 죽음을 받아들일 수 있었다. 때때로 찾아오는 한밤의 이 짧은 만남이 나는 기분 좋았다. 더는 아무것도 필요하지 않았다. 애도의 마음이 누그러졌다.

부모님도 그렇게 될까? 시간에 내맡기고 그 힘으로 상처를 아물게 하는 걸로 충분할까? 가끔 거리에서 베이지색 벨벳 바지와 스웨이드 재킷을 입고 가는 백발의 남자를 뒤에서 바라보며 순간 아버지의 모습을 봤다고 생각한다. 어, 아버지잖아? 잔인하기보다는 위안을 주는 착각의 순간. 그리고 자그마한 저 부인, 파란색 옷을 우아하게 차려입은 저분, 어머니 아냐? 나는 수화기를 들어 그들의 목소리를 들을 수 있기를, 그들이 예전처럼 불쑥 내 집을 찾아 주기를 얼마나 간절히 원했던가. 불화와 갈등, 원망은 다 지워 버렸고, 다정했던 기억, 함께했던 시간들만 간직했다. 나는 2001년 아버지가 돌아가시기 전 어느 봄날의 일을 정확하게 기억하고 있다. 나는 생각했다. 다 잘될 거야, 다들 건강하잖아, 항상 그럴 순 없을 거야, 그럴수록 인생에서 특별히 운 좋은 이 순간을 즐겨야 해. 햇빛이 비쳤고 나는 딸과 함께 영화관에 갔다. 그날 저녁은 내 동반자가 거기 있기로 했다. 우리는 평범한 상황을 충분히 즐기고 있는 걸까? 예를 들어 이가 아프지 않은 상황을 즐기고 있는가? 배고플 때 먹고, 감옥에 갇히거나 쏟아지는 폭탄 아래에 있지 않으며, 자신의 몸과 생각을 자기 마음대로 할 수 있는 것은? 친지들과 가까이 있는 것은? 행복이란 스스로 만들어야 하는 것이며, 앞에 있을 때 받아들일 줄 알아야 한다는 생각을 자주 한다. 더 많은 것을 요구하지 않기. 자기를 잊으려 하지 않기. 좋은 것을 얻기. 좋은 것을 찾으려 애쓰기.

나는 아버지가 행복한 남자였다고 믿는다. 그는 자신이 가진 것에, 있는 그대로의 자신에게 만족했다. 물론 그도 엔지니어가 되지 못해 애석해했지만, 체념하고 받아들였다. 그는 자신의 직업을 사랑했고 그 일을 잘하는 법을 배웠다. 그는 무슨 일을 하든지 잘 해냈다. 나는 아버지가 집에서 뭘 만들고, 고치고, 더 좋게 바꾸는 모습을 보며 자랐다. 그것이 배관 문제든, 그림이든, 정원 가꾸기든, 그는 초인적인 인내심과 직관, 진정한 요령을 갖추고 있었다. 내 자취방에서도, 내가 처음 얻은 아파트나 주택에서도, 내게 도움을 가장 많이 준 사람은 늘 아버지였다. 또한 아버지는 훌륭한 선생님이었고 – 그가 나에게 수학을 가르쳐 주었다 – , 근사한 이야기꾼이었다. 내가 아기일 때 아버지는 내 방에 아주 예쁜 인형극 무대와 알록달록한 키재기를 만들어 주었다. 언젠가는 내 손주들이 그것을 물려받으리라. 아버지는 당신이 빈손으로, 오직 여행 가방 두 개만 가지고 인생을 시작했으며, 비를 피할 지붕과 가족을 가져서 기뻤다는 이야기를 나에게 즐겨 들려주었다. 그는 결코 남의 운명을 시기하지 않았고, 그 어느 것에 대해서도 불평하지 않았으며, 누구에게도 기대지 않았다. 사려 깊고, 신중하고, 거의 언제나 긍정적이었던 그는 일종의 지혜를 얻었다. 특유의 유머 감각을 가진 그는 말장난을 즐겼다. 상점들을 이리저리 둘러보며 다니기를 좋아했고, 모든 혁신에 매료되었다. 그는 컴퓨터와 인터넷을 열광적으로 받아들였다. 생애 마지막 몇 달 동안에는 새로 얻은 지식들을 자신보다 더 초심자에게 가르쳐 주기도 했다. 하지만 아버지 평생의 가장 멋진 작품은 어머니에 대한 사랑이었다. 내가 바로 그 증인이다. 아버지는 마지막 숨을 내쉬는 순간까지 그녀를 추켜올려 안고, 부축하고, 보살폈으며, 그녀의 기분을 맞추고 그녀를 소중히 여기며 애지중지했다. 나는 아버지가 떠났을 때 어머니가 동요하는 모습을 보면서 그가 남긴 빈자리를 깨달았다. 그는 그녀에게 모든 것이었기에, 그녀는 그를 잃으면서 모든 것을 잃었다. 그녀는 때가 되어 자신이 죽으면 몹시도 사랑했던 남편과 다시 합쳐지고 싶다고 분명히 밝혔다. 죽으면서 그녀는 그를 다시 만날 거라고 생각했다. 무덤 속에서 두 사람은 다시 결합했다.

그들은 이제 여기 없기에 나의 기쁨과 고통을 알지 못한다. 나는 마음속으로 그들에게 이런 이야기를 들려준다. 이사, 결혼, 책, 생일, 여행, 자라는 아이들, 인생의 모든 것에 대해. 내가 질문을 만들고 대답할 말도 만든다. 나는 목에 '이집트의 눈'을 걸고 있다. 내가 가지고 있던 것을 잃어버리자 위로해 주려고 그들이 대영박물관에서 사다 준 것이다. 가끔은 그들이 벌써 한참 전에 떠났고, 오랜 여행에서 돌아오듯 다시 돌아올 거라는 생각도 한다. 무의식이 과연 죽음을 아는지, 단지 이별만 아는 건 아닌지, 나는 잘 모르겠다. 영원히 헤어진다는 건 무슨 뜻일까? '영원히'라는 건 또 무슨 뜻일까? 사는 법을 배우려면 인생을 송두리째 쏟아부어야 할까? 우리는 성인이면서 마음 한구석에서는 아직 어린아이로 남을 수 있을까? 몸속에 지나간 세월의 흔적을 켜켜이 간직하는 나무들처럼?

아버지를 땅에 묻고 묘지를 나오면서 토끼 한 마리가 길을 가로질러 쏜살같이 들판으로 달려가는 것을 보았다. 문득 아버지가 환생했다는 생각이 떠올랐다. 두 해가 지난 뒤, 무덤가에서 어머니에게 작별 인사를 하고 천천히 그곳을 떠나다가 나는 토끼 두 마리가 껑충거리며 빠르게 달려가는 것을 보았다.

수런거리는 유산들

2012년 4월 27일 초판 1쇄 찍음
2012년 5월 3일 초판 1쇄 펴냄

지은이 리디아 플렘
옮긴이 신성림
펴낸이 박종일

편집 문해순
디자인 맑은엔터프라이즈(주)
제작 (주)상지사 P&B

펴낸곳 도서출판 펜타그램
출판등록 2004년 11월 10일(제313-2004-0000259호)
주소 서울시 마포구 서교동 463-28 공암빌딩 4층
전화 02-322-4124
팩스 02-3143-2854
이메일 penta322@chol.com
블로그 http://blog.naver.com/pentapub

ISBN 978-89-956513-8-4

이 도서의 국립중앙도서관 출판시도서목록(CIP)은 e-CIP홈페이지(http://www.nl.go.kr/ecip)와 국가자료공동목록시스템(http://www.nl.go.kr/kolisnet)에서 이용하실 수 있습니다.(CIP제어번호: CIP2012001885)